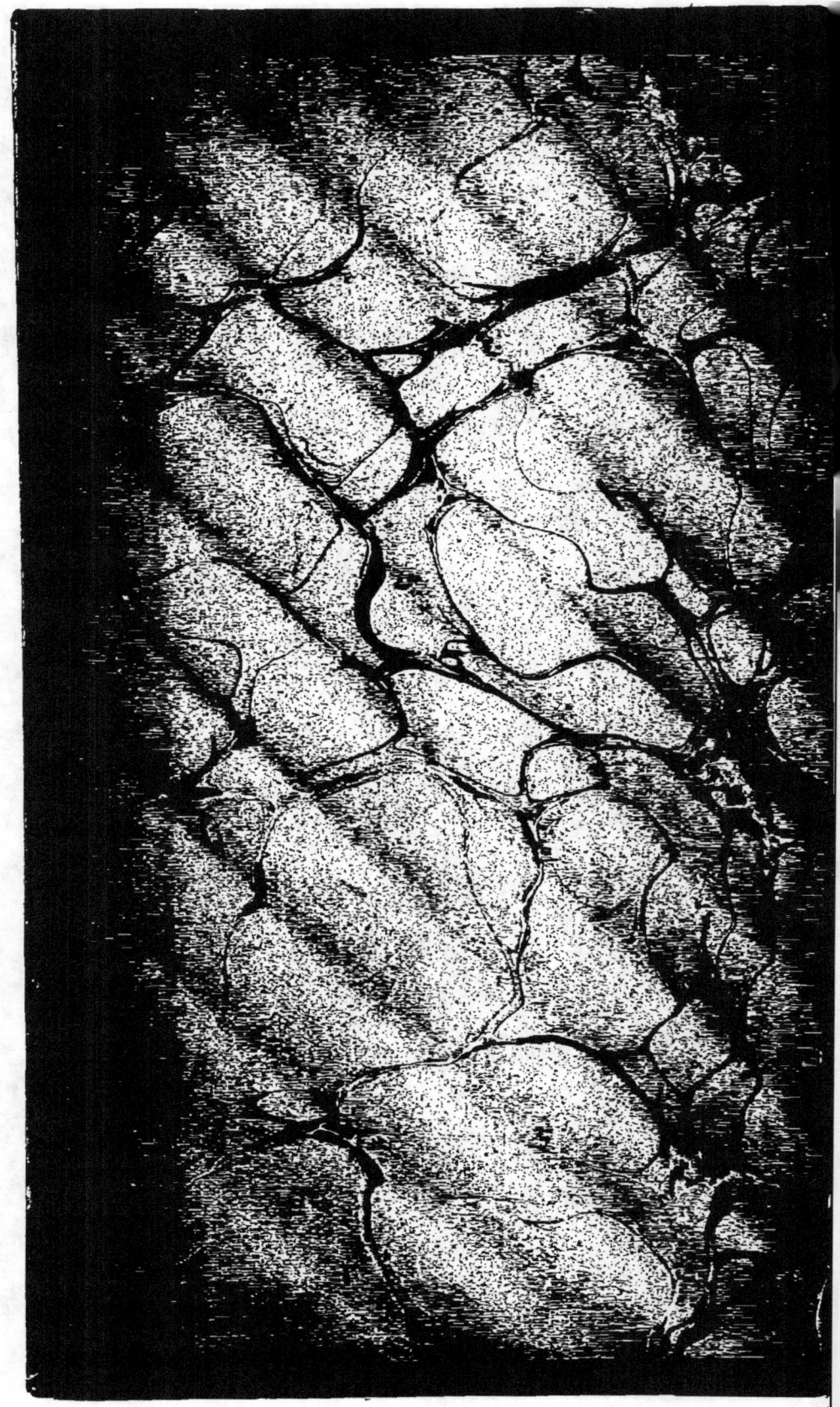

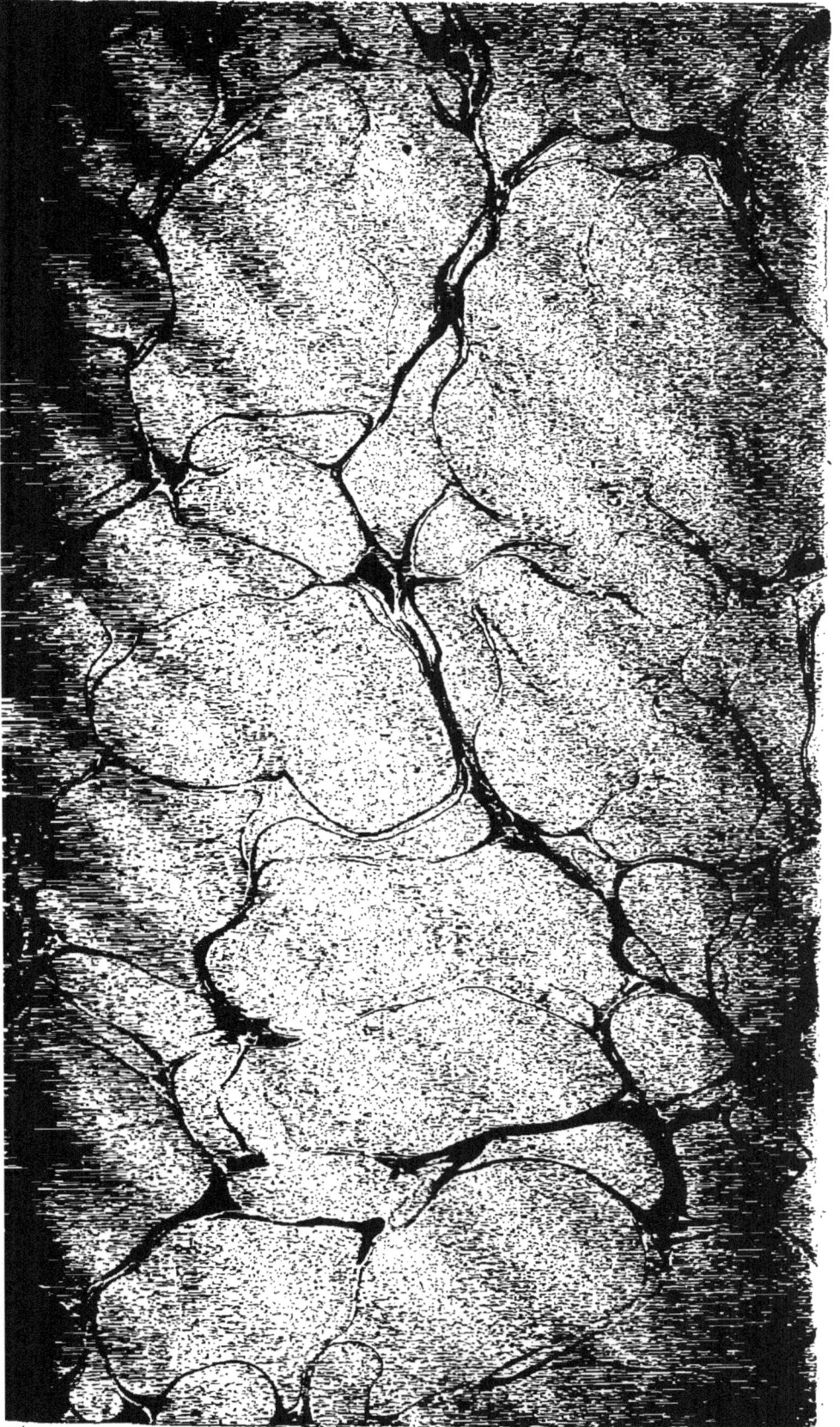

LA VIE

DU VENERABLE PERE

SIMON, GOURDAN,

CHANOINE REGULIER

DE SAINT AUGUSTIN

EN L'ABBAYE DE S. VICTOR

DE PARIS.

D

671×D

D

M. DCC. LV.

PREFACE.

C'Est aux vœux du Public qu'on donne cet Essai, ou Abregé de la Vie du Pere Gourdan, qui durant plus de soixante ans a fait l'édification de Paris & de tout le Royaume, dont la mémoire sera éternellement en bénédiction.

Quelle consolation pour une infinité de personnes qui existent encore, & qui sont des témoins irréprochables des merveilles que le St. Homme a opérées, de voir la vie de ce Chanoine solitaire qu'on a si long-tems admiré, & de trouver dans le détail de ses vertus des objets qu'on pourroit imiter! Ainsi de tous tems l'homme le moins réglé aime à lire des choses extraordinaires qui le frappent, dût-il trouver sa propre condamnation.

On s'étoit flatté que la Maison de St. Victor rempliroit cette attente publique: qui pourroit y mieux réüssir que les Religieux de cette célébre Abbaye? témoins oculaires des vertus de leur vénérable Confrere, dépositaires de ses pensées les plus secrettes, comme de ses papiers; d'ailleurs pleins de zéle pour l'honneur de leur Monastére; qui a pû les arrêter

A 2

de garder un fi profond filence ?

Quoiqu'il en foit, on defefpere d'avoir fur ce fujet quelque éclairciffement, & l'on aime mieux fatisfaire en partie les défirs du Public, que de le fruftrer entierement d'une fi jufte attente. Ce que je dirai de ce faint Religieux, n'eft donc qu'un fimple Effai, qui doit fervir à animer le zéle de fes Confreres, & à les engager à nous donner un recit plus étendu des faits & des circonftances qui ont échappé à nos recherches.

Pour nous, nous nous fommes bornés aux mémoires que nous ont fourni deux des plus intimes amis du Pere Gourdan, qui pendant plus de trente ans ont eu avec ce faint Homme des liaifons particulieres. Si ces Mémoires ne font point fort amples, au moins fommes nous fûrs qu'ils font très-véritables.

Il eft vrai qu'on ne trouvera pas ici de ces faits éclatans qui frappent & intéreffent un Lecteur curieux ; mais doit on s'y attendre, quand on lit la vïe d'un Saint dont toute la converfation a été plus dans le Ciel que fur la terre ? Le Fidéles y verront avec joye un grand amour pour l'Eglife, & un zéle ardent pour la défenfe de la Foi. Ils liront ave

PREFACE.

plaifir les Lettres que l'homme de Dieu
écrivoit à Mgr. le Cardinal de Noailles,
qui, dans un tems critique, avoit eu le
malheur de mettre fa confiance dans des
perfonnes notoirement connuës pour être
les ennemis de l'Eglife, & d'en être le
protecteur.

Enfin les perfonnes qui ont de la pieté
& de la Réligion, verront dans cette Vie
un Serviteur de Dieu élevé à la contemplation la plus fublime, extenué de mortifications & de jeûnes, qui dirige les
confciences, qui guerit les malades, qui
confole les affligés, qui nourrit un grand
nombre de pauvres, qui convertit une infinité de pécheurs, & qui devient le confeil de ce qu'il y a de plus refpectable en
France.

On donne cet Ouvrage avec d'autant
plus de confiance, que ce vénérable Religieux a été honoré de fon vivant, par le
Roi, de plufieurs de fes vifites a St. Victor,
& que Sa Majefté a continué de lui donner des marques éclatantes de fon eftime,
tant qu'il a vêcu.

Au refte, nous ne comptons point plai-
re à tout le monde dans ce petit Ouvrage
que nous donnons au Public; mais notre
principal objet eft de rappeller dans la

A 3

PREFACE.

mémoire des perſonnes de piété un nombre infini de faits que le tems a fait oublier : après cela , il y a tant de perſonnes
qui s'intéreſſent à la Vie du Pere Gourdan , qu'il eſt impoſſible que ce qui plaît
aux uns ne déplaiſe pas aux autres. Nous
dirons ſimplement la vérité telle que nous
la ſçavons , comme tout Hiſtorien doit
faire : malheur à ceux qui s'en offenſeront.

LA VIE

DU VENERABLE PERE

SIMON GOURDAN,

Chanoine Régulier de S. Augustin, en l'Abbaye de S. Victor de Paris.

IL eſt de la bonté de Dieu, comme de ſa providence, de faire naître de tems en tems dans le ſein de l'Egliſe, des hommes d'une vertu éminente pour confondre la lâcheté des uns, & animer le zéle des autres dans tout ce qui regarde la grande affaire de notre ſalut. Un homme de nos jours a, par ſa conduite, condamné les vains prétextes de l'amour-propre, & en a fait voir toute l'illuſion. D'une complexion foible & délicate, il a mené une vie auſſi auſtére que les anciens Anachoretes; à l'innocence de ſes mœurs, il a ſçû joindre la pénitence la plus rigoureuſe; au milieu de la corruption du ſiécle, il n'en a point été infecté, & jamais le mauvais exemple n'a ſçû le ſéduire.

A 4

Je parle du Vénérable Pere Simon Gourdan Chanoine Régulier de l'Abbaye de S.
Victor , dont nous allons tracer l'histoire.
La Vie cachée qu'il a toûjours menée sur
la terre , nous a derobé bien des traits hé-
roïques qui auroient été d'une édification
infinie : nous ne rapporterons que ceux que
des personnes dignes de foi ont exactement
récueillis.

Simon Gourdan naquit le 24. Mars
1646. sur la Paroisse de S. Jean en Gréve
de Paris , & il y fut baptisé par le fameux
Mr. Loysel , Curé de cette Parroisse. Son
Pere étoit Antoine Gourdan , Secretaire du
Roi , & sa Mere s'appelloit Marie de Vil-
larez ; l'un & l'autre d'une probité & d'une
vertu connues dans tout Paris.

On peut dire de lui ce que saint Basile
a dit du généreux Samson , qu'il avoit été
conçu , nourri , & élevé dans le jeune.
Jamais on ne pût persuader à sa Mere pendant sa grossesse de rompre le Carême. Durant tout ce saint tems , non - seulement
elle garda l'abstinence prescrite par l'Eglise , mais elle en observa encor les jeunes ,
& elle croyoit user de beaucoup d'indul-
gence en prenant le soir pour sa collation
un peu d'orge mondé : Elle avoit coûtume
de dire que la plûpart des femmes en
cet état se flattoient , qu'elles oublioient
presque qu'elles étoient Chrétiennes , pour
penser seulement qu'elles étoient enceintes

& s'occuper uniquement de cette idée, qu'il ne falloit pas s'étonner que Dieu versât si peu de bénédiction sur leurs couches, & que les enfans qu'elles mettoient au monde fussent si souvent indignes du beau nom de Chrétien qu'ils portoient.

Le jeune Simon fit bientôt paroître que Dieu avoit de grands desseins sur lui ; il suffisoit de l'envisager pour juger que c'étoit un prédestiné ; il en avoit tous les traits ; la modestie étoit peinte sur son visage ; rien de pétulant dans toutes ses actions, tout étoit réglé dans ses démarches : un air doux, affable, & complaisant lui attiroit l'amitié de tout le monde.

Cet air posé & modeste ne venoit point d'un défaut d'esprit ; il en avoit beaucoup, même très-vif & très-pénétrant ; le jugement solide, une memoire heureuse ; ce qu'il fit assez voir par la facilité avec laquelle il apprit la langue latine, sans jamais se rebuter des difficultés que les enfans ont coûtume d'y trouver.

Le jeu, qui fait la grande passion de l'enfance, ne fut jamais la sienne : jamais on ne le vit précipiter son devoir pour avoir plus de tems à donner au jeu : il étoit sur-tout ennemi des jeux où il faut se donner de grands mouvemens ; tout ce qui blessoit la modestie offensoit le saint jeune Homme ; sans qu'il en témoignat rien à ses Camarades, son exemple, & son silence étoient pour eux une affez vive leçon.

Il fut tel au College des Jefuites où on l'envoya faire fes humanités, & où il prit les premiers principes de l'amour de Dieu : toûjours fage, pieux & modefte, il ne s'affocia qu'avec ceux dont les mœurs avoient quelque rapport avec les fiennes. Rien ne fut capable de le déranger, & fon exemple même en convertit plufieurs.

Ses parens, pleins de piété & de religion, jugerent à propos de lui faire recevoir le Sacrement de Confirmation : le St. Efprit trouvant cette ame innocente fi bien difpofée, y répandit fes dons avec abondance. On s'apperçut de fon progrès dans la vertu, & bien-tôt on lui fit faire fa premiere Communion : il s'y difpofa pendant fix mois ; & le Dimanche de la Paffion il reçut pour la premiere fois le Pain des Anges.

Ce bienheureux Enfant n'avoit pas encore douze ans. Ce fut alors qu'il conçut un amour tendre pour la Ste. Vierge ; il la prit pour fa mere & pour fa patrone ; il fe jetta entre fes bras, & il la pria qu'il confervât toûjours la grace de la pureté. Sa dévotion envers la Mere de Dieu ne fit qu'augmenter ; il prenoit foin d'orner fes Autels, & il s'appliquoit à établir partout fon culte, & à infpirer fon zéle à tous ceux qu'il fréquentoit.

Sa dévotion n'interrompoit point le

cours de ſes études ; il remporta pluſieurs
prix , & l'on remarqua qu'il avoit beaucoup de goût pour la Poëſie , mais il ne
s'en ſervit, lorſqu'il fut Réligieux, que pour
loüer Dieu & ſes Saints. Pluſieurs Egliſes
de France conſervent encore des Hymnes
& des Proſes de ſa façon : ces Hymnes
n'ont pas à la vérité le ſublime de celles
de Santeüil , mais il faut avoüer auſſi
qu'elles ont plus d'onction, & qu'on recon-
noit aiſément que c'eſt un Saint qui en
eſt l'Auteur. Dans ſes dernieres années ;
il en fit une en l'honneur de ſaint François Regis, dont il étoit allié, & il y répandit ce feu ſacré dont il étoit embraſé.

On n'eut pas de peine à reconnoître
dans les inclinations de ce ſaint jeune Homme, qu'il étoit deſtiné au ſervice des Autels.
Ses parens qui ne cherchoient qu'à connoître la volonté de Dieu, ſe rendirent avec
ſoumiſſion à ces marques éclatantes qui les
frappoient de jour en jour. Ils lui firent
donc recevoir la Tonſure, lorſqu'il étoit
dans ſa 14e. année. Le jeune Eccléſiaſti-
que remplit parfaitement tous les devoirs
de ce nouvel engagement , & il ſe con-
forma en tout aux loix de l'Egliſe. Les fêtes & les Dimanches il aſſiſtoit en ſurplis
au ſervice de la Paroiſſe: Sa modeſtie , ſa
pieté , ſa religion , prirent de nouveaux ac-
croiſſemens ; on ne vit plus rien que de
grave & de ſérieux dans toute ſa conduite;

le Seigneur devint feul tout fon héritage.

Les jours de congé, il avoit coûtume d'aller fe promener dans les jardins de l'Abbaye de faint Victor, fouvent feul pour avoir lieu de fe recuëillir davantage, quelquefois avec deux ou trois de fes condifciples vertueux qu'il avoit choifi. Si l'on fonnoit Vêpres, il y affiftoit ; l'habit que ces Religieux portent en Eté lui infpira des fentimens de pénitence ; dans cette fourrure, qui ne fert plus que d'ornement, il fe repréfentoit l'habit de ces anciens Anachoretes, qui fe couvroient de peaux, pour fe reffouvenir que l'homme par fon péché s'étoit dégradé, & qu'il étoit reduit a la condition des animaux les plus ftupides.

Ces réflexions, avec la majefté des divins Offices qui fe célébrent dans cette Abbaye, lui donnerent infenfiblement du goût pour ce genre de vie. Enfin le faint jeune Homme demanda à fes Parens la permiffion d'entrer dans ce Monaftere & de s'y confacrer entierement à Dieu. A cette propofition ils furent effrayés ; ce n'étoit pas feulement par la douleur qu'ils reffentoient de fe voir privés par cette retraite d'un fils unique qui faifoit toute leur confolation & l'efpérance de leur familie ; leur foumiffion à la volonté de Dieu, à qui ils fçavoient que leurs enfans appartenoient plus qu'à eux-mêmes, leur avoit appris à faire avec eux ces fortes de facrifices. Mais une telle

réfolution dans un âge fi tendre les allarmoit. A combien de fâcheux retours n'eft
point fujette une pareille entreprife ? Ils
balancerent long-tems, mais enfin la perféverance du faint jeune Homme l'emporta,
& de leur confentement il entra dans
l'Abbaye de faint Victor de Paris, le 25
Janvier 1661. Cette Abbaye eft très-ancienne: c'étoit autrefois un Prieuré de l'Ordre
de S. Benoît, dépendant de la célébre Abbaye de S. Victor de Marfeille. Guillaume
Dechampeaux, fçavant Profeffeur de l'Univerfité de Paris, au commencement du
11e. fiécle, s'y étoit retiré, dit-on, par
dépit de s'être vû fouvent pouffé à bout
dans les difputes publiques, par le fameux
Abélard, qui de fon écolier étoit devenu
fon rival.

Quoi qu'il en foit, Champeaux devenu
Evêque de Châlons fur Marne, perfuada
au Roi Louis VI. furnommé le Gros, de
changer ce Prieuré en Abbaye, & d'y
mettre des Chanoines Réguliers en la place
des Moines noirs, fous prétexte qu'ils n'é-
difioient point, & qu'il n'y avoit plus de
régularité dans leur Monaftére. On fit
venir huit Chanoines de Valence en Dauphiné, de la Congrégation de faint Ruf,
qui paffoit alors pour la plus réguliere qu'il
y eût dans les Gaules. Le fameux Hugues
de faint Victor fut leur conducteur, & il fe
fit Réligieux parmi eux quelque tems après.

La vie que menoient ces premiers Chanoines étoit très-auftère ; outre qu'ils paffoient la plus grande partie du jour & de la nuit, à chanter les loüanges de Dieu, ils ne vivoient que de racines & de légumes, couchoient fur la dure, ne portoient point de linge & cultivoient eux-mêmes leurs jardins ; leurs jeûnes étoient longs, ils obfervoient entr'eux un rigoureux filence, & jamais ils ne paroiffoient hors de leur Monaftére, ce qui leur acquit une grande réputation dans le monde. Plufieurs Sujets d'un rare mérite vinrent fe joindre à eux, entre autres Hugues & Richard de faint Victor.

C'étoit dans cette retraite que faint Bernard fe retiroit lorfqu'il venoit à Paris. Dans un de fes voyages il y laiffa fa Coule comme un gage de l'amitié qu'il portoit à ces faints Réligieux, & on la conferve encore préfentement dans une Chaffe. Il n'y avoit pas encore trente ans qu'ils étoient établis à faint Victor, qu'on en tira douze Chanoines pour mettre la réforme dans l'Abbaye de fainte Génévieve, qui en avoit grand befoin. Quelques années auparavant on en avoit choifi un pareil nombre pour compofer le Chapitre de la Cathédrale de Séez. De-là on peut juger de l'eftime qu'on faifoit des Chanoines de faint Victor ; mais dans la fuite les chofes changerent de face. Avant la fin du 14e. fiécle, la Commu-

nauté qui réfidoit à Séez , fe trouva fi
défigurée , qu'elle députa au Concile de
Trente pour demander qu'il lui fût permis de fe féculariser , & on le lui accorda.

Ceux qui étoient à fainte Génévieve
n'étoient guéres plus réglés ; ils avoient
déja befoin d'une bonne reforme ; l'Abbaye
de faint Victor en moins de 60 ans n'étoit
plus reconnoiffable ; le Pape Alexandre III.
fut obligé de députer Guillaume Archevêque de Sens , Etienne de Meaux , & l'Abbé
de Valfceret pour la réformer. Ainfi lorfque le jeune Gourdan entra dans faint
Victor , il y avoit déja long-tems que
cette Abbaye étoit déchûë de fa Sainteté
primitive. Le faint Profélyte l'ignoroit , &
ce ne fut que dans la fuite qu'il s'en ap-
perçût. Toutes les obligations qu'il avoit
contractées , fe repréfenterent vivement à
cette fainte ame , & lui donnerent d'étran-
ges inquiétudes , qui l'agiterent jufqu'au
tombeau , quoique ce faint Réligieux n'ait
rien oublié pour rétablir l'efprit primitif
de fon Ordre. Dès fon Noviciat il fut
exact jufqu'aux moindres exercices ; toûjours le premier à l'Office le jour & la
nuit , il ne quittoit l'Eglife que lorfque
l'obéiffance l'appelloit ailleurs. Dès-lors on
remarqua que Dieu lui donna de grands
attraits pour l'oraifon mentale , & on jugea
que ce feroit un jour un homme intérieur

& d'une vie fort fpirituelle.

Mais ce qui le diftinguoit de tous les autres, étoit une modeftie angélique ; jamais il ne lui échappoit ni gefte ni régard ni mouvement qui n'édifiât ceux qui le regardoient ; c'étoit fur-tout à l'Eglife où il paroiffoit plus admirable ; fon corps étoit immobile ; fes yeux baiffés vers la terre, il ne s'occupoit qu'à élever fon cœur vers le Ciel, & qu'à fe pénétrer des grandes vérités qui éclattent dans ces facrés Cantiques qu'il annonçoit. On venoit exprès à faint Victor pour le voir , & on étoit édifié.

L'obeiffance , l'humilité, la charité fraternelle fembloient être nées avec lui ; jamais il n'a donné le moindre fujet de plainte : auffi le faint Novice eut tout les fuffrages de la Communauté. La voix du Peuple étoit auffi pour lui; tout le monde étoit enchanté de voir cet Ange fur la terre. A l'age de 16 ans & fix femaines il fit fa Profeffion , & cette innocente victime ne pût être regardée du Ciel qu'avec complaifance.

L'année fuivante les Supérieurs lui firent prendre les quatre Mineurs , & l'on peut juger des difpofitions qu'il apporta pour recevoir dignement ces premiers Ordres qui difpofent au Miniftére. Il y avoit alors à faint Victor un jeune Profés, nommé Frere le Nain , fils d'un Confeiller au Parle-

ment de Paris, & depuis Maître des Requê-
tes. Le F. Gourdan avoit toûjours les yeux
attachés fur lui ; il admiroit fes vertus, &
il s'étudioit a l'imiter. Le F. le Naïn n'étoit
pas moins touché de la piété & de la modeftie de fon Confrere. Dès que le tems de
la Profeſſion fut arrivé, & qu'ils eurent plus
de liberté de fe parler, ils n'eurent plus
qu'un cœur & qu'une ame, & cette liaifon
dura jufqu'à la mort.

Ce qui reſſerroit les liens d'une amitié fi
fainte, c'étoit la conformité des fentimens ;
tous deux avoient un parfait mépris pour
le monde, & ils en connoiſſoient la vanité & le néant ; l'un & l'autre étoient perfuadés que l'homme intérieur doit commencer
par la mortification de fes fens, & qu'un
Religieux n'approchera jamais de la perfection de fon état s'il ne devient homme
d'oraifon ; c'eft a quoi ils s'appliquerent
tous deux conftamment. Ils ne perdirent
point de vûë cet objet effentiel ; & pour
s'animer ils fe repréfenterent pour modéles les premiers Chanoines de faint Victor,
qui avoient fait l'admiration des Fidéles.
Toutes leurs converfations ne tendoient
qu'à fe perfectionner dans leur état, & qu'à
fe rendre plus agréables à Dieu.

Un Chanoine Régulier, deftiné au miniftére des Autels & aux fonctions du Sacerdoce, doit être fçavant, éclairé, inftruit
des loix divines, des dogmes de la Reli-

gion, des myſtéres qui la compoſent, &
des maximes qui conduiſent à la perfection : le jeune Gourdan ne l'ignoroit pas.
Malgré tout le penchant qu'il avoit pour
l'oraiſon, le jeûne & la retraite, il ſe livra
par principe de pieté & de religion, à la
Philoſophie & à la Théologie, & l'exemple de ſon cher ami le F. le Nain ne ſervit pas peu à vaincre les répugnances qu'il
avoit pour ces ſortes d'études, qui ont coûtume de deſſecher le cœur en même tems
qu'elles éclairent l'eſprit. Mais malgré ces
études on ne le vit jamais manquer à ſes
exercices ſpirituels, ni prendre certains airs
qu'on remarque ſi ſouvent parmi des jeunes écoliers. Toûjours grave & ſérieux, on
n'apperçut jamais aucun geſte ni aucune
parole qui ne fuſſent dans la plus grande
modeſtie. Il donnoit à l'étude le tems que
la Religion preſcrit, & tout le reſte il le
donnoit à Dieu; mais avant que d'étudier
il ſe mettoit à genoux, comme faiſoit ſaint
Thomas d'Aquin, & il imploroit les lumieres du Saint-Eſprit.

Auſſi fit-il de merveilleux progrès dans
toutes ces ſciences ſpéculatives. Les effets
de la nature qu'on examine en Phyſique
l'élevoient à Dieu; dans la grandeur des
globes céleſtes, il admiroit l'immenſité de
Dieu; & dans le cours réglé des aſtres,
ſon immutabilité: toutes les créatures tirées
du néant, lui donnoient une grande idée

de fa grandeur & de fa providence ; c'eſt
ce qui faiſoit le ſujet de ſes conferences
avec ſon fidéle ami ; de ſorte que leurs réflexions étoient une eſpéce d'oraiſon continuelle.

La piété du F. Gourdan ne l'empêchoit
point de pouſſer vivement une difficulté.
Comme il avoit l'eſprit extrêmement vif ,
il ſaiſiſſoit tout d'un coup le point de la queſtion , & il en poſoit les raiſons avec beaucoup de modeſtie. Ce fut dans ce tems-là
qu'il reçût le Soudiaconat ; il s'y diſpoſa
pendant pluſieurs mois, par une plus grande aſſiduité à l'Oraiſon & par un plus grand
recueillement : on remarqua alors qu'il ne
bûvoit que de l'eau rougie les Mecredis &
les Vendredis. Il reçût donc avec ſa pieté
ordinaire l'Ordre de Soudiacre ; & il eut la
conſolation de voir ſon ami, le même jour,
recevoir le Sacerdoce avec les mêmes diſpoſitions. On propoſa à l'un & à l'autre
d'aller enſuite étudier en Sorbonne pour y
prendre des dégrés ; mais ils craignirent
que la qualité de Docteur ne put s'allier facilement avec l'humilité religieuſe , & ils
voulurent éviter cette diſſipation preſque
inſéparable de leurs fonctions. De tout tems
il y a eu dans l'Abbaye de ſaint Victor une
Chapelle ſouterraine dediée à la ſainte Vierge , & fort frequentée par la dévotion des
Peuples ; elle a une Sacriſtie particuliere &
des Ornemens ; & elle ſert encore de Par-

roiffe pour tout l'enclos de l'Abbaye ; fon
antiquité eft affez marquée par certains tom-
beaux qui paroiffent avoir plus de mille
ans. Le Religieux qui a foin de cette Eglife
fouterraine, eft appellé dans faint Victor le
Chapellain de la fainte Vierge. Toujours
on avoit choifi un Prêtre pour remplir cette
fonction ; mais la dévotion finguliere que
le F. Gourdan avoit toûjours témoignée à
la fainte Vierge, la pieté exemplaire avec
laquelle il célébroit toutes fes Fêtes, fit qu'on
jetta les yeux fur lui, & qu'on le chargea
de cette Chapelle.

Pour lui donner plus d'autorité, on lui
fit recevoir le Diaconat ; d'abord ce zélé
obfervateur des loix de l'Eglife s'y oppofa,
& il repréfenta qu'il n'avoit pas alors fon
année d'interftice ; mais on lui fit entendre
que cela ne le regardoit pas, que les Supérieurs l'ordonnoient ainfi, & que c'étoit
à lui d'obéïr. Il étudia plus que jamais ce
que Dieu exigeoit des Lévites de la nouvelle alliance, & il fe purifia de plus en plus
pour approcher du Tabernacle où réfide le
Pain des Anges. L'exemple de faint Etienne
fe préfentoit à fes yeux & le confondoit ;
il lifoit ce que l'Hiftoire & les Peres nous
apprennent de faint Laurent & des faints
Diacres qui fe font fanctifiés pour Jefus-
Chrift, & c'étoit fur ces grands modéles
que le F. Gourdan régloit toute fa conduite.

Cinq ou fix mois après avoir reçu le Diaconat, il fut chargé de la Chapelle de la fainte Vierge, & il en prit poffeffion d'une maniere toute particuliére ; il paffa toute la nuit en priere devant l'Autel de la mere de Dieu, & fe dévoua de nouveau a fon fervice ; il renouvella fon vœu de chafteté perpétuelle, & il réfolut de combattre de toutes fes forces toutes les erreurs qui pourroient s'élever contre fes glorieufes prérogatives : de-là on peut juger quel étoit fon zéle pour la Conception Immaculée de la Ste. Vierge, qu'il regardoit prefque comme un article de Foi. A tous ces engagemens il ajoûta celui de jeûner rigoureufement la veille de toutes les fêtes que l'Eglife célébre en fon honneur, & de paffer ces faints jours dans le plus grand recueillement.

Depuis que le Pere le Nain avoit été honoré du Sacerdoce, fes vûës de perfection, d'éloignement du monde, de mortification & de pénitence s'étoient beaucoup augmentées ; il ne croyoit pas pouvoir mener une vie commune dans un état fi rélevé, & il fongeoit a fe retirer dans une folitude pour ne penfer qu'à Dieu feul. Son faint & fidéle ami demeura quelque tems interdit de cette réfolution ; enfuite il mit tout en œuvre pour l'en faire changer : mais toutes fes rémontrances furent inutiles, & le Pere le Nain partit pour la Trappe.

Tout ce que put faire le jeune Gourdan fut de contenir ses larmes, qui auróient pu trahir le secret qu'il avoit promis a son ami; & pour mieux le garder, il alla s'enfoncer dans la Chapelle de St. Thomas de Cantorberi, où il resta long-tems en oraison. Par de ferventes prieres il recommanda a Dieu & à la Ste. Vierge le succès de cette retraite, si elle étoit pour sa gloire & pour le salut de son fidéle ami.

Bientôt à S. Victor on fut dans de grandes inquiétudes. Enfin au bout de cinq ou six jours le Prieur de St. Victor reçut une lettre du Pere le Nain, qui étoit à la Trappe, par laquelle il le conjuroit de le laisser dans cette Maison, où il s'étoit retiré pour y passer le reste de ses jours. Jamais nouvelle ne surprit davantage; chacun raisonna selon ses vûës; enfin le conseil s'assembla, & il fut résolu qu'on écritoit à l'Abbé de la Trappe & qu'on lui redemanderoit ce Religieux.

L'Abbé ne répondit qu'à M. de Perefix Archevêque de Paris; & cette réponse, qui est un chef-d'œuvre, eut tout le succès qu'il pouvoit défirer. Le Prélat n'insista pas davantage; le Novice plein de ferveur, malgré sa complexion foible & délicate, acheva le cours de ses épreuves, & il fit profession sur la fin de Novembre 1669. Il a été depuis un des plus fermes appuis de cette nouvelle reforme; & il l'a soutenuë pendant l'efpace de 48 ans.

Après la retraite du Pere le Nain à la Trappe, le Pere Gourdan fe vit dans faint Victor comme dans une affreufe retraite ; il n'y trouva plus ce cher ami qui faifoit toute fa confolation ; mais il ne fut pas long-tems dans cet état fans avoir, pour ainfi dire, honte de lui-même. Il prit la ré-folution de s'abandonner entierement entre les bras de Dieu, d'être fidéle & conftant dans toutes fes pratiques de piété, & de ne chercher plus d'autre confolation qu'en Dieu. Le P. Gourdan, qui, à une pieté ten-dre, joignoit un grand fonds d'humilité, fe regardoit toujours comme incapable par lui-même de faire aucun bien, fur-tout depuis qu'il avoit perdu un auffi folide ami qu'é-toit le Pere le Nain : pour fe foutenir dans la vertu, il crût qu'il ne pouvoit mieux faire que d'entrer dans la Societé de la fain-te Enfance. Jamais Confrere ne s'eft acquit-té plus fidélement de tous fes devoirs ; c'é-toit principalement dans le tems de l'Avent qu'il faifoit paroître fa foi & fa pieté envers ce faint Miftère. Toutes les fois qu'il s'é-veilloit pendant la nuit, depuis le premier Dimanche de l'Avent jufqu'au jour de Noël, il fe levoit, quelque froid qu'il fit, pour ado-rer en efprit la naiffance de Jefus-Chrift.

Depuis fix mois on preffoit le Pere Gour-dan de confentir à fon Ordination pour la Prêtrife, & cette ame fi humble, qui n'en-

visageoit que son indignité, differoit toûjours : le Sacerdoce lui paroissoit un poids
si terrible qu'il n'osoit s'en charger. Pour
le déterminer on fit intervenir M. l'Archevêque de Paris, qui déclara qu'avant que de
mourir il vouloit avoir la consolation de
donner un si saint Prêtre à son Eglise. Il
fallut donc se soumettre ; & tout le tems
qu'on donna au P. Gourdan pour se disposer au Sacerdoce fut employé dans une
oraison presque continuelle. Il redoubla ses
jeûnes & ses austérités ; & après une retraite de dix jours, il alla encore en trem-
blant à l'Ordination.

Ce fut dans les mêmes dispositions qu'il
passa deux mois entiers pour se disposer à
célébrer sa premiere Messe ; aussi devint-
il si habile dans toutes les cérémonies, qu'on
ne l'a jamais vû commettre la moindre
faute, même par inadvertance. Ce fut le 25
de Novembre de l'année 1670. qu'il offrit
à Dieu, pour la premiere fois, l'adorable
Sacrifice de nos Autels. Les assistans se représenterent un Ange qui célébroit les SS.
Mystéres ; sa famille n'eut gueres la consolation de voir ce jour-là le nouveau Prêtre ;
il fut presque tout le jour enfermé dans sa
cellule pour rendre grace à Dieu de la faveur qu'il venoit de lui accorder. Il con-
serva ses sentimens jusqu'au dernier jour de
sa vie ; tous les jours il célébroit la sainte
Messe, & il étoit persuadé qu'on ne pou-

voit fans danger s'éloigner des SS. Myfte-
res; il n'y eut que la maladie qui le difpenfa d'une fi grande obligation qu'il s'é-
toit impofée.

Cette dévotion tendre qu'il avoit pour
Jefus-Chrift, immolé tous les jours pour
nous fur nos Autels, l'engagea l'année fuivante à fe mettre de la Confrerie de l'A-
doration perpétuelle du faint Sacrement,
établie dans l'Eglife de faint Jean en Grê-
ve; c'eft une des plus folides dévotions qu'il
y ait dans cette Capitale, & en voici l'origine.

En 1290, une femme de la Paroiffe de
faint Mery, avoit emprunté d'un Juif un
demi marc d'argent, & lui avoit donné en
gage fa plus belle robbe. La Fête de Pâques
approchant, elle vint trouver le Juif & le
pria de lui rendre fa robbe pour ce jour
feulement, auquel elle devoit faire fes Pâques. Le Juif lui dit que fi elle vouloit lui
apporter ce Pain, qu'on lui donneroit à
l'Eglife, il lui rendroit fa robbe pour toûjours. L'accord fut fait, & la malheureufe
qui reçut la fainte Hoftie, la porta auffi-
tôt au Juif. Le perfide ne l'eût pas plûtôt
en fa difpofition, qu'il la mit dans un
coffre de bois, & la perça à coups de canif, d'où il fortit auffi-tôt du Sang. Ce Miracle l'étonna, mais il ne le convertit point;
il prit un clou, & à coups de marteau la
cloüa fur le coffre; il en fortit encore du
Sang, à l'endroit où elle étoit percée du

B

clou. Alors le Juif dans sa fureur détacha l'Hostie & la jetta dans le feu, d'où elle sortit entiere, sans aucune lésion ; & comme si elle avoit eu des aîles, on la vit voltiger dans la chambre. A ce prodige il appella sa femme, qui descendit avec son fils qui n'avoit que dix ou douze ans, & il leur raconta ce qu'il avoit fait. Ce recit, loin de toucher son cœur, ne fit que l'endurcir : honteux de se voir vaincu & de ne pouvoir, malgré toutes ses fureurs, détruire cette Hostie, le Juif la prit encore, & la jetta dans une chaudiere d'eau boüillante ; cette eau parut teinte de Sang ; mais l'Hostie, sans être endommagée, s'éleva au-dessus de l'eau & se remit à voltiger dans la chambre ; la femme du Juif vit à la place qu'elle avoit occupée dans l'eau, Jesus-Christ en Croix.

Ceci se passa le jour de Pâques 2. d'Avril 1690 sur les 10. heures du matin, dans la maison du Juif, qui demeuroit proche la Croix de la Brétonniere, dans une rüe qu'on appelloit alors la rüe des Jardins, & qui se nomme aujourd'hui la rüe des Billetes, qui étoit l'enseigne du Juif : on a depuis bâti une Chapelle à la place de cette maison. Tandis que cette scéne impie se passoit, on sonna la grande Messe a Ste. Croix de la Brétonniere ; & comme le monde se rendoit a l'Eglise, le fils du Juif qui étoit sur la porte de la rüe demanda a quelques-uns où ils alloient ; on lui

répondit qu'on alloit a l'Eglife pour y adorer Dieu. Vous perdez bien votre tems,
repliqua l'Enfant, car mon Pere vient de
le tuer. La plupart prirent cette réponfe
pour un difcours d'enfant ; mais une femme, plus curieufe que les autres, entra dans
la maifon, fous prétexte de demander du
feu, & vit encore l'Hoftie en l'air ; elle
tendit fon tablier, & la reçut avec refpect:
dans le moment elle fut la porter a fon
Curé, qui étoit celui de St. Jean en Grève,
& elle lui raconta tout ce qui s'étoit paffé,
celui-ci en informa l'Evêque, qui étoit Simon de Buffy ; le Juif & toute la famille
fut auffi-tôt conduit dans les prifons de
l'Evêché ; le coupable avoüa tout, & l'E-
vêque l'exhorta de fe convertir, mais rien
ne fit impreffion fur ce cœur endurci ; il
fut livré au Prévôt de Paris, qui le com-
damna au feu, & le fit exécuter.

La femme & les enfans du Juif fe con-
vertirent, & ils reçurent le Baptême des
mains de l'Evêque. L'Hoftie miraculeufe
fut confervée à faint Jean en Grève, où on
la montre encore ; on y voit les endroits
percés par le canif & par le clou, fans que
la longueur des fiécles ait pû jufqu'à préfent détruire ce témoignage authentique
de la réalité du corps de Jefus-Chrift dans
l'Euchariftie. Le fait paffa bientôt de Province en Province, jufques dans le Païs
étrangers; les Hiftoriens du tems n'ont pas

manqué d'en faire mention , & la chose est devenuë si constante , que M. l'Abbé de Fleuri, qui n'étoit pas un esprit trop crédule , après l'avoir sérieusement examinée , n'a pas fait difficulté de l'inférer dans son Histoire Ecclésiastique.

Quelques années après plusieurs personnes de piété s'associerent ensemble , pour former une Adoration perpetuelle de J. C. dans l'Euchariftie , & lui faire une Amende honorable pour l'outrage qui lui avoit été fait par ce Juif; pour tous les blasphêmes que les Hérétiques ont vomi depuis contre cet Adorable Sacrement; & pour toutes les irréverences & les sacriléges qui se commettent encore tous les jours.

Ce fut dans cette pieuse Compagnie que le P. Gourdan souhaita d'être associé, & cette grace lui fut accordée. Jusqu'ici ce saint Homme avoit été un vrai disciple de saint Augustin & de saint Thomas, mais sa pieté lui avoit donné quelque inclination pour les Messieurs de Port-Royal & pour le P. Amelot de l'Oratoire ; celui-ci n'étoit plus alors ce qu'il avoit été autrefois: autant ennemi des Mrs. de Port-Royal qu'il leur avoit paru affectionné par le passé, il leur faisoit une guerre ouverte: voici l'occasion de leur rupture. En 1645. le P. Amelot composa

V. Moreri.

V. Amelot

la Vie de Charles de * * second Supérieur Général des Peres de l'Oratoire en France, & dans le cours de cet Ouvrage, il fit parler ce Général fur le chapitre de M. l'Abbé de, faint Cyran en termes qui n'étoient point avantageux à cet Abbé. M. Nicole s'en trouva offenfé ; & pour vanger la mémoire de fon ami, il fit un petit ouvrage intitulé : *idée générale de l'Efprit & du Livre du P. Amelot* ; ce n'étoit qu'un effai de ce qu'on lui préparoit. Le P. Amelot fit une réponfe qui trouva plus d'approbateurs que de critiques ; elle étoit pleine de vivacité : mais le P. Gourdan, qui n'aimoit que la vérité, fit fur ces difcours de ferieufes reflexions, & il réfolut de n'y jamais entrer ; dès-lors il prit le parti de la foumiffion à l'Eglife. Cependant on s'écrivoit, & on fe voyoit affez fouvent, mais ce n'étoit que pour parler d'Oraifon & des moyens de s'élever à Dieu. Dans toutes les lettres du P. Amelot au P. Gourdan, on n'y voit pas un mot qui reffente le Janfénifme ; on n'y remarque au contraire que de vives exhortations que lui faifoit ce Directeur pour fe foumettre aveuglement à toutes les décifions de l'Eglife.

Ce fut vers ce tems-là, que preffé par les remords de fa confcience fur fon état, il écrivit à l'Abbé de la Trappe pour le confulter ; il lui expofa fes doutes, les obftacles qu'il trouvoit à fon falut dans St. Victor, les raifons qui demandoient qu'il en fortît, & celles qui combattoient fa retraite ; il le pria de le déterminer dans

une affaire de cette importance , & il l'affura qu'il fuivroit de point en point fes lumiéres. La réponfe de l'Abbé ne fit que
confirmer les doutes du faint Religieux ; il
vit que dans la fituation où il fe trouvoit ,
fon falut étoit en danger ; qu'il falloit fe
réfoudre à vivre dans une guerre continuelle
avec fes freres , ou à fuivre comme eux les
mêmes coûtumes ; il prit le parti de tenir
ferme & de s'expofer aux plus grandes contradictions , plûtôt que de ceder au torrent
& de manquer à fes plus effentielles obligations.

Mais bientôt il fut livré à de nouvelles
inquiétudes : qu'elle préfomption, fe difoit-
il à lui même , de s'imaginer qu'on puiffe
fe foûtenir toute fa vie dans une fituation
fi violente ? Pourrai-je toûjours y réfifter ?
il en revint au confeil de l'Abbé, qui étoit
de fe retirer dans la folitude, pour y joüir de
la fainte liberté des enfans de Dieu. Il penfa
à l'ordre des Chartreux, qui s'eft toûjours
maintenu dans la plus exacte régularité ;
mais il ne fçavoit comment faire réuffir fon
projet. Après avoir tout examiné, il réfolut de faire un voyage à la Trappe , pour
s'expliquer avec l'Abbé fur toutes fes difficultés, & pour voir fi la vie qu'on y mene
n'étoit pas au-deffus de fes forces. Il étoit
déterminé à y refter , fi l'Abbé le jugeoit à
propos.

Jamais réfolution n'a tant coûté au Pere

Gourdan, que celle qu'il prit alors de faire
le voyage de la Trappe. Il y avoit 12. ou
13. ans qu'il étoit entré a St. Victor, & il
n'en étoit forti que pour prendre les Ordres;
malgré toutes les inftances de fa famille &
de fes amis, il étoit toujours refté dans
fon Cloître; il le regardoit comme fon
tombeau, d'où il ne prétendoit fortir que
pour paroître au Jugement dernier; content
de recommander au Seigneur les affaires
de fa famille, & de prier pour fes amis,
il regardoit le refte du monde d'un œil in-
different, & il ne vouloit pas même en
entendre parler; il ne pouvoit fouffrir toutes ces forties & ces vifites dont il étoit
fpectateur, & il étoit perfuadé, comme St.
Jean Climaque, *Qu'un Moine hors de fon*
Cloître, eft comme un poiffon hors de l'eau, &
qu'il n'y fera pas long-tems fans perdre la
vie de la grace. Aufli voyons-nous que le
Pere Gourdan a été fi fidéle à cette réfolution, qu'en plus de 50. années qu'il a
encore vêcu depuis ce voyage de la Trappe, il n'eft forti qu'une feule fois de fon
Cloître, en confidération d'un Proteftant
qui ayant conçu une haute eftime de fa
vertu, le demanda pour l'affifter a la mort.

Ce fut donc au mois de Septembre 1673
qu'il vint à la Trappe, & il fut frappé de
tout ce qu'il y vit. Les abords de ce Monaftére n'y refpirent que la fainteté, par fa
fituation affreufe & par ce morne filence

dont il eſt environné. Le Pere Gourdan
étoit dans une admiration continuelle , &
il ſe croyoit déja dans un autre monde ;
on le laiſſa aſſez long-tems dans une Salle
pour lire & méditer a loiſir les ſentences
qui y ſont repréſentées ; enfin on le conduiſit dans une autre, où il trouva une table
dreſſée fort proprement : alors l'Abbé parut , ſalua les hôtes ſans leur rien dire , leur
donna a laver , fit la Bénédiction de la table , & ſe retira en ſilence.

Le Pere Gourdan mangea peu , il ne fit
qu'admirer le bel ordre que l'Abbé avoit
établi juſques dans les moindres choſes. A
peine fut-il retiré dans la chambre qu'on
lui avoit déſtinée , qu'on vint l'avertir que
le Pere Abbé l'attendoit dans la Bibliothé-
que , où on le conduiſit ; tous deux s'em-
braſſerent avec toute la cordialité poſſible ,
& ils entrerent en conference. Le Chanoine
de St. Victor ouvrit ſon cœur a l'homme
de Dieu ; il lui découvrit toutes ſes peines ,
les voyes par leſquelles le Seigneur l'avoit
conduit , les penſées qu'il lui inſpiroit pour
l'avenir , les obſtacles qu'il trouvoit dans
ſon Cloître pour tout ce qui regardoit ſon
ſalut ; & ſur toutes ces difficultés il lui
demanda ſes lumieres & ſes avis. L'Abbé
le plaignit , & il ne put s'empêcher d'a-
vouer que parmi tant de relâchement il
étoit bien difficile de ſe ſauver ; qu'il n'y
avoit pas d'autre reſſource que la retraite , &

que c'étoit-là le moyen le plus sûr d'obferver les obligations qu'on avoit contractées
par la profeffion réligieufe. Le réfultat de
cette conférence fut que le jeune Chanoine
s'éprouveroit pendant 8 ou 10 jours, en
fuivant la Communauté de la Trappe dans
toutes fes pratiques, & que fi ce genre de
vie lui convenoit, il demanderoit à fes Su-
perieurs la permiffion de l'embraffer.

Dès le lendemain le P. Gourdan quitta
l'appartement des hôtes, prit une Cellule,
& commença à fuivre tous les exercices de
la Communauté. Comme il s'étoit déja accoûtumé à fe lever la nuit, les Matines ne
l'effrayerent pas; mais la dureté du lit, qui
n'eft qu'une paillaffe piquée, & plus dure
que les planches même fur lefquelles elle
eft pofée, lui parut infupportable; il ne
put dormir de toute la nuit; & lorfqu'il fe
leva pour Matines, il avoit le corps brifé;
à peine pouvoit-il fe foûtenir.

Mais infenfiblement le corps eft fi acca-
blé par les exercices & par la nourriture,
qu'en peu de jours on dort profondement
fur cette miferable paillaffe; & c'eft ce que
le P. Gourdan éprouva lui-même. Il fe fit
auffi bientôt à la nourriture, qui à certains jours, eft encore plus infipide que
celle des anciens Anachoretes; il en fut
quitte la premiere fois pour laiffer fa portion après l'avoir goûtée, mais enfuite il
s'apprivoifa avec ces fortes de ragouts, &

B 5

il en mangea comme les autres. Il n'en étoit pas de même des divins Offices ; il étoit comme extafié & hors de lui-même en voyant ces faints Religieux au Chœur, chanter les loüanges de Dieu ; rien ne lui préfentoit mieux, felon lui, ce qui fe paffe dans le Ciel ; & il croyoit voir ces Efprits bienheureux abîmés devant la Majefté du Très-Haut ; auffi ne fe laffoit-il point au Chœur, quelques longs que fuffent les Offices, on fortoit toûjours trop-tôt pour lui.

Cinq ou fix jours après, l'Abbé envoya chercher le P. Gourdan, & il lui demanda comment il s'accommodoit de ce nouveau genre de vie : j'y fuis déja tout accoûtumé, lui répondit-il ; je fuis enchanté de tout ce que je vois, mais Dieu me fait connoître qu'il ne me demande pas ici ; il m'exerce par des fechereffes & des aridités que je n'ai jamais éprouvées ; je ne le trouve plus dans l'Oraifon, & il me femble qu'il me fuit ; je me fens dans des ténébres affreu-fes, & j'ai peine à me fupporter moi-même.

Le Pere Abbé, qui étoit un grand maî-tre de la vie fpirituelle, fut étonné du trifte état où fe trouvoit ce faint Réligieux ; il le regarda dabord comme une épreuve, & il efpera que ce nuage fe diffiperoit ; il con-feilla au P. Gourdan de perfeverer encore quelques jours dans fes exercices, & de s'armer toûjours du flambeau de la foi dans ces tems d'obscurités. Le saint Pénitent admira la doctrine de son Directeur ; il continua ses exercices, & il éprouva toûjours les mêmes dégoûts ; il pria l'Abbé de lui permettre de voir Dom le Nain son Confrere, & il espéra que ce cher ami découvriroit mieux les causes des peines qu'il ressentoit.

L'Abbé lui accorda cette permission, & Dom le Nain ne fit que confirmer tout ce que l'Abbé lui avoit dit. Dès qu'ils se furent separés, le Saint, à son ordinaire, se mit en Oraison, & il ressentit la même sécheresse ; quelques jours après il rendit compte à l'Abbé de toutes ses infirmités, qui ne faisoient qu'augmenter de jour en jour. Après une longue conference, le Directeur conclut que Dieu n'appelloit point ce saint Réligieux dans le désert de la Trappe, & il lui conseilla de s'en retourner à saint Victor, où il pourroit être d'une grande utilité, s'il avoit le courage d'y rappeller la vie primitive des premiers Chanoines de cette Abbaye.

L'humble Chanoine n'étoit occupé que de sa propre sanctification, & il ne se croyoit nullement capable de travailler efficacement à celle des autres ; il promit de faire tout ce que l'Abbé jugeroit à propos, & il lui demanda avec instance le secours de ses prieres ; ils contractérent dès-lors une amitié très-étroite, qui a duré toute

leur vie ; & après s'être embrassés , le P.
Gourdan revint à saint Victor tout occupé
des paroles de vie qu'il avoit entenduës du
saint Bernard de son siécle.

Toûjours dans l'admiration des prodiges de vertu qu'il avoit vû à la Trappe,
animé du zéle dont le saint Abbé , dans ses
entretiens, avoit embrasé son cœur , plein
de ces ardens désirs qu'il avoit conçu de
voir refleurir la pieté dans l'Abbaye de saint
Victor , l'esprit tout occupé des loix primitives qui y étoient autrefois en vigueur,
& dont l'homme de Dieu lui avoit tracé
un fidéle tableau , le P. Gourdan conjura
la bonté de Dieu de benir ses desseins, qu'il
n'avoit formés que pour sa gloire , & d'inspirer à ses freres des vûës si saintes d'où
dépendoit leur bonheur éternel. Il ne se
dissimula point les obstacles qu'il prévoyoit
dans l'exécution de cette entreprise , mais
il attendoit tout le secours de la protection
de son Dieu.

Avant que de commencer, le P. Gourdan lût avec attention tout ce qui pouvoit
lui donner quelques lumiéres sur ce sujet.
Il remonta à la source, & il examina quelle
étoit la vie des Chanoines de saint Ruf,
dont ceux de saint Victor tirent leur origine. Après s'être convaincu par des témoignages irréprochables, de l'étenduë &
de l'importance de ses devoirs , voici le
plan qu'il se forma pour lui-même , & il

laiſſa à la Providence le ſoin de toucher le cœur de ſes freres.

1°. Il s'interdit pour toûjours l'uſage de la viande & du poiſſoin, ſe réduiſant à ne vivre que de laitage & de legumes, rarement des œufs. 2°. Le vin lui parut une boiſſon peu convenable à des Moines. Saint Benoit l'avoit dit avant lui, ſans oſer néanmoins l'interdire tout-à-fait à ſes Moines, à cauſe de leur indocilité. Le Pere Gourdan ſe fit une loi de n'en boire jamais ; peut-être trouva-t-il que les premiers Chanoines de ſaint Victor ne buvoient que de l'eau, & il voulut les imiter. 3°. Il reprit tous les jeûnes de l'Ordre, & il en renouvella pour lui ſeul toute la rigueur & l'auſterité primitive. 4°. Il ſe conſacra à un perpetuel ſilence, & il n'eut plus de converſation avec ſes freres ; il ne prit d'autre récréation que dans la méditation des vérités éternelles, & il y paſſoit 4 ou 5 heures tant le jour que la nuit. 5°. Il réduiſit ſon ſommeil à 3 ou 4 heures, & il ne ſe recouchoit point après Matines, auxquelles il ne manquoit jamais d'aſſiſter. 6°. Il n'approcha plus du feu pour ſe chauffer, même dans les plus grands hyvers. 7°. Il retrancha tout ce qui pouvoit reſſentir la vanité, ou intéreſſer le vœu de pauvreté ; aucune argenterie à ſon uſage ; tout fut réduit au plus ſimple & au plus commun, tel qu'il convient à des pauvres de

J. C. & fa Cellule étoit très-pauvre, à peu près comme celles de la Trappe ; le plus précieux de ces meubles , étoit une croix de carton , au bas de laquelle étoit écrit, *anéantiffement perpétuel.* 9°. Il en fut de même pour fes habits ; ils n'étoient que d'étoffes groffieres & des plus communes.

Il ne s'agiffoit plus que de la permiffion de fuivre ce plan de vie, & d'exécuter toutes ces réfolutions. Ce fut fon plus grand embarras. Dans toutes les Communautés Religieufes on ne veut point de fingularité , pas même dans les exercices de piété ; on la regarde comme une condamnation de la conduite des autres ; il n'en faut pas davantage pour fe rendre odieux , & s'attirer quelque perfecution. Le P. Gourdan eu beau repréfenter que telles étoient les régles que les premiers Chanoines de S. Victor avoient obfervées ; que leurs Conftitutions étoient conformes au plan de vie qu'il voudroit fuivre ; qu'en faifant profeffion il s'étoit engagé à les fuivre ; que rien n'étoit capable de l'en exempter ; qu'il feroit jugé fur ces loix , & non fur les coûtumes que le relâchement avoit introduites ; qu'une coûtume , quelque ancienne quelle foit , n'eft qu'une erreur dès qu'elle eft contraire à la loi : il ne fut pas écouté ; on le traita d'efprit inquiet, fingulier & orgueïlleux : quelques-uns même difoient qu'il falloit l'enfermer comme un in-

fenfé; l'allarme fe mit dans tout le Monaftére, & ceux qui fçavent ce que c'eft que
Communauté, n'auront pas de peine à con-
cevoir quelle fut l'indignation des Freres,
& ce qu'eut à fouffrir le faint Religieux qui
leur repréfentoit leurs Régles primitives.

Il s'en trouva néanmoins quelques-uns
de ceux qui jufqu'alors avoient le plus admiré fa vertu, qui dirent hautement qu'un
pareil projet ne pouvoit que faire honneur
à la Maifon, & qu'il étoit inouï que dans
un Monaftére on eût empêché un particulier d'obferver fa régle a la lettre. Ils ajoûterent que Dieu fe ferviroit peut-être de
l'exemple d'un fi faint homme pour en attirer d'autres ; que les Supérieurs feroient
trop heureux s'ils n'avoient à conduire que
des Religieux qui tendent à la perfection ;
qu'enfin fi Dieu avoit infpiré au Pere Gour-
dans un deffein fi édifiant, il réüffiroit malgré toutes les oppofitions des hommes.

Il y en eut d'autres qui regarderent cette
reforme d'un œil fort indifférent : c'étoient
des gens qui aimoient la paix, & qui fe
mettoient peu en peine de tout ce qui fe
paffoit, pourvû qu'on les laifsât vivre a leur
fantaifie : Il faut le laiffer faire, difoient-
ils ; qu'il vive comme il voudra, pourvû
qu'il nous laiffe en repos ; il fe laffera bientôt de toutes ces auftérités, & il fera trop
heureux d'en revenir à la vie commune ;
c'eft un refte de zéle qu'il a puifé a la Trap-

pe ; avec le tems tout cela se dissipera.

Ainsi il se forma une espéce de schisme dans le Monastère par la contrarieté des sentimens : il fallut avoir recours à Mr. l'Archevêque de Paris, comme au premier Supérieur de S. Victor. C'étoit alors Mr. du Harlay, Prélat d'un aimable caractére, qui ne cherchoit qu'à contenter tout le monde. La premiere chose que fit Mr. l'Archevêque, fut de se mettre bien au fait, & d'entendre les differens partis. Dès qu'il fut parfaitement instruit de cette affaire, il en conçut toute l'importance, & il en prévit les inconveniens. Le premier qu'il y trouva, fut que ce genre de vie que vouloit suivre le Pere Gourdan, étoit une condamnation publique de la conduite de ses Freres, que le monde en seroit bientôt informé, & qu'on n'auroit plus la même estime pour la Maison de St. Victor. 2°. Il craignoit que cette reforme ne causât un schisme dans le Monastére, & qu'on ne persecutât le saint Religieux qui vouloit l'entreprendre. 3°. Il jugeoit que ce genre de vie, quelque saint qu'il fût, étoit pourtant une singularité qui ne doit pas se souffrir dans une Communauté, où tout doit être uniforme.

Ce fut sur toutes ces difficultés que le Prélat voulut avoir l'avis de la Sorbonne, afin de ne rien faire que selon les régles de l'équité. Il fit donc venir quelques Docteurs,

qu'il choisit parmi ceux qui avoient plus
de piété & dérudition , & il leur proposa
ses doutes. Les sentimens ne furent point
partagés ; tous répondirent qu'ils ne vo-
yoient point par quelle raison on pouvoit
empêcher un Réligieux de vivre conformement aux loix de son état ; que ce mouvement ne pouvoit être inspiré que de Dieu,
& qu'il ne convenoit point a un homme
d'y résister , & de priver l'Eglise d'un exemple si édifiant. Ils ajoûterent que loin de
méprifer la Maison de St. Victor , on en
feroit plus edifié, quand on verroit que la
vertu y est respectée , qu'il s'y trouve encore des particuliers qui ont assez de zéle
pour y faire revivre le premier esprit de son
Institut ; qu'au reste on mérite bien une
confusion qu'on s'est attirée par sa faute ,
& que Dieu se sert quelquefois de cette
confusion pour faire rentrer le pécheur en
lui-même & le convertir.

Pour ce qui est des reproches & des rail-
leries que les Freres pourroient faire au P.
Gourdan sur sa maniere de vivre , on ne
devoit pas les appréhender , puisque ce
faint Réligieux étoit résolu de passer le reste
de ses jours dans une retraite & un silence
rigoureux , & de n'avoir d'autre conversation qu'avec ses Supérieurs , qui étoient
trop sages pour insulter à la vertu. Au sujet de la fingularité , on soutint qu'un Religieux ne devoit pas appréhender d'être

fingulier en pratiquant feul ce qui devoit
être obfervé par tous fes Freres ; qu'il doit
s'abftenir des pratiques & des coûtumes
qui s'oppofent à fon falut, & même à fa
perfection, fût-il le feul qui s'en abftint.
Toute fingularité n'eft point blâmable, &
il en eft qui eft quelquefois d'obligation ;
mais on ne fçauroit trop bannir des Mo-
naftères celles qui y introduifent des airs
mondains & des adouciffemens que la
régle ne permet pas ; c'eft par ces licences
que les plus grands déréglemens font en-
trés dans les Cloîtres, & c'eft la feule fingularité qui ne s'y doit point fouffrir.

Après avoir entendu toutes ces raifons,
l'Archevêque vit bien qu'il n'y avoit rien
à craindre en accordant au Serviteur de
Dieu ce qu'il demandoit avec tant d'ardeur
pour fon falut, & il conclut qu'on lui
laifferoit la liberté de fuivre le plan de vie
qu'il avoit expofé. Le Prélat perfuada la
même chofe aux Supérieurs de faint Victor, & il les engagea à ne plus perfécuter
ce faint Réligieux, qui faifoit tant d'honneur à leur Ordre.

Tandis qu'on délibéroit fur cette affaire, le Pere Gourdan étoit profterné aux
pieds des Autels, & il demandoit à Dieu
que fa fainte volonté fût accomplie dans
toute fon étenduë ; il étoit perfuadé que la
perfection du Chriftianifme confifte, non
pas à faire des grandes chofes & à fe dif-

tinguer du commun des fidéles par des actions éclatantes, mais à fuivre les voyes
de la grace, & à marcher dans les fentiers
qui nous font marqués par la volonté de
Dieu. Dès qu'il eut appris qu'on lui laiffoit une entiere liberté de fuivre l'ardeur
de fon zéle, & qu'il pouvoit marcher dans
les voyes étroites qu'il s'étoit propofées,
fans craindre d'être féduit par des lueurs
trompeufes, il répandit fon cœur devant
Dieu en actions de graces, & il ne penfa
plus qu'à joüir de cette précieufe liberté,
& qu'à profiter de cette nouvelle grace qu'il
venoit d'obtenir. Il fit encore une revûë fur
lui-même, & il examina s'il n'y avoit plus
rien qui ne fût conforme à cet efprit de fimplicité & de pauvreté religieufe qui avoit
été fi agréable à Dieu dans les premiers Chanoines de S. Victor. Dès ce moment il commença de s'abftenir de toutes les mondani-
tés qui s'étoient introduites dans ce Mo-
naftère; & quoique fur la fin de fa vie, il
fût devenu chauve, on ne put jamais lui
perfuader de prendre la perruque.

Non content de ne plus vivre que de
racines & de legumes, de ne boire que de
l'eau, de jeûner comme on faifoit dans la
primitive Eglife, de fe priver de toutes les
converfations avec les hommes, & de s'interdire les forties du Cloître & les prome-
nades, il fe condamna à ne paffer aucun
jour fans exercer fur fon corps quelque

nouveau genre de martyre qui en fit un homme crucifié : Jesus - Chrift abîmé de douleur & chargé de playes pour le falut des hommes, étoit l'objet ordinaire de fes méditations. Dans cette vûë, le Lundi il fe revêtoit d'un rude cilice, le Mardi d'une haire, le Mecredi d'une ceinture de fer, le Jeudi d'un bracelet armé de pointes, le Vendredi il prenoit une rude difcipline ; on en a une qui a été long-tems à fon ufa-ge, & qu'on voit encore teinte de fon fang ; le Samedi, il fe ceignoit d'une ceinture de crin, qui par les pointes dont elle étoit hériffée, tenoit fon corps dans un état de fouffrances continuelles, & faifoit de ce faint Réligieux un homme de douleur & un véritable difciple de la croix de J. C.

La vertu a cela de propre, que plus elle fe cache aux yeux des hommes, plus Dieu la manifefte : une vie auffi auftère & auffi pénitente que celle du Pere Gourdan ne put être long-tems ignorée. Bientôt Paris en fut informé, & tous ces prodiges de pé-nitence fe répandirent jufqu'aux extrêmités du Royaume. Plus la chofe étoit rare dans un fiécle fi corrumpu, plus elle excitoit la curiofité des peuples : on s'empreffoit pour voir le Saint, lorfqu'il alloit à l'E-glife ; on épioit le moment qu'il difoit la Meffe, & il la difoit tous les jours ; jamais l'Eglife de S. Victor n'a été fi fréquentée.

Il eft vrai que c'étoit un fpectacle digne

de Dieu & des Anges, de voir ce faint
homme à l'Autel, fon recueillement, fa
pieté, fa tendre dévotion en infpiroient à
tout le monde ; la Chapelle de la fainte
Vierge où il difoit la Meffe étoit toûjours
pleine, & dans cette multitude on ne voyoit
perfonne qui ne fût dans une pofture modefte & édifiante, ce qui eft fort rare dans
les Eglifes, tant la préfence du faint homme faifoit d'impreffion fur les efprits.

En effet on auroit eu peine à s'échapper
& à commettre la moindre immodeftie,
en voyant le Pere Gourdan s'acquitter de
ce redoutable miniftére ; fon air grave &
pofé, cette modeftie charmante qui étoit
peinte fur fon vifage, fes yeux toûjours
fixés en terre lorfqu'il fe tournoit vers le
peuple, cette ardeur dont fon cœur étoit
embrafé, fur-tout après la confécration, cette
voix douce qui prononçoit toutes les paroles avec tant d'onction, tout cela impri-
moit du refpect & de la dévotion aux affiftans les plus endurcis : fa Meffe, qui du-
roit une demi heure entiere, ne parroiffoit
jamais trop longue ; on ne fe laffoit jamais
de voir & d'entendre ce faint Prêtre à
l'Autel. Quoiqu'il n'eût pas le don des larmes, au moins d'une maniére fenfible,
cependant on l'a entendu plufieurs fois,
lorfqu'il tenoit le Corps de Jefus - Chrift
entre fes mains, pouffer des foupirs fi tendres qu'ils ne pouvoient partir que d'un

cœur noyé de larmes, ou d'amour, ou de componction. On a cru qu'il se retenoit alors, & qu'il étouffoit, pour ainsi dire, les mouvemens de l'Esprit-Saint qui l'agitoit, pour n'être pas en spectacle au peuple assemblé. Mais il se dédommageoit bien de cette contrainte dans ses actions de graces après la Messe, lorsqu'il se croyoit seul dans la Chapelle, sans autre témoin que Dieu & ses saints Anges : alors dans la posture la plus humble & la plus édifiante, il demeuroit des heures entières la tête nuë, un peu panchée, les bras croisés sur la poitrine, comme s'il eût embrassé Jesus-Christ que la foi lui représentoit encore présent dans son estomac sous les especes sacramentelles. Le désir de posséder J. C. étoit extrême en lui, & rien ne le consoloit de s'en voir séparé en cette vie, que sa présence au saint Sacrement de l'Autel & dans la sainte Communion ; ainsi on ne doit pas s'étonner que ses actions de graces durassent si long-tems. Le don des Miracles n'est pas si étroitement uni avec la sainteté, qu'il n'en puisse être separé ; on peut être un grand Saint sans faire des miracles, & l'on peut faire des miracles sans être Saint. Dieu communique ses dons à qui il lui plaît. Le peuple pour l'ordinaire n'en juge pas ainsi, & il se persuade qu'un homme qu'il croit être Saint, est si puissant auprès de Dieu, qu'il en obtient tout ce qu'il veut. Ce fut dans ce préjugé qu'un grand nombre de perſonnes eut recours au Pere Gourdan , & qu'en differentes circonſtances critiques on implora le ſecours de ſes priéres : comme les ſuites en furent heureuſes , on ne douta pas qu'on ne fût redevable de ces faveurs à ce grand ſerviteur de Dieu.

Cette idée paſſa du peuple chez les perſonnes diſtinguées ; en moins d'un ou deux ans, ce ſaint Réligieux devint l'azyle de toutes les perſonnes affligées,& leur interceſſeur auprès de Dieu pour toutes les graces qu'on ſouhaitoit en obtenir. De la Ville , cette confiance ſe répandit dans toutes les Provinces : des extrêmités du Royaume on ſe recommada à ſes prieres : ſon pouvoir auprès de Dieu ne parut jamais d'avantage que lorſqu'il s'agiſſoit de recouvrer quelque choſe qu'on eût perdue ou qui eût été volée , on étoit perſuadé dans Paris que lorſque le Pere Gourdan avoit dit la Meſſe à cette intention , la choſe ſe retrouveroit , & qu'on ne devoit plus en être en peine.

Voici un fait que je ſçai de lui même. Dans le tems des Billets de Banque , un jeune homme qui portoit le porte feüille de M. ſon Pere , dans lequel il y avoit 150000. livres , fut oublié dans un fiacre par le jeune homme , qui ne connoiſſoit ni le Caroſſe ni le Cocher. Après avoir fait bien des perquiſitions , le pere & le fils pleins de confiance, allèrent prier le Pere Gourdan de dire la Meſſe pour eux ; après la Meſſe, le fils dit en chemin faiſant à ſon pere, voici le Cocher qui m'a conduit le jour que je perdis le porte feüille ; le Cocher s'arrête à ſon tour & reconnoît le jeune homme ; d'eux-mêmes ils s'approchent l'un de l'autre, & le Cocher lui dit, n'eſt-ce pas vous M. que j'ai mené tel jour ? n'avez vous rien laiſſé dans mon Carroſſe ? C'eſt moi-même, lui répondit le jeune homme, & il lui marqua toutes les circonſtances : raſſurez-vous, leur dit alors le Cocher, venez chez moi & je vous remettrai tout en main.

Il eſt aiſé de juger quelles actions de graces cette famille rendit à Dieu, & quelle fut ſa reconnoiſſance envers le Pere Gourdan. Le ſerviteur de Dieu attribua tout à la Providence, & non pas a ſes foibles priéres. Voici encore un fait qui mérite d'être raconté : Une Dame de qualité avoit perdu un petit animal qu'elle idolâtroit ; inconſolable de cette perte, elle fit afficher des placards, & elle promit une ſomme conſiderable a celui qui le rapporteroit ; tous ſes ſoins furent inutiles. Une femme de chambre, voyant ſa Maîtreſſe ainſi affligée, lui dit qu'il falloit engager le Pere Gourdan à dire la Meſſe à cette intention. La Dame trop crédule vint trouver le ſaint Homme, & ſans s'expliquer ſur la perte qu'elle avoit faite, elle le pria de recommander

mander à Dieu cette affaire qui lui tenoit
fort au cœur ; le Pere, qui n'étoit nullement curieux, en demeura là , & fans s'in-
former quelle étoit cette perte , il confola
la Dame , & il l'exhorta à fe foumettre en
tout à la volonté de Dieu ; il l'affura enfuite qu'il recommanderoit cette affaire à
Dieu , quand il approcheroit des faints
Autels.

La Dame s'en alla fort confoleé , & elle
efpéra revoir bientôt l'objet qu'elle défiroit
depuis plufieurs jours ; mais le Pere , dès
qu'il fut à l'Autel , & qu'il pria pour cette
perfonne , fentit comme une main invifible qui le repouffoit & qui rejettoit fa
priere , ce qu'il n'avoit jamais éprouvé.
Cependant il continua fa Meffe , & dès le
jour même , foit que Dieu lui eût revelé
tout le myftére , foit qu'il l'eût appris d'ailleurs , il envoya chercher cette Dame , qui
vint auffi-tôt ; mais elle fut fort furprife
d'entendre l'homme de Dieu , qui d'un ton
févére , lui reprocha fa faute , & qui lui en
fit connoître toute l'énormité : fçachez , lui
ajoûta-t-il , que Dieu fçait punir ces pro-
fanations , & que fi par la pénitence vous
ne les réparez , fa main toute puiffante
s'appefantira bientôt fur vous. La Dame
confternée verfa des larmes , elle répara
fa faute , & elle fe condamna à fe paffer
le refte de fes jours de ces fortes d'amufe-
mens , qui l'auroient expofée à un fi grand

C

danger : le Pere de son côté fut plus reservé , & dans la suite il ne voulut plus dire de Messe, ni faire des prieres , qu'il ne fut informé du sujet pour lequel on les lui demandoit.

Le Collier de Madame la grande Duchesse, qui valoit 60000. livres, fut volé; la personne qui l'avoit en garde vint toute désolée demander au saint Religieux d'implorer la misericorde du Seigneur ; le même jour après la Messe l'on vint rapporter au Pere Gourdan une petite Boëte , en le priant de la faire remettre à celui à qui on l'avoit volée. Il a lui même confirmé ce miracle.

En voici encore un, signé de celui à qui il est arrivé. Le 9. Septembre 1724. le nommé Tison ayant fait toutes les perquisitions possibles pour avoir des nouvelles de son fils qui avoit disparu , alla faire dire la Messe par le Pere Gourdan, & l'entendit : entre les deux Elévations il eut une vision, dans laquelle il crut voir son fils qu'on tiroit de l'eau noyé. En sortant du Cloître de St. Victor , un particulier qu'il rencontra de sa connoissance lui dit , je viens de voir votre fils tiré de la riviere, noyé Une infinité de personnes sont en état d'attester un nombre infini de semblables événemens.

La véritable humilité s'allarme des moindres honneurs , & les ames qui sont concentrées dans cette vertu ne peuvent souffrir qu'on les eftime ; plus elles avancent dans la perfection, plus elles s'étudient a s'anéantir. Le Pere Gourdan n'eut pas plûtôt reconnu que malgré toute les précautions qu'il avoit prifes de fe tenir caché, on venoit le chercher de routes parts, qu'il dit à tous ceux qui s'adreffoient a lui, que Jefus-Chrift vouloit glorifier fa fainte Mere, & que c'étoit pour rendre fon culte célébre dans cette Chapelle, qu'il accordoit ces graces qu'on lui demandoit en fon nom. Ces difcours répandus dans Paris firent naître dans le cœur des fidéles une tendre dévotion pour la Notre - Dame de St. Victor ; fa Chapelle étoit toûjours remplie, & il fallut une douzaine de Chapelains pour fatisfaire au grand nombre de Meffes qu'on devoit célébrer.

En peu de tems on vit les murailles de cette Chappelle couverte des marques qui atteftoient des miracles faits en faveur de diverfes perfonnes affligées.

Bientôt les liberalités des fidéles s'étendirent jufques fur l'Autel ; on y fit un rétable magnifique, & l'on orna l'image de la Ste. Vierge : les vafes, les ornemens, les linges, tout y devint riche & précieux ; il n'y manquoit qu'un peu plus de fimplicité réligieufe ; mais Dieu avoit égard aux bonnes intentions de ceux qui prodiguoient ainfi leurs richeffes ; & d'ailleurs, c'eft une reffource que le St. Homme réfervoit pour les Pauvres dans les tems malheureux.

La sainteté du Pere Gourdan lui attira encore beaucoup d'aumônes, dont il fut le dépositaire & le dispensateur fidéle ; on étoit persuadé qu'en passant par des mains si pures, elles seroient bien plus agréables à Dieu ; le Saint en recevoit de toutes parts & en abondance ; mais quelle fut sa fidélité & son zéle dans cette distribution ! Il semble que Dieu lui eût révelé où étoient les véritables Pauvres, & quels étoient les besoins les plus pressans : Il étoit si éclairé & si prudent, qu'il ne fut jamais ni séduit ni trompé. Combien de pauvres familles a-t-il fait subsister ? Sa charité étoit ingénieuse à trouver divers moyens de soulager les malheureux.

La Providence mit alors sa fidélité à de rudes épreuves. Quoique le Pere Gourdan fût de très-honnête famille, que son pere eût du bien, & que sa sœur fût mariée avantageusement ; il arriva néanmoins, ce qui n'est que trop ordinaire dans les familles, qu'après la mort du pere, sa sœur fut réduite dans un état fort triste par la mauvaise conduite de son mari. Il ne tenoit qu'au Pere Gourdan de rétablir ses affaires, & la nature parloit en faveur d'une sœur, qui d'ailleurs avoit beaucoup de piété & de réligion, & l'amour propre y trouvoit aussi son compte. Mais le Pere Gourdan, éclairé des plus pures lumiéres

de l'Esprit-Saint , ne fit qu'adorer les ordres de la Providence , & il jugea que
Dieu n'avoit permis toutes ces révolutions
que pour la sanctification de sa famille.
Jamais il ne pensa la mettre à son aise ;
mais il ne la laissa point manquer du nécessaire ; il eut soin de l'éducation de ses
enfans , & il les traita comme les autres
pauvres : Quand on lui représentoit qu'il
pouvoit & qu'il devoit rétablir sa sœur selon son rang , il répondoit qu'il l'aimoit
trop pour la priver des récompenses qui sont
attachées à la pauvreté évangelique. La
dévotion que le Pere Gourdan portoit à
la sainte Vierge , lui faisoit rechercher toutes les occasions de la lui témoigner. Dès
qu'il sçut qu'il y avoit dans le monde une
societé de fidéles qui étendoient le culte de
Marie à toutes les heures du jour & de la
nuit , ce qu'on appelle le Rosaire perpétuel , son zéle s'enflamma , & il voulut
leur être associé. L'opinion la plus commune est, que saint Dominique est l'auteur de
cette dévotion , après une apparition dont
la sainte Vierge l'honora pendant qu'il prê-
choit , en mil deux cens huit , contre les
Albigeois. Le Saint inventa cette maniére
de prier , pour apprendre aux ames sim-
ples à refléchir aux principaux Mystères de
notre Réligion ; elle sçait encore fixer dans
la priere l'esprit de ceux qui ne sont pas
capables d'une grande attention ; les Sou-

verains Pontifes l'ont approuvée , & Gregoire XIII. après la Bataille de l'Epante , ga-
gnée contre les Turcs en mil cinq cens fep-
tante-un , attribuant cette victoire à la dévotion du Rofaire , en inftitua une Fête,
qui dans l'Ordre de faint Dominique , fe
célébre tous les ans avec une grande folemnité.

Dépuis ce tems-là le Rofaire eft devenu
plus célébre; par-tout on a établi des Con-
freries qui font très-édifiantes ; le Pere Gourdan y fut reçu à trente ans ; il recitoit fon
Rofaire après Matines , depuis deux heures du matin jufqu'à trois : c'étoit l'heure
qui lui étoit échue dans le Rofaire perpétuel.

Cette ame purifiée par tant d'exercices
de pieté, fut élevée à un genre d'Oraifon
plus fublime & plus relevé que celui où elle
s'étoit exercée jufqu'alors. Rien n'avoit paru
encore furnaturel dans fes Oraifons. Depuis
près de vingt ans que le P. Gourdan fuivoit
les régles que donnent les Maîtres de la
vie fpirituelle , l'objet principal qui l'occupoit dans fes exercices étoit la juftice de
Dieu dans fa conduite fur les hommes;
quelquefois il fortoit de cet abîme incom-
préhenfible des jugemens de Dieu , & il
Pfal. s'écrioit, *Ouï , Seigneur , vous étes jufte ,*
118. *& vos Jugemens font remplis d'équité!*

Telle étoit fon Oraifon jufqu'en mil fix
cens quatre vingt ; mais alors on apperçut de

grands changemens ; il ne fuivit plus de méthode dans fes faints exercices ; dès qu'il s'étoit mis en la préfence de Dieu , fon ame, comme fi elle eût quitté fon corps, fembloit s'être unie à ce divin objet & comme abîmée en lui ; toutes les puiffances de cette ame fainte étoient dans un profond filence, & fon cœur goûtoit des délices inéfables.

Il y avoit pour lors à Orléans une pauvre Servante que Dieu conduifoit par les mêmes voyes. C'eft la coûtume dans la plûpart des Parroiffes, de veiller au tombeau de Notre-Seigneur le Jeudi-Saint, depuis la fin de la grande Meffe, jufqu'à l'Office de la Croix qui fe fait le lendemain : ces heures de veiller font diftribuées par les Curés entre plufieurs perfonnes de pieté, qui s'offrent d'elles-mêmes pour fatisfaire à cette pieufe pratique: cette fainte fille y venoit à huit heures du foir, & on l'y trouvoit encore le lendemain à quatre heures du matin, dans la même pofture, à genoux, les mains croifées fur la poitrine, & toûjours immobile. A quatre heures elle s'inclinoit jufqu'à terre pour adorer J. C. dans le tombeau , & enfuite elle fe retiroit chez fon maître pour vaquer à fon ouvrage, auffi tranquille & auffi peu fatiguée en apparence, que fi elle eût paffé la nuit dans fon lit. Sa maîtreffe, qu'elle fervoit depuis dix-fept ans, nous en a dit des chofes ad-

C 4

mirables ; outre fon travail, elle menoit la
vie la plus dure &la plus auftére ; elle parloit peu, & fes gages étoient pour les pauvres ; jamais on ne vit de fille plus humble & plus obéiffante : avant le jour elle
avoit fait fon Oraifon ; & dès qu'on l'appelloit elle quittoit tout pour aller à fon devoir:
jamais elle ne s'excufoit, & fes moindres
fautes ne fervoient qu'à l'humilier ; elle
communioit tous les Dimanches, comme
faifoient les Chrétiens de la primitive Eglife ; & elle ne fe conduifoit que par l'avis
de fon Directeur.

Mais malgré les douceurs qu'elle goûtoit dans ces faints exercices, elle quittoit
tout quand fon devoir l'appelloit ailleurs;
ainfi fe font toûjours comportés les Saints.
Dès que la cloche fonnoit pour quelque
Office, le P. Gourdan fe rendoit auffi-tôt à
l'Eglife ; il fe reveilloit de ce doux fommeil
auquel fon ame s'étoit livrée, pour aller
où la volonté de Dieu l'appelloit.

Ce qui affligea alors le ferviteur de Dieu,
ce furent les brouilleries qui furvinrent entre la Cour de France & celle de Rome,
au fujet du droit des Franchifes & de la
Regale ; on crut que le fentiment d'un
homme, dont la réputation de fainteté
s'étendoit jufqu'à Rome, en entraîneroit
beaucoup d'autres, & on fit tout ce qu'on
put pour l'engager à fe déclarer ; mais rien
ne fût capable de l'ébranler. Ce fage Réli-

gieux répondit toûjours qu'il n'appartenoit
point à un particulier comme lui de se
mêler de ces sortes d'affaires , & qu'il ne
pouvoit que prier Dieu , pour qu'il daignât
accorder la paix à son Eglise : Qui suis-je ,
moi, disoit-il, pour annoncer les volontés de
Dieu, qui me sont inconnuës ? Un homme de ma profession ne doit qu'obéir ,
prier, gémir , & jamais il ne doit se re-
pentir de s'être soumis. Il ne voulut pas
même lire les écrits qui se faisoient de part
& d'autre, & qui ne servoient qu'à aigrir
les esprits.

Cette ame véritablement humble , se
défioit de ses propres lumieres, & ne pen-
soit qu'à se couvrir , pour ainsi dire, de
la justice des autres pour paroître avec
quelque confiance devant Dieu. Ce fut
dans cette vûë que le P. Gourdan présen-
ta une requête à l'Abbé & aux Réligieux
de la Trappe , pour être associé à toutes
les bonnes œuvres qui se pratiquoient dans
cette sainte Maison. Sa requête fut exaucée,
& ses lettres-patentes lui furent envoyées
le 25 de Mars de l'an 1682. signées de
l'Abbé & de ses Réligieux. Ses remercî-
mens & sa reconnoissance égalérent son
humilité.

La même année il demanda la même
grace à l'Abbaye de Sept - Fonts , dont la
régularité & l'austerité ne cédent en rien
à celle de la Trappe. Les lettres de con-

C 5

ceſſion que l'Abbé de Sept-Fonts envoya au Pere Gourdan, ſont du 25 de Juin : Voilà, diſoit ce ſaint homme, les deux aîles qui doivent m'élever de la terre & me faire prendre mon vol vers le Ciel. Tous ces ſecours l'animérent à s'avancer de plus en plus dans la vertu, pour ne pas dégénérer de la nobleſſe de ſes ſaints Freres, c'eſt ainſi qu'il parloit des Réligieux de la Trappe & de Sept-Fonts ; & quoiqu'il menât une vie plus dure & plus auſtére que celle qui ſe pratique dans ces deux Monaſtéres, il croyoit cependant ne rien faire en comparaiſon de ces ſaints Solitaires : de là il prenoit un ſujet continuel de s'humilier & de ſe confondre devant Dieu & devant les hommes.

A ſon exemple, ces aſſociations ſe multiplierent dans le monde ; & avant la mort du Reformateur de la Trappe, on en comptoit déja plus de deux cens. Les Rois, les Princes, les Prélats, les perſonnes de la premiere qualité, d'autres d'un rang inférieur, voulurent avoir part aux priéres & aux bonnes œuvres de ces ſaints Solitaires. On veut bien ſe perſuader qu'ils le firent avec les diſpoſitions du P. Gourdan, & qu'ils travaillerent comme lui, par la ſainteté de leur vie, à ſe rendre dignes d'une telle aſſociation.

Le ſaint Réligieux avoit beſoin de tous ces ſecours, pour ſe ſoutenir au milieu d'un orage qui se forma tout à coup contre lui : la vie des plus grands Saints en ce monde, n'est pas toûjours tranquille & uniforme : sur cette mer orageuse on doit toujours s'attendre à quelque tempête, & il en est auxquelles les rochers ont peine à résister. On n'a jamais bien sçû quel fut le sujet de la persecution qui s'éleva contre le Pere Gourdan dans saint Victor ; on sçait seulement en général qu'il s'agissoit d'une décision qui avoit passé dans le Conseil tout d'une voix ; on sçait encore, par la réponse de l'Abbé de la Trappe, qu'on vouloit introduire dans le Monastére une coûtume contraire à la sainteté des loix de l'Eglise ; on soupçonne que c'étoit touchant la reception des Novices, & qu'on avoit statué qu'on n'en recevroit aucun à la profession, quelque mérite qu'il eût, qu'il n'eût payé une certaine somme. Quoiqu'il en soit, le Pere Gourdan s'opposa à cet abus, & il apporta des raisons si fortes, que si elles ne purent faire changer les autres de résolution, elles firent au moins connoître que le saint homme ne parloit que pour la justice & pour l'honneur de sa Maison ; rien ne fut capable de le faire changer ; & quoiqu'il prévit bien que son zéle lui alloit attirer une facheuse persecution, il tint toûjours ferme, & il jugea qu'il étoit glorieux de souffrir pour son Dieu.

C 6

On peut s'imaginer quelle fut l'indignation des Freres , lorsqu'ils virent qu'un seul
homme s'opposoit à leur décision ; on traita sa dévotion de cagoterie , d'orgueil , &
de présomption ; on délibera si on ne lui
retrancheroit point toutes ses singularités ,
qui les choquoient depuis si long-tems , &
si on ne l'obligeroit pas de vivre comme
les autres. Enfin la persécution alla si loin
que le St. Homme crut qu'il falloit céder ,
& se retirer ailleurs pour pouvoir vivre en
paix. Dans des conjonctures si facheuses ,
il s'addressa encore à son oracle , le saint
Réformateur de la Trappe ; il lui exposa
le fait , & il le pria de lui communiquer
ses lumieres : Voici la réponse qu'il en
reçut.

Ceux qui sont engagés , mon très-cher
Pere , dans les observances relâchées , sont
exposés à de grands inconvéniens ; car
quoiqu'ils puissent faire pour se tirer des
voyes communes , & vivre selon les sentimens que Dieu leur donne de leur profession , on y prend souvent des résolutions
générales dans lesquelles on prétend les
faire entrer ; on les presse , on veut qu'ils
fassent ce que font les autres. S'ils y con-
sentent , ils engagent leur conscience ; &
s'ils ont assez de fermeté pour s'en défendre , on les regarde comme des maîtres ;
on dit qu'ils font schisme avec leurs Freres ,
& il n'y a point de mauvais traitemens

qu'ils ne reçoivent ; & ce qui eſt encore plus facheux , c'eſt que leurs raiſons ne ſont écoutées de perſonne , qu'ils ſont ſeuls de leur avis , & qu'il ſe trouve même des gens de bien qui , ſous ce grand principe, qu'un Religieux doit obéïr , condamnent injuſtement leur conduite.

Vous êtes à peu près , mon très-cher Pere , dans ce cas-là ; vous avez juſqu'ici pris le parti de la vérité contre l'abus qu'on veut établir chez vous ; mais ce n'eſt point aſſez de vous être declaré ſi vous ne démeuriez pas ferme dans la réſolution que vous avez pris ; c'eſt Dieu qui vous l'a inſpiréé ; elle eſt ſelon les régles de l'Egliſe , ſelon les conſtitutions des Papes , & mollir dans une occaſion comme celle là ; c'eſt abbandonner la cauſe de Dieu. Vos Peres donnent le dernier coup à votre Congrégation , & ils y font une playe a laquelle on ne remediera jamais.

On ne ſçauroit pas vous dire , mon très-cher Pere , que vous ne pouvez avoir plus de ſujet de la quitter que vous en avez , puiſqu'on y quitte Dieu , & que c'eſt un grand malheur de ſe trouver parmi des gens qui non-ſeulement ne font point de ſcrupule de violer les loix les plus ſaintes de leur profeſſion , mais qui en font une déclaration toute publique : la difficulté eſt que devenir , & quel lieu vous prendriez pour votre retraite ; car vous ſçavez qu'il

n'y a pas à choisir , & que dans le tems
où nous sommes , il n'y a presque point
d'observance qui ne soit point dechûë de
ses premieres rigueurs , & où la régularité
& la discipline ne soient entierement affoi-
blies ; l'on a par-tout de mauvais exemples & en grand nombre , & peu de personnes capables de soutenir & de consoler.
Je ne sçaurois , en l'état où vous êtes , ne
vous pas offrir notre Maison , & ne vous
pas témoigner que la joye la plus sensible
que je puisse avoir au monde , seroit de
vous y voir , pourvû que ce fût l'esprit de
Dieu qui vous y eût conduit ; car en ce
cas vous y auriez toutes les facilités néces-
saires , & l'Ange de Dieu qui vous ten-
droit la main , ne manqueroit pas d'applа-
nir toutes les voyes ; & pour lors cet esprit de priere , de retraite , de séparation
de la vie des hommes dans laquelle vous
me marquez que vous passez des journées
entieres , & la consolation que vous ressen-
tez dans cette vie si seule & si cachée , ne
seroit ni troublée , ni interrompuë par la
succession des exercices , par la présence
des Freres qui sont toûjours ensemble , par
le travail des mains , ni par cette exactitude que nous observons : quand Dieu appelle , il leve tous les obstacles , & les choses , qui d'elles - mêmes seroient remplies
d'amertume , n'ont que de l'agrément &
de la douceur.

J'ai connu ce que je vous dis ici par tant d'exemples, qu'il n'y a gueres de perfonnes qui puiffent en parler avec tant de certitude que moi. J'ai vû des gens d'oraifon venir dans notre Monaftére, après l'avoir défiré long-tems & avec ardeur, y devenir froids comme des glaçons, & perdre en un moment tout ce qu'ils s'étoient imaginés avoir de vocation, & être contraints de retourner dans leur premier état, par le peu de goût qu'ils avoient pour celui-ci; & j'en ai vû d'autres qui n'avoient pas moins de difpofitions, & qui n'étoient pas moins occupés de Dieu que ces premiers, qui s'y font engagés avec une plénitude de volonté, & qui ont paffé toute leur carriére fans qu'il fe foit formé un feul nuage fur eux. C'eft l'efprit de Dieu qui forme ces difpofitions, & quand il fouffle, le Ciel eft toûjours ferein.

Enfin, mon très-cher Pere, c'eft à vous de vous examiner devant Dieu, & à lui demander, par des inftantes prieres, qu'il vous faffe connoître ce qu'il veut que vous faffiez; car affurément c'eft une chofe facheufe, je vous le répéte, que de vivre avec des gens qui n'ont point la crainte de Dieu. Nous recommandons à Dieu votre état & votre perfonne, & nous le prierons, autant qu'il nous fera poffible, de vous infpirer le fentiment qu'il veut que vous fuiviez, foit pour demeurer ferme dans le lieu où il vous a mis, soit pour le changer afin de travailler à votre salut & à votre perfection avec plus de paix & de succès. Faites-moi la justice de croire, je vous en conjure, qu'on ne sçauroit être plus touché que je suis de ce qui vous regarde, ni être avec plus d'estime & de cordialité, Votre très-humble & très-obéissant serviteur, F. Armand, Jean, Abbé de la Trappe. *Ce 28 Août.* 1686.

La consolation que le Pere Gourdan reçut de cette réponse, n'adoucit pas néanmoins ses peines & ses embarras. Ce juste persecuté convenoit bien qu'il avoit des raisons essentielles de changer de retraite; que sa Maison n'étoit point pour lui un port assuré; qu'il y auroit continuellement de rudes épreuves à essuyer, & qu'il étoit très - désagréable d'être toûjours en butte à une Communauté nombreuse : mais d'un autre côté il reconnoissoit que le choix du lieu où il pouvoit se retirer n'étoit pas moins difficile, & que partout il y avoit des dangers : il est vrai que la Maison de la Trappe l'auroit mis à couvert des maux dont il se plaignoit; là il auroit pû donner une libre carriere à son zéle, & contenter le goût extrême qu'il avoit pour la pénitence ; mais pour y venir, le saint Abbé exigeoit qu'on eût quelque certitude que c'étoit l'esprit de Dieu qui l'y conduisoit, & c'est ce qui n'étoit pas facile de reconnoître.

On faifoit pour cela de ferventes prieres à la Trappe & à St. Victor ; grand nombre de perfonnes de piété dans le Siécle & dans le Cloître , qui s'intereffoient dans cette affaire , en faifoient auffi. Le Pere Gourdan , qui d'ordinaire avoit quelque preffentiment des graces que Dieu vouloit lui accorder , ne fe fentit aucun mouvement pour la Trappe ; les féchereffes & les aridités qu'il y avoit autrefois reffenties , le confirmerent encore dans la penfée que Dieu ne l'appelloit point dans cette fainte Solitude : mais ce qui l'arrêta davantage , c'eft qu'on n'y faifoit pas affez , felon lui , d'oraifon mentale , pour laquelle il avoit un attrait particulier.

Ainfi après de longues déliberations & d'ardentes priéres , il réfolut de refter à faint Victor & de s'expofer à tout. Il fçavoit que quelques-uns avoient conclu de le faire enfermer , & il fe repréfenta que c'étoit-là peut-être la voye dont Dieu vouloit fe fervir pour le fanctifier. Eft - ce en vain , difoit-il , que Dieu m'a appellé ici & qu'il a permis que je fois engangé ? la chair & le fang n'ont aucune part à ma vocation , je fuis fûr que Dieu m'a appellé à cet état où je me trouve , & je ne fuis pas fûr qu'il m'appelle ailleurs ; il eft vrai que j'aurai beaucoup à fouffrir dans cette Maifon , & que j'y trouverai de

grandes contradictions, qu'il faudra sans
cesse me roidir contre le torrent, & que
je serai regardé toute ma vie comme un
objet d'indignation & de mépris ; mais si
c'est la volonté de Dieu, que sommes-
nous pour oser nous y opposer ? & nous
convient-il de choisir les voyes par lesquelles nous devons marcher ? Non, sans
doute, il n'en sera pas ainsi ; restons à St.
Victor, & que Dieu soit beni de tout ce
qui pourra en arriver.

Le Seigneur, qui n'abbandonne jamais
ses serviteurs dans leurs plus grandes peines, ne permit pas que le saint Réligieux
fût plus long-tems dans ces agitations. Des
personnes distinguées par leur rang & par
leur mérite, ayant sçû le dessein que le
Pere Gourdan avoit de s'ensevelir dans la
Trappe, regarderent cette démarche comme un meurtre, qui alloit priver la Ville
de Paris des grands exemples de vertu que
ce saint homme y donnoit, ainsi que des
sentimens catholiques qu'il inspiroit, &
vinrent trouver les Supérieurs de saint
Victor ; ils leur remontrerent si efficacement l'interêt qu'ils avoient à ne pas laisser
partir le Pere Gourdan, & à ne mettre
aucun obstacle au genre de vie qu'il avoit
embrassé, qu'enfin les Supérieurs promirent
non-seulement de ne plus l'inquiéter & de
lui laisser une entiére liberté de se conduire comme il jugeroit à propos, mais en-

core de faire enforte que dans toute la Maifon on lui rendît l'honneur & le refpect qui étoient dûs à fa vertu & à fon mérite ; ce qui s'exécuta fidélement dans la fuite pendant quelques années.

Le Pere Gourdan fut donc tranquille, & il employa ce tems précieux à lire les Vies des Peres du Défert , les Ouvrages des Peres de l'Eglife , l'Hiftoire de fon Ordre , & fur-tout il étudia la conduite qu'avoient tenu les premiers Chanoines Réguliers de faint Victor. Il trouva dans ces lectures des confolations infinies , qui lui tinrent lieu de tous les plaifirs auxquels il avoit renoncé depuis fi long-tems. Nonfeulement il y voyoit tous fes devoirs marqués , ce qui l'animoit encore à les remplir , mais il y trouvoit une approbation fecrette de la vie qu'il menoit , ce qui le raffuroit contre les illufions de l'ennemi , qui font toujours à craindre dans les conduites particulieres.

Cela lui perfuada que s'il réduifoit en un corps d'hiftoire tout ce qu'il avoit remarqué en divers endroits de la vie de ces grands hommes , la lecture en pourroit être utile à tous les Chanoines Réguliers, & particulierement à fes Confreres de faint Victor ; qu'ils verroient, comme d'un coup d'œil , ce qu'avoient faits leurs Peres & leurs Inftituteurs pour gagner le Ciel ; quel étoit l'efprit de leur Inftitut, & qu'ils auroient honte de ne pas imiter ceux dont ils se glorifioient d'être les successeurs.

Le Pere Gourdan étoit capable de conduire cet ouvrage à sa perfection ; il avoit de l'étude, le jugement sain, beaucoup de bon sens, & l'onction dont il étoit rempli se répandoit sur tout ce qu'il disoit ou qu'il écrivoit : il s'étendit beaucoup sur toutes les pratiques de ces Saints, sur toutes leurs austérités, sur leurs travaux corporels, leurs jeûnes, leur séparation du monde, leur pauvreté, & leur éloignement pour tout ce qui pouvoit faire entrer l'esprit du siécle dans leurs Cloîtres : il insista particulierement sur cet esprit intérieur qui fait le véritable Réligieux, qui le soutient contre ses propres foiblesses, & qui le met en état d'obtenir de Dieu toutes les graces dont il a besoin, pour se maintenir dans la pureté de l'état qu'il a embrassé.

Dans cet Ouvrage, le Pere Gourdan évite tout ce qui auroit pû le faire passer pour un sçavant ; on n'y voit ni notes historiques ni critiques. Il auroit pû, dans les Vies de Hugues & de Richard de saint Victor, nous faire connoître les véritables ouvrages de ces grands hommes, & les distinguer de tant d'autres qu'on nous a fait passer sous leurs noms ; mais il travailloit plus pour animer le cœur que pour éclairer l'esprit ; il songeoit, en se sanctifiant, à sanctifier ses Freres, & non pas à en faire des Docteurs.

On ne peut cependant s'empecher de remarquer , que fans y penfer , il faifoit lui-même fon apologie , & qu'il juftifioit fa conduite ; car quiconque avoit devant les yeux les tableaux de tous ces faints Perfonnages ne pouvoit accufer le Pere Gourdan de vivre à fa fantaifie , & de vouloir établir des pratiques qui n'étoient pas de fon Ordre : alors toutes ces fauffes accufations, dont on le chargeoit, fe détruifoient d'elles mêmes , & ne laiffoient à ces Cenfeurs que la confufion de ne vouloir pas l'imiter ; car le Pere Gourdan étoit d'une affez foible complexion , & malgré toutes fes infirmités il marcha conftamment fur les traces de tant de grands hommes , qu'il avoit pris pour fes modéles.

C'eft dommage qu'on ait privé le Public d'un Ouvrage fi édifiant, & que perfonne ne fe donne la peine de le faire imprimer. Tout ce qui part de la main des Saints doit être précieux & fort utile pour le falut des hommes. Quelques fimples que puiffent être ces Ouvrages , les Sçavans même en fçavent profiter. Célui dont nous parlons eft refté manufcrit à faint Victor, avec d'autres beaucoup moins confidérables du même Auteur. Peut-être que ceux qui en font les dépofitaires , fe feront un jour quelque fcrupule de les retenir fi long-tems.

Le Pere Gourdan étoit très-méthodique

dans fa compofition ; fes précifions étoient juftes ; il avoit l'efprit inventif & métaphyfique. Un jour ayant entretenu une perfonne de confideration fur la majefté de l'Eglife Catholique, il lui dit de fi belles chofes fur ce fujet, que cette perfonne le preffa avec tant d'inftance de lui donner par écrit le précis de ce qu'il avoit entendu, que le Pere ne put le lui refufer. Dès le lendemain il le lui envoya : ce n'eft qu'une feuille volante, que la perfonne fit imprimer ; & comme les exemplaires en font rares, on ne fera peut être pas faché de voir ici cette piéce, qui pourra donner quelque idée du génie & du caractére du Pere Gourdan.

ŒCONOMIE
DE L'EGLISE CATHOLIQUE
Par le Pere Gourdan.

Dieu le Pere en eft l'Auteur ; le Fils, le Sauveur ; le St. Efprit, le Sanctificateur. La Ste. Vierge en eft la Reine ; les Anges, les Protecteurs ; les Saints, les Interceffeurs. Les Patriarches en font le germe ; les Prophêtes, les oracles ; les Apôtres, le fondement. Les Prêtres en font la voix ; les Diacres, les œconomes ; les Soudiacres, les miniftres. Les Martyrs en font les témoins ; les Docteurs, la lumiere ; les Confeffeurs, le foutien. Les Reli-

gieux en font le fecours ; les Vierges, l'ornement ; les Fidéles, les enfans. Le Bap-
en eft le Berceau ; la Confirmation, la
force ; l'Euchariftie, la nourriture. La Pénitence & l'Extrême-Onction en font les
remedes ; l'Ordre, la jurifdiction ; le Ma-
riage, la pepiniere.

Le Décalogue en eft le rempart ; les
Préceptes, les baftions ; les Confeils évan-
geliques, l'avant mur. Le Corps de J. C.
eft fon dépôt ; l'Infaillibilité, fon caractére ; l'Evangile, fon garant. L'Unité en eft
le centre ; la Sainteté, l'eclat ; l'Univerfa-
lité, le fceau. L'Ecriture Ste. en eft la preuve ; la Tradition, la fermeté ; les Conciles, l'autorité. La Vérité en eft la regle ; la
Douceur en eft l'efprit ; le Zéle, le mouvement. Les Miracles en font les armes ;
la Patience, la victoire ; la Priere, fon
arfenal. La Foi en eft la porte ; l'Efperan-
ce, fon avancement ; la Charité, le
comble.

Les Graces du Sauveur en font les richeffes ; la Chafteté, la fleur ; la Juftice, la
beauté. La Prudence en eft l'œil ; la Force, le bras ; la Tempérance, le corps.
Les Juftes en font la joye ; les Péchés,
l'horreur ; les Pécheurs, la compaffion.
Les Hérétiques font les rébelles ; les Schifmatiques, font fes ennemis ; les Juifs, fes
efclaves. La Converfion de tous fon objet ;
leur Perféverance, fon défir ; la gloire de

Dieu , fon ambition. L'adorable Trinité
eft fon culte ; l'Homme-Dieu immolé , fon
facrifice ; les Cérémonies , fa majefté. La
Terre eft fon exil ; la Croix, fon partage ;
le Ciel eft fon terme. Les Scandales en font
la douleur ; la Pénitence, la confolation ;
les Indulgences , les largeffes. Jefus-Chrift
eft fon époux ; fa préfence en eft la gloire ;
la fin du monde, fon couronnement. Enfin
fes combats font fur la Terre ; fes Souffrances , en Purgatoire ; & fes Triomphes dans
le Ciel.

Tout alors étoit en paix à faint Victor , & chacun ne penfoit qu'à joüir tran-
quillement de la liberté qu'on s'étoit pro-
mife mutuellement , lorfqu'il furvint un
événement qui caufa beaucoup de troubles. On y avoit reçu depuis quelques années un jeune homme qui promettoit beaucoup , & qui avoit vêcu jufqu'alors d'une
maniére affez édifiante ; il étoit fort chéri
des Supérieurs & de la Communauté.

Le Pere Gourdan ne défefperoit point de
l'affocier & de l'engager à reprendre avec
lui la vie auftére & pénitente des premiers
Chanoines de faint Victor ; cette conquête
eût pû en attirer d'autres , & c'eft ce que
le faint Réligieux envifageoit. Cependant
il ne put réuffir dans fon projet ; le jeune
homme étoit d'un naturel doux & facile,
le mauvais exemple des autres le pervertit
infenfiblement ; leurs airs mondains lui
plurent ;

plurent; il se laissa entraîner, & il commença à rechercher tout ce qui peut flatter la nature. Au bout de quelque-tems il s'apperçut qu'il n'étoit plus ce qu'il avoit été, & il vit dans sa conduite une difference infinie de celle qu'il tenoit autrefois. Le fond en étoit bon; ce jeune homme vouloit se sauver, & il jugea qu'étant d'un caractére facile, il se perdroit sans ressource tandis qu'il auroit devant les yeux des exemples si séduisans : il résolut, sans en rien dire à personne, de sortir secrettement & de se retirer à la Trappe. De cette solitude il écrivit à ses Supérieurs pour les prier de l'y laisser finir ses jours. L'Abbé de la Trappe, à qui il expliqua les motifs de sa retraite, les approuva, & il reçut avec joye ce jeune pénitent.

Cette nouvelle causa à saint Victor de grandes agitations ; on murmura contre l'Abbé de la Trappe, & on en dit tout ce qu'on put s'imaginer de plus violent. Il fut ensuite résolu que le Prieur de saint Victor lui écriroit, & qu'il lui redemanderoit son Réligieux ; que si cela ne réüssissoit pas, on interposeroit l'autorité royale ; en un mot, que c'étoit là une affaire d'honneur & qu'il ne falloit pas en avoir le démentir.

D'autres furent d'avis qu'il falloit laisser rallentir cette ferveur passagere ; que le jeune homme s'ennuyeroit bientot de la

D

Trappe ; qu'il reviendroit de lui-même ,
& qu'alors on lui feroit sentir son équip-
pée ; qu'il valoit mieux prendre ce parti
que d'en venir à de certains éclaircissemens
qui sont toûjours facheux & qui tirent
toûjours à conséquence. Cependant le P.
Prieur écrivit d'un ton qui échauffa le stile
de l'Abbé ; il en reçut une réponse, dont
il n'eut pas lieu d'être content. On lui
remit devant les yeux les devoirs de sa
charge , & on lui fit sentir que s'il s'en
fût acquitté, il y auroit plus d'ordre dans
sa Maison , & que ses Religieux ne se trouveroient pas reduits à la malheureuse nécessité d'en sortir.

On fit encore une autre tentative pour
gagner l'Abbé , mais il fut toûjours inexo-
rable. Cette fermeté déconcerta le Prieur
& toute sa Maison ; on vouloit éviter les
procès & ne point donner de scène au public ; on s'adressa au Pere Gourdan , &
on l'engagea à faire quelque démarche vers
l'Abbé pour ravoir ce jeune Religieux qu'il
retenoit dans son désert. Rien n'avoit jamais pû déterminer le Pere Gourdan à agir
contre sa conscience ; il sçavoit que si ce
jeune homme revenoit dans son premier
Monastère , il se perdroit infailliblement ,
& qu'il étoit trop foible pour resister à tant
d'exemples qui l'avoient déja fait succom-
ber. A la première proposition qu'on lui
fit d'arracher ce jeune Religieux des mains

de l'Abbé, il témoigna beaucoup de répugnance ; mais enfin on lui donna par écrit tant de preuves qu'on pouvoit se sauver à saint Victor, que sur ces mémoires, il écrivit une grande lettre à l'Abbé & qu'il donna cette satisfaction à ses Confreres.

Son but dans cette lettre est de prouver qu'à saint Victor on peut se sauver facilement ; que la régularité n'y est point si affoiblie qu'on se l'imagine ; qu'on y conserve encore les principales pratiques de son premier Institut ; que celles qui ne subsistent plus sont compensées par d'autres équivalentes ; que le Noviciat est très-austére ; que le travail des mains n'est point aboli ; que les loix les plus saintes qui ont formé dans le 12éme. siécle la régularité de cette Maison n'ont jamais été abrogées par des loix contraires, & qu'il ne tient qu'à un chacun de les observer encore ; d'où il conclut que l'Abbé peut en toute sureté renvoyer à saint Victor le jeune Religieux qu'il retenoit chez lui ; qu'il y a des graces de vocation attachées à l'état auquel Dieu nous a appellé, & que le zéle que ce Religieux témoigne pour son salut donne lieu d'espérer qu'il sera d'un grand exemple dans une Maison où l'on ne peut douter que Dieu ne l'eût appellé.

L'Abbé, dans sa réponse, réfuta toutes les raisons du Pere Gourdan, mais avec un air de confiance, d'amitié & de polis

D 2

teſſe, qui fait connoître combien ce ſaint homme lui étoit cher , & de quel prix étoient à ſes yeux ſa vertu & ſon mérite. Il eſt vrai que l'Abbé fut ſurpris, & qu'il eut peine à comprendre qu'un ſi ſaint Reli- gieux eût voulu ſe charger d'une ſi mau- vaiſe commiſſion ; il jugea d'abord que cette lettre n'étoit point du Pere Gourdan, & ſa prémiere réſolution fut de n'y pas répondre. Cependant il reconnut ſon écri- ture & ſon ſtile ; cet air de confiance & de pieté qui paroiſſoit dans toutes ſes let- tres ; & il conclut que tout le reſte lui avoit été ſuggeré par ſes Peres : ce fut ce qui le détermina à faire la réponſe ſuivante.

J'ai reçu la Lettre que vous avez pris la peine de m'écrire , mon très-cher Pere , dans laquelle votre zéle paroît dans toute ſa force & ſon étenduë. Je vous dirai ce- pandant , après avoir douté long-tems ſi je vous répondrois, que je me ſuis trouvé dans des ſentimens bien oppoſés aux vôtres ſur le ſujet de votre cher Confrére ; car je vous avouë qu'après qu'il m'eut informé des motifs qui l'obligeoient à ſe retirer de ſon obſervance , je ne crus pas que je puſſe en conſcience lui conſeiller d'y reſ- ter ; & ſi je l'euſſe fait, j'aurois cru arra- cher de la main de Dieu une ame qu'il vouloit garantir du naufrage ; je l'aurois rejetté dans le milieu de la tempête , & il n'y a rien dont je fuſſe moins capable que d'expofer par mes avis l'innocence & la vertu d'un jeune Religieux dont le naturel eft flexible, facile, & condefcendant à la vûë du déreglement de la plus grande partie de fes Freres, de leur mondanité, de leur diffipation, de cette indépandance, & de cette liberté dans laquelle on ne fçait que trop qu'ils paffent leur vie; difons à la vuë de fes ennemis, qui ont fait tant d'éclat & de bruit dans le monde.

Vous dites que je n'ai pas agi comme un médecin charitable : pouvois-je l'être davantage en cette occafion, que d'écouter celui qui s'addreffoit à moi, de lui témoigner l'envie que j'avois de le fécourir dans fes peines, & de lui faire connoître qu'ayant une complexion foible & délicate, & par conféquent fufceptible des impreffions d'un mauvais air, il ne devoit pas demeurer, fans un extrême péril, dans le lieu où il fe trouvoit engagé ?

Il y a toûjours vocation de fortir d'une maifon relâchée, & depuis qu'on n'apperçoit plus ni les maximes, ni la pieté, ni l'efprit des Peres & des Inftituteurs, le meilleur parti qu'on puiffe prendre eft de l'abandonner, à moins qu'on ne voye avec évidence que l'ordre de Dieu eft qu'on y demeure; c'eft une lumiere qui n'eft point donnée au Frere dont-il s'agit. Enfin, mon très-cher Pere, il fuffit que les receptions des Religieux ne foient pas pures, & au contraire qu'elles foient intereffées, & que l'argent ouvre les portes d'une Congréga-tion, pour obliger une perfonne qui craint Dieu & qui fe défie de fa fermeté, d'en fortir, de peur de fe laiffer aller à l'exem-ple, de participer à l'iniquité des autres, & de chercher fa fûreté dans une Maifon étrangere : & puis, comme fa reception n'a pas été ni plus canonique ni plus fainte que celle de beaucoup de fes Freres, il a dû, felon les régles & les ordonnances de l'Eglife, paffer, pour en faire pénitence, dans une obfervance plus févére & plus rigoureufe que la fienne. Dites-en ce qu'il vous plaira, l'efprit de Dieu n'eft point où regne cet efprit impur, & il n'y a rien fur quoi l'Eglife ait parlé d'une maniere plus pofitive & plus capable d'imprimer de la terreur.

On me dira qu'il y a des gens de bien dans votre Maifon, j'en conviens, vous êtes de ceux-là; mais je voudrois que vous me diffiez fi votre exemple, tout faint qu'il eft, a converti beaucoup de vos Freres; & je ne crains point de vous dire, que fi le Frere Guefton voulóit retourner dans fon Monaftére à condition de vous imiter & de faire comme vous faites, on n'au-roit nulle peine à le laiffer où il eft.

Vous dites que la régularité s'eft main-tenue dans votre Communauté plus qu'en aucune autre : en vérité ce n'eft pas l'opi-

nion du monde ; elle eſt dans un décri
univerſel, & il n'y a guere de choſe plus
connuë que ſa décadence. Quel rapport
y a-t-il entre ce qui ſe pratique & ce qui
eſt établi par vos Conſtitutions que j'ai entre les mains ? Je ſuis faché de vous parler de la ſorte, mais vous m'y forcez.

Je vous demande donc, mon très-cher
Pere, ſi l'on conſerve dans ſaint Victor la
même mortification intérieure & extérieu-
re, telle qu'elle étoit dans ſon origine ? La
même religion, le même amour pour la
retraite, pour la ſolitude, le ſilence, les
humiliations & la priere ? Si l'on y vit dans
la même pauvreté, la même ſimplicité, le
même éloignement de l'eſprit du monde ?
Si l'on y garde la même nourriture, la
même abſtinence, les mêmes jeûnes & les
mêmes travaux corporels ? Si cela eſt, vous
avez raiſon ; mais ſi cela n'eſt pas, comme il faut que vous en conveniez, vous
voulez bien que je vous diſe que vous ne
nous montrez qu'une ombre & un fantô-
me, que vous voulez nous faire paſſer pour
un corps qui n'eſt plus. Je vous demande
encore ſi les Freres de ſaint Victor, c'eſt
ainſi qu'on les appelloit, alloient à la cam-
pagne chez leurs amis, chez leurs parens,
paſſer des trois ſemaines entiéres & des
mois entiers ? S'ils alloient par la Ville
rendre des viſites ; s'ils en recevoient de
toutes perſonnes & de tout ſexe ; s'ils chan-

geoient d'habit ; s'ils en prenoient de plus propres & de plus mondains quand ils sortoient pour se montrer au public ; s'ils affectoient de ces airs libres & degagés, pour ne pas dire licentieux, qui sont si contraires à la tristesse sainte de la modestie religieuse ; s'ils parloient indifferemment & sans scrupule dans les lieux réguliers ; s'ils s'entretenoient de contes, d'affaires, d'histoires du monde, de plaisanteries, de nouvelles, qui sont choses qui doivent être entierement bannies des Cloîtres, lorsque la pieté en est la maîtresse & qu'elle y regne ; si les Novices alloient rendre des visites au-dehors avec un compagnon fidéle, comme vous le dites : vous êtes trop sincére pour nous dire qu'on vivoit de la sorte dans les premiers tems, & il faut que vous conveniez que ce sont des relâchemens, des violemens, & des transgressions de la discipline ancienne qui a été observée par les Saints avec tant de religion.

Vous dites, mon Révérend Pere, que le travail subsiste chez vous, & vous le faites consister en ce qu'il y a un Religieux qui sert les malades, un autre qui est à la Sacristie, un autre qui fait l'office de portier, d'autres enfin qui écrivent, qui lisent, & qui étudient ; en vérité a-t-on jamais ouï dire que saint Benoît, & tous ceux qui l'ont précedé & qui ont établi le travail des mains, ayent eu sur cette obli-

gation ſi importante & ſi eſſentielle, une
vûë auſſi extraordinaire que la vôtre ? Les
Moines d'Egypte & ceux d'Aſie , ſaint Ba-
ſile & ſaint Benoît , & tous ceux de l'Occident , ont-ils jamais rien penſé de ſem-
blable ? Eſt-ce là ce qu'a voulu dire ſaint
Benoît, quand il a déclaré que ſes diſci-
ples ſeroient véritablement Moines quand
ils vivroient du travail de leurs mains ?
Etoit-ce là le ſentiment de ſaint Auguſtin
dans ſon traité, *de opere Monachorum* , lorſqu'il répond à ceux qui prétendoient ſubſ-
tituer les exercices ſpirituels à la place des
travaux corporels , & qu'il leur fait voir ,
à l'exemple de ſaint Paul , qu'il faut qu'ils
s'adonnent à des travaux pénibles & fati-
guans ?

Vous dites que vous ſuppléez à l'abſtinence de la viande , à la quantité & à la
qualité de la nourriture que vous avez ab-
bandonnée , par la frugalité avec laquelle
vous vivez. Eſt-ce là traiter l'abſtinence
avec le reſpect qui lui eſt dû ? Eſt-ce en
reconnoître l'utilité & les avantages ? Vous
faites paſſer vos Anciens pour de grands
mangeurs , ce qu'ils n'étoient pas , & vous
ne vous ſouciez pas de ternir la gloire &
la conduite des Peres pour couvrir la mol-
leſſe & le relâchement des Enfans. Mais
outre cela il faut , pour parler de la ſorte ,
que vous ne faſſiez pas attention à cette
multitude de feſtins qui ſont établis parmi

vous pour des anniverſaires, dans la ſo-
lemnité des fêtes de St. Victor, de St. Auguſtin, & de quantité d'autres; dans ces
jours de réjouiſſance que vous donnez à
vos Freres; dans ceux qui précédent l'A-
vent; dans le tems du Carnaval; dans les
premieres Meſſes; dans les profeſſions des
Novices, où l'on n'oublie rien de la délica-
teſſe & de la ſuperfluité des gens du monde,
& où l'on dépenſe en un ſeul répas, ce qui
ſuffiroit pour la nourriture de 500. Pauvres:
ce ſont des excès qui n'ont point été connus
de vos Peres, & dans leſquels je ſçai que vous
même ne voulez pas entrer.

Vous dites que ce n'eſt que depuis peu
qu'on a quitté le chant des Anciens; mais
poſé qu'on l'ait conſervé en ſon entier,
le reſte de la diſcipline n'étant pas plus re-
glé ni plus ordonné qu'il eſt, on auroit
ſujet de leur dire ces paroles de St. Auguſtin, *Bene cantas ſed male vivis*, vous
chantez bien, mais vous ne vivez pas
de même. Vous dites que le Noviciat eſt
ſi exact, que l'on y tient la main d'une
maniere ſi ſévére & ſi rigoureuſe: mais
qu'eſt-ce donc qui fait que Dieu n'y donne
pas ſa Bénédiction, & que cette ſainteté
pretenduë n'a pas les ſuites qu'elle devroit
avoir, ſinon que les entrées étant défec-
tueuſes par l'intérêt qui les fait & qui les
accompagne, il ne ſe peut que les conſé-
quences n'en ſoient malheureuſes; & quand

même ces entrées feroient canoniques , l'exemple de ceux qui marchent par les voies larges & fpacieufes , fuffit pour effacer jufqu'au fouvenir de la régularité qu'on auroit pratiqué dans le Noviciat , & il faudroit avoir la vertu des Anges pour réfifter à la multitude , & ne pas fe laiffer emporter par le torrent ; & le pauvre Frere Gueſton , qui n'a pas cette vertu fupérieure , y auroit fuccombé.

Vous dites que l'on n'a pas aboli les loix anciennes : il fe peut faire que l'on ne les ait pas détruites par des loix nouvelles; mais il fuffit qu'elles le foient par des ufages & des coûtumes contraires. Vous dites qu'on a fait de nouveaux Statuts pour la régularité : on ne fait autre chofe dans les obfervances les plus relâchées ; on ne manque point en effet d'ordonnances , mais fouvent quand on les fait , on fçait bien qu'elles ne feront jamais executées.

Vous dites enfin qu'on corrige les fautes; mais rien ne marque plus la grandeur des maux que lorfque les déreglemens continuent, & que les Communautés n'en deviennent pas plus régulieres.

En un mot , mon très-cher Pere , quand une perfonne de votre pieté & d'une religion auffi diftinguée que la vôtre , manque de bonnes raifons , il ne faut pas qu'il en imagine de mauvaifes ; il ne faut jamais répondre pour éluder ; & quand

D 6

on ne peut défendre une cause, quelque intérêt qu'on ait à la soutenir, il faut l'abbandonner & demeurer dans le silence.

Je ne peux m'empêcher d'ajoûter à tout ce que je vous mande, que j'ai suivi dans le point que vous reprenez si sévérement l'exemple de St. Bernard, comme j'essaye de le faire en quantité d'autres. Vous sçavez qu'il ne fit point de scrupule de recevoir des Religieux de votre Maison, lorsqu'elle étoit dans sa premiere vigueur, & qu'il les retint nonobstant toutes les instances qu'on put lui faire pour les ravoir. Il en reçut un du Monastére d'Auchain dans les Pays-Bas, quoiqu'on ne fit qu'y rétablir la reforme, & que celui qui étoit venu le trouver, comme il l'avoüe luimême, eût beaucoup de vertu, & que par conséquent il fût nécessaire, ou au moins utile, pour la conservation d'un bien qui ne faisoit que de naître. Il écrit à un autre, dont il approuve la translation, qu'il a bien fait de quitter son propre Monastére, quoiqu'il y vécût saintement, puisqu'il ne l'a fait que pour vivre encore plus saintement.

Enfin, mon très-cher Pere, tant que je croirai avoir suivi la volonté de Dieu en recevant votre Confrere, je ne m'en repentirai jamais. Je ne vois rien en lui jusqu'ici, quoique je le regarde de près, qui ne me confirme dans mon premier senti-

ment , & je vous puis affurer que fi je remarque quelque chofe qui me donne lieu
de croire que Dieu ne veut pas qu'il per-
févére dans fa feconde vocation , je le ren-
verrai dans fa premiere , comme je l'ai
déja mandé au P. de la Grange, & j'efpére
que vous ne m'en aimerez pas moins pour
n'avoir pas trouvé à redire à une action ,
qui dans mon fens, n'a rien de repréhen-
fible. Pour moi je fuis & ferai toûjours inviolablement avec une eftime & une fince-
rité parfaite, Votre très-humble & très-
obeiffant ferviteur, Frere Armand , Jean ,
Abbé de la Trappe. *Ce* 14. *Octobre ,* 1688.

On peut bien s'imaginer de quelle maniere cette lettre fut reçuë à faint Victor , & quels fentimens elle produifit
dans les efprits. Prefque tous en furent
outrés contre l'Abbé , qu'ils ne croyoient
pas fi bien inftruit de tout ce qui fe
paffoit dans leur Monaftére ; le portrait
qu'il en faifoit les défoloit , d'autant plus
qu'il ne touchoit que des chofes qu'ils ne
pouvoient nier , & que leur confcience
même leur reprochoit. Ils ne pouvoient
comprendre comment cet homme , du
fond de fa folitude, fçavoit tant de chofes
qui devoient lui être inconnuës ; mais pou-
voient-ils eux mêmes ignorer que des faits
fi publics pénétrent bientôt jufques dans
les déferts les plus reculés ?

Le plus à plaindre & le plus digne de

compaffion dans de fi triftes circonftances,
étoit le Pere Gourdan , qui fe voyoit couvert de confufion. Il fe réprochoit d'avoir
trahi fa confcience , d'avoir terni la gloire
de fes faints Fondateurs , pour couvrir la
molleffe & le relâchement de leurs Enfans ;
enfin d'avoir voulu faire paffer le vice pour
la vertu , & des abus crians pour de faintes pratiques.

Quoiqu'il fût fort difficile d'ajoûter quelque chofe à la vie pénitente que menoit
ce St. Religieux , cependant pour réparer
la faute qu'il avoit commife par foibleffe
& par refpect humain , il augmenta l'auf-
térité de fes jeunes & de fes mortifications ;
il avoüa auffi à fes Directeurs que depuis
plufieurs mois , Dieu ne fe communiquoit
plus à lui d'une maniere fi intime , que
fes oraifons n'etoient plus fi pures ni fi ferventes , & qu'il fentoit comme un mur de
féparation entre Dieu & lui.

Le Novice cependant qui étoit à la Trappe faifoit de grands progrès dans la vertu ,
& s'avançoit à grands pas dans les voyes
de la perfection. Par une heureufe expérience il connut de quelle force eft le bon
exemple , & il fe fentit entraîné par celui
qu'il avoit devant les yeux ; mais Dieu ne
l'avoit conduit à la Trappe que pour lui
donner , dans la vertu , la folidité néceffaire
pour l'emploi auquel il le deftinoit ; fes
forces commencerent à s'affoiblir ; on le

vit depérir de jour en jour. Alors l'Abbé fut le·premier à lui conseiller de s'en retourner , & il lui donna quelques avis pour se maintenir dans ses bonnes résolutions.

Le Frere Guefton , de retour à St. Victor , ne prit aucun goût à tout ce qui faisoit plaisir à ses Freres ; en vain ceûx-ci , qui étoient ravis de le revoir , firent-ils tout leur possible pour lui faire reprendre ses premieres manieres ; toutes leurs tentatives furent inutiles. Ce jeune Religieux eût bien voulu se joindre au Pere Gourdan & le suivre dans tous ses exercices ; mais comme la vie de cet illuftre Pénitent étoit encore plus dure & plus auftére que celle qu'on mene à la Trappe , sa santé & ses forces ne lui permirent pas de marcher sur ses traces. Quelques années après on le pourvut d'un Bénéfice , où il mourut dans les exercices d'un fidéle & vigilant Pafteur.

Madame de Maintenon voulut aussi placer le Pere Gourdan ; elle repréfenta à Sa Majefté que c'étoit dommage de tenir cachée sous le boisseau une si brillante lumiere , capable d'éclaïrer tout le Royaume. Eh bien , dit le Roi , il faut lui donner un Evêché ; mais cette Dame , qui s'étoit fait inftruire à fond des difpofitions du Sr. Homme & de son éloignement pour toutes les affaires du monde , jugea que rien ne seroit capable de le tirer de sa solitude, ainsi il fut résolu que la premiere Abbaye

réguliere de son ordre qui viendroit à vac-
quer lui seroit donnée. Déja on prévoyoit
les biens infinis qu'il feroit dans ce poste.
Peu de tems après l'Abbaye de saint Ruf
en Dauphiné vint à vaquer, & le Pere
Gourdan y fut nommé.

Un Gentilhomme, de la part de Madame
de Maintenon, vint en apporter la nouvelle à ce saint Solitaire, dont la surprise
fut extrême; il ne concevoit pas seulement
comment son nom eût pénétré jusqu'en
Cour; & il se croyoit être entierement
ignoré dans cet univers. D'abord il demeura interdit, & comme s'il eût cru qu'on se
mocquoit de lui, il ne répondit que par
un souris. Pressé de parler, on ne put en
tirer autre chose, sinon qu'on ne le connoissoit pas, qu'un homme qui n'étoit pas
capable de se conduire lui-même, l'étoit
beaucoup moins de conduire les autres,
qu'il ne falloit mettre que des Saints dans
ces sortes de places & non pas des pécheurs
comme il l'étoit, & que les larmes & la
pénitence devoient être uniquement son
partage.

Madame de Maintenon n'en demeura
pas là; elle lui envoya des personnes d'un
caractére distingué, & entre autres M.
Desmarets, Evêque de Chartres, qui lui
représenterent qu'il étoit de l'interêt de la
gloire de Dieu, du salut de tant d'ames,
& du sien propre, d'accepter cette Abbaye;

mais toutes ces repréſentations furent inutiles , & rien ne fut capable de lui faire
prendre d'autres ſentimens que ceux que
l'humilité lui inſpiroit. Ce fut par les mêmes motifs qu'il refuſa, ſous M. du Harlay
& M. de Noailles ; de confeſſer ceux qui
ſe préſentoient à lui ; ſon indignité prétenduë fut toûjours l'obſtacle qu'il oppoſa ,
& jamais il ne put ſe reſoudre à exercer
le ſaint Miniſtére. Cet homme ſi humble
fut long-tems allarmé de la démarche qu'on
venoit de faire pour le tirer de cette vie
obſcure qu'il avoit embraſſé ; il eut peur
que la même tentation ne revint encore ,
& que Dieu, l'abbandonnant à lui-même,
ne le laiſſât ſuccomber. Pour diſſiper ſes
frayeurs , il ſe repréſenta tous les artifices
dont les Saints autrefois s'étoient ſervis
pour ſe mettre à couvert de toutes ces dignités, qui ſont ſi dangereuſes ; mais il vit
avec douleur qu'il ne pouvoit les mettre
en uſage ſans ſcandaliſer les fidéles ; l'unique parti qu'il ſe crut permis, fut de ne plus
répondre aux lettres qu'on lui écrivoit , &
de s'enfermer ſi bien dans ſa cellule, qu'il
ne fût plus poſſible de lui parler. En effet , il
en retira la clef, & il ne répondit plus à
ceux qui venoient frapper à ſa porte ; on eut
beau le chercher par-tout, on ne le trouva
plus ; il ſe flatta que peu à peu on l'oublie-
roit, & qu'on ne penſeroit plus à chercher
un homme qui ne paroiſſoit plus.

Mais ce fut ce qui produifit un effet tout contraire ; l'obligation où il étoit d'affifter aux Offices, trahit fon deffein, & on vit que ce n'étoit qu'une retraite affectée. Alors tous ceux qui fe fervoient de fes confeils, les malades, ceux qui étoient affligés & qui avoient mis dans lui leur confiance, s'addrefferent aux Supérieurs, qui lui firent un fcrupule de fa conduite, & qui l'obligerent à fe prêter comme auparavant au public. Il fe rendit, à condition qu'on ne lui parleroit plus ni de Bénéfices ni de Dignités.

Depuis que le faint homme eut déferé aux volontés de fes Supérieurs, qui avoient exigé de lui qu'il ne fe refufât pas entierement au public, & qu'en confervant toûjours fa vie intérieure, il voulut bien fe prêter aux béfoins fpirituels de tant de perfonnes qui lui témoignoient une entiere confiance, l'Abbaye de faint Victor devint plus célébre qu'elle n'avoit été depuis long-tems ; on y voyoit tous les jours des perfonnes de la premiere diftinction, qui venoient confulter le Pere Gourdan & fe recommander à fes prieres.

Alors fes Freres crurent qu'il étoit honteux pour eux d'avoir dans leur Maifon l'oracle de la Ville & de ne s'en pas fervir ; ils réfolurent donc de l'admettre dans leur Confeil ; & quoiqu'il n'eût encore que 45 ans, il fut reçu avec tous les honneurs

& les témoignages d'eſtime qu'il méritoit:
c'eſt ce qui s'appelle à ſaint Victor, être
de la Chambre. Daniel étoit plus jeune
encore lorſqu'il fut établi Juge du peuple
de Dieu. C'eſt dans cette Chambre ſouve-
raine que tout ſe décide ſans appel ; on
y regle les affaires temporelles & ſpirituel-
les ; on y examine la vie des Freres ; on y
cenſure leurs actions & leur conduite ; on
y corrige les fautes, & on les punit.

La jeuneſſe appréhendoit fort qu'on
choiſit le Pere Gourdan, c'étoit pour elle
un trop rigide cenſeur ; mais elle ne fut
point conſultée : le ſaint homme fut élû,
& cette élection produiſit de grands avantages dans cette Maiſon. La ſeule crainte
d'un ſi ſaint Religieux en retint pluſieurs
dans le devoir ; tous ceux qui aſpirerent
aux dignités ſe tinrent ſur leurs gardes, &
ils étoient bien perſuadés qu'on ne les épar-
gneroit pas, s'il leur échappoit quelque
choſe qui fût indigne du rang & du caractére auquel ils prétendoient. Ce qui les
confirma dans cette penſée, c'eſt qu'on dé-
feroit beaucoup aux avis du P. Gourdan,
qui ne conſultoit que ſa conſcience, & qui
avoit à cœur de ſoutenir l'honneur de ſa
Maiſon : auſſi diſoit-on qu'auparavant la
miſericorde avoit préſidé à la Chambre,
mais qu'à préſent c'étoit la juſtice ſeule
qui y préſidoit.

En effet, peu de gens à ſaint Victor

étoient capables de s'acquitter de cette Charge avec plus de droiture & d'équité que le Pere Gourdan : outre que c'étoit un homme d'un grand fens , il avoit encore le talent d'infinuer fes fentimens avec tant de douceur , qu'il falloit fe rendre à tout ce qu'il difoit; & ce qui eft plus admirable , c'eft qu'étant naturellement très-vif, il avoit tellement dompté toutes fes paffions , qu'il ne lui échappoit jamais une parole ni un gefte qui ne refpirât une extrême douceur, comme fi elle lui eût été naturelle. A l'étude de la Religion , qu'il poffedoit parfaitement , il avoit joint celle qui convient à un Prêtre; l'Ecriture Sainte, les Canons & les Loix de l'Eglife faifoient fon étude particuliere. De plus , la prévention où l'on étoit que Dieu le conduifoit par lui-même , & qu'il lui reveloit le fecret des cœurs , faifoit que tout le monde s'addreffoit à lui , & qu'on regardoit fes décifions comme autant d'oracles.

Un homme de ce caractére eft d'une grande reffource dans un Confeil : auffi d'ordinaire on s'en rapportoit à lui , & jamais on ne fe repentit d'avoir fuivi fes avis. Ses Confreres cefferent alors de le regarder comme un homme facheux & incommode; ils virent que l'efprit de Dieu l'animoit , & ils commencerent à le refpecter : fa feule préfence contenoit tout le monde dans le devoir ; mais ce qui con-

tribua beaucoup à le faire aimer, c'eſt qu'il
ne ſe mêloit de rien que de ce qui le regardoit. Jamais on ne l'a vû reprendre perſonne dans la Maiſon, ni improuver ce
que faiſoient les autres. Si par hazard quelqu'un de ſes amis qui venoient le voir,
s'appercevoit de quelque dérangement &
en parloit au ſaint homme, ils ont leurs
Supérieurs, répondoit-il, c'eſt à eux d'y
remédier, & Dieu ne m'en demandera aucun compte.

Son attention à ne bleſſer perſonne &
à ne faire aucune peine à ſes Confreres
étoit ſi grande, que dans la crainte qu'il
eut que ſa petite portion de legumes ne
fût un reproche ſecret pour ceux qui étoient
auprès de lui, fit qu'il ſe mit toûjours
au bout du réfectoire à une table ſeparée.
Il eſt difficile de ne pas vivre en paix avec
un homme de ce caractére: auſſi on commença à le regarder d'un autre œil; une
tendre & reſpectueuſe vénération ſuccéda
à la frayeur que ſa vie auſtére avoit d'abord
inſpirée; on reconnut qu'il étoit affable &
bienfaiſant envers tout le monde, que ſa
charité n'avoit point de bornes, & que
ſes auſtérités n'étoient que pour lui; c'eſt
ce qui fit que les Supérieurs lui donnerent
l'intendance de l'Infirmerie.

Cet emploi dans ces ſortes de Maiſons
eſt plus honorable que pénible, & avec
la plus petite ſanté on peut l'exercer ſans

en être incommodé ; car il s'agit de commander & d'avoir foin qu'il ne manque rien aux malades : une ou deux vifites par jour font toute l'affaire. Ce ne fut pas ainfi que le Pere Gourdan envifagea cet emploi, il le regarda comme un moyen que Dieu lui donnoit d'exercer les œuvres de miféricorde envers le prochain. Ce fut dans cet efprit qu'il entra dans cette charge, & il s'en acquitta avec tant de pieté & de religion, avec tant d'exactitude & d'humilité, qu'on pouvoit le propofer comme le modéle d'un parfait Infirmier dans la Communauté la plus religieufe. Rien ne le difpenfoit de fes autres obligations ; il s'arrangeoit tellement que tous fes exercices alloient à l'ordinaire. On le vit toûjours auffi modefte & auffi intérieur que s'il fût forti d'une profonde méditation. Tout ce qu'il pouvoit faire, il le faifoit lui-même, & il ne fe repofoit point fur un domeftique ; il s'abbaiffoit jufqu'aux fonctions les plus humiliantes ; tout étoit grand pour lui parce qu'il n'agiffoit que pour Dieu.

Le prétexte que les Supérieurs prirent pour l'empecher de porter du bois à l'infirmerie, fut qu'il s'expofoit à déchirer fon rochet, & que ce feroit agir contre la pauvreté. Les ordonnances des Medecins étoient exécutées fidélement ; il les faifoit mettre par écrit, & il vouloit être préfent à toutes

leurs vifites ; enfuite il leur rendoit compte
de tout ce qui étoit furvenu au malade.
Quelque vertu qu'ait un Infirmier , elle
eft fouvent mife à de rudes épreuves par la
mauvaife humeur & par les inquiétudes
des malades ; le St. Homme n'a jamais
paru fenfible à tous ces contre-tems ; toûjours égal à lui-même , il ne laiffa jamais
échapper la moindre impatience ; une parole douce , une réponfe gracieufe , un fi-
gne de compaffion , faifoit rentrer le malade en lui-même.

Mais où le Pere Gourdan excelloit le
plus , c'étoit lorfqu'il exhortoit & qu'il con-
foloit les malades. Il étoit difficile de refifter à fes raifons , & à l'onction qui les
accompagnoit. Comme il poffedoit les vies
des Peres du Défert , il avoit toûjours quelque exemple édifiant de ces faints Solitaires
qui venoit au fujet dont il parloit ; leur
parfaite réfignation aux ordres de Dieu
dans leurs maladies , leur abbandon à fa
providence , le mépris de la vie préfente ,
leur ardent défir d'en fortir pour fe réünir
à J. C. c'étoit ce qui animoit ordinaire-
ment fes difcours. La Médecine , ajoûtoit-
il , étoit pour eux une fcience inconnuë ,
ils ne fe fervoient d'aucun remede , & ils attendoient tout de la bonté de Dieu.

Lorfqu'il y avoit du danger dans la maladie , notre faint Infirmier redoubloit fes
foins , & il montroit encore plus de zéle

pour le falut de l'ame du malade que pour
le falut de fon corps ; il lui infinuoit qu'il
devoit avoir recours aux Sacremens de l'E-
glife pour fe fortifier dans les combats que
l'ennemi livre dans ces derniers momens.
Il le veilloit pendant la nuit , il lui faifoit
quelque lecture fur la Paffion de J. C. il
ranimoit fa foi & fon efpérance par des
paroles fi efficaces , que le malade & les
affiftans même en étoient attendris ; enfin
il ne l'abbandonnoit pas que Dieu n'en
eût difpofé.

Le Pere Gourdan refta dans cette charge fi pénible le refte de fes jours ; cepan-
dant il entretenoit toûjours quelque commerce de Lettres avec l'Abbé de la Trappe.
La difpute entre cet Abbé & le fameux
Pere Mabillon , au fujet des Etudes Monaftiques , étoit alors fort échauffée. Cet
Abbé y donnoit des bornes affez étroites ,
& il réduifoit toute l'étude des Moines à
celles de l'Ecriture Sainte , des Traités des
faints Peres , & de quelques Livres de pieté.
Il ne paroît rien de plus dans fon ouvrage de la fainteté & des devoirs de la vie
monaftique ; cela ne plut pas à des gens
qui fe faifoient une gloire de paffer dans
le monde pour des Sçavans , & qui em-
ployoient la plus grande partie de leur vie
à traiter toutes fortes de fciences.

La Congrégation de faint Maur fe fou-
leva contre l'Abbé ; on l'attaqua de toutes
parts ;

parts ; mais tous ses efforts ne servirent qu'à faire voir la bonté des armes dont il étoit revêtu pour renverser un ennemi si redoutable. On engagea le Pere Mabillon à entrer en lice ; & ce Pere, malgré lui, traita à fonds son Traité des Etudes Monastiques. Malheureusement pour lui, il donna dans une autre extrêmité, comme il n'arrive que trop dans ces sortes de disputes, & il établit pour les Moines un plan d'étude d'une si vaste étenduë, qu'il reveilla les esprits de tous ceux qui jusqu'alors n'avoient point pris parti dans cette querelle. On vit bien qu'en suivant ce plan, il ne restoit plus un moment pour les saints Offices, pour le travail des mains, pour l'Oraison, & pour tous les autres exercices qui doivent faire la principale occupation des Moines. La vie ordinaire de l'homme, avec le secours des plus nombreuses Bibliothéques, ne suffisoit pas à avoir quelque légere teinture de toutes ces hautes connoissances dont le Pere Mabillon vouloit enrichir les Moines ; & & d'ailleurs on jugea que toutes ces connoissances étoient fort inutiles à leur état, & même fort préjudiciables.

C'est ce qui donna prise sur lui à son illustre adversaire, qui ne manqua pas de s'en prévaloir, & d'en faire sentir le ridicule avec cette noble éloquence qui lui étoit si naturelle. Mais avant que de faire

E

part de fa réponfe au public , il voulut fçavoir le fentiment du Pere Gourdan fur ce qu'avoient penfé les premiers Inftituteurs touchant les études des Moines , & ce qu'on en penfoit actuellement à faint Victor. Voici ce que le Pere lui répondit.

C'eft une chofe conftante , mon Révérend Pere , que la Maifon de faint Victor n'a point prétendu former des gens d'étude , mais des hommes d'une profonde pieté. Guillaume de Champeaux notre Inftituteur , vous en fçavez le mérite, quitta fa dignité d'Archidiacre de Paris & fon école publique de Théologie pour fe renfermer dans un perpétuel filence, c'eft ce qu'il exécuta en 1108. Il eft vrai que Hildebert, Evêque du Mans , depuis Archevêque de Tours , l'un des plus faints & célébres Prélats de fon fiécle, l'exhorta à continuer fes leçons publiques ; mais on ne fçait pas s'il le fit. Abélard le dit , mais fon témoignage, au moins en ce tems où il l'écrit , n'eft pas fort recevable ; car on convient qu'il ne parle pas de ce faint homme comme il devoit. Mais quand il feroit vrai que lui , & d'autres après lui, comme Huges de faint Victor , Richard , & quelques autres , auroient tenu des leçons publiques , dont nous n'avons néanmoins aucun monument, leur maniere d'enfeigner feroit toûjours fort differente de celle qu'on tient dans les Ecoles. C'étoit au plus des

Conferences faintes, des Catéchifmes ex-
pliqués, & des points de Religion fondés
fur l'Ecriture, fur la méditation profonde
de ces faints hommes, qui parloient de
leur plénitude, & qui tendoient à former
des Saints, qu'on venoit chercher pour
s'inftruire des vérités du Ciel, & dont les
leçons étoient plûtôt des conferences,
comme celles des anciens Peres du Défert,
que des controverfes ou des queftions en
forme, accompagées d'argumentations ou
de la moindre ombre des difputes. Je dis
que nous n'avons aucun fondement de le
croire ; car les Statuts anciens ne parlent
que de filence, de travail, de longs Offices, de féparation de tout commerce entre
ou avec les étrangers ; & s'il y avoit eu
de ces leçons publiques, on en auroit fait
des régles pour en ordonner la maniere.

Il y a un lieu qu'on appelle l'Ecole,
mais c'étoit un lieu deftiné pour les Novices, où étant un peu à l'écart, ils ap-
prenoient le chant & recevoient les inftruCtions du Maître, pendant que les autres étoient dans le Cloître ; car le Noviciat n'étoit pas alors diftingué du Dortoir
des autres.

Ce mot d'Ecole fait peut-être juger que
c'étoit des leçons de Théologie ; mais fans
fondement. Toutes les portes étoient fermées, foit du côté de l'Eglife, foit du côté
du Monaftére, foit du Cloître. Le filence

E 2

étoit presque continuel dans tous les tems
& dans tous les lieux ; ainsi ni les Séculiers
ni les Religieux ne pouvoient jamais trouver accès ni convenir ensemble, *in horâ
locutionis.* Le Président étoit en tête dans
un endroit du Cloître, & le tout se passoit dans un recueillement admirable. Dans
le chap. 19 , il n'est parlé que de livres
d'édification. Ces grands interprétes dont
on fait mention ne peuvent être que les
SS. Peres. Le nombre des Auteurs sur l'E-
criture est bien augmenté depuis ; mais
tout cela revient au tiers, que vous permettez à vos Religieux.

On me dira que Hugues , Richard &
plusieurs autres de nos Peres étoient sçavans ; j'en conviens : mais Dieu , qui les
destinoit à sanctifier les prémices de notre
Maison , les avoit doüés d'une rare sagesse
& d'une haute application aux vérités &
aux mystères ; ils avoient été instruits dans
les Belles-Lettres avant leur retraite ; ils
n'ont écrit ni parlé que par nécessité ,
comme on le voit au commencement de
leurs traités ; ils ne disent pas le moindre
mot qui porte leurs Freres à l'étude, mais
ils ne leur parlent que de contemplation,
d'oraison, d'humilité, de mépris du monde & d'eux mêmes.

Pour ce qui est de la chaire de Guillaume de Champeaux dont vous parlez, mon
Révérend Pere ; c'est que comme il en-

feignoit, il y avoit un lieu public qui étoit, à ce que je crois, vers le Mont fainte Genevieve avant fa retraite, & il n'y avoit que lui qui tint les leçons; mais, comme j'ai dit, il eft très-certain qu'il les a quittées, & très-incertain au moins s'il les a reprifes. 2°. Quand il feroit vrai qu'il les auroit continuées, ce n'auroit été qu'à la follicitation des grands hommes de fon tems, dans la néceffité; dans le befoin de l'Eglife, fur-tout en ce tems qu'il y avoit des hérétiques, par ordre des Supérieurs, comme quelquefois les Bénédictins ont fait. 3°. Quoiqu'il ait jetté les fondemens de notre Maifon, il eft certain que c'eft Gildain fon fucceffeur qui a établi le gouvernement régulier dans fa perfection. La fondation ne s'eft faite que lorfque le Vénérable Guillaume étoit Evêque de Châlons en Champagne, & par la Bulle de Pafchal II. qui la confirme & qui autorife le régime de Gildain. C'eft Gildain qui a dreffé les Statuts, de concert avec Hugues: ainfi ce feroit fans conféquence pour la Maifon, pour l'Ordre des Chanoines Réguliers, & pour les Religieux en général, quand Guillaume de Champeaux auroit enfeigné dans notre Maifon.

Si Hugues, Richard & d'autres, font nommés Docteurs, c'eft par la voye publique, & plûtôt par une doctrine infufe que par les exercices académiques de l'Univerfité,

E 3

qui n'étoit pas encore. Nous avons eu des Docteurs en forme vers le tems de saint Thomas d'Aquin, mais c'étoit plus de cent ans après la fondation de la Maison; le nombre en a été petit, & leur régularité n'en souffrit rien. Cependant un Abbé d'un singulier merite, nommé Jean Bordier, vers l'an 1530, supprima le Doctorat.

Je vous ai dit que les premiers & seconds Statuts ne parlent point des études, cela est très-constant. Les troisiémes en parlent; cependant ils veulent qu'on fasse une demi-heure de lecture spirituelle devant la Messe & devant Vêpres; peut-on appeller cela étude? Ils conservent le travail des mains, le silence ancien, quoique moins exactement que les premiers. Ils veulent qu'il y en ait qui vaquent purement aux exercices intérieurs, & soient dispensés d'une étude trop exacte, qu'on s'éleve souvent à Dieu. Ils mettent le tems de l'étude avec le repos, donnant le tems principal à la retraite & à la pieté. De plus, ce n'est qu'en vûë de la desserte des Cures attachées à notre Maison. Ils veulent que les Dimanches & les Fêtes, on ne vaque qu'à la priere & aux lectures spirituelles plus qu'aux autres jours, & que dans le mois ou dans la semaine, on s'applique plus particulierement à la pieté.

Voilà, mon Révérend Pere, pour satisfaire aux éclaiciffemens que vous avez fou-
haité. Vous ne pouvez rendre un fervice
plus agréable à Dieu, qui veut des Religieux tous dévoüés à fon culte & à fon
amour, ni à l'Eglife, qui a le foin des
pénitens & des gens de prieres, que de
publier votre réponfe; c'eft Dieu que vous
regardez & l'édification des perfonnes de
pieté; c'eft la tradition ancienne que vous
maintenez, & ce dépôt de la vérité, de la
difcipline, & de la pieté que vous voulez
préferver d'un écueil dangereux, quoique
fubtil. Je fuis perfuadé que bien des gens
feront damnés pour s'être occupés d'études, quoique faintes, mais non pas faim-
tement; mais nul ne fe repentira de s'être
donné tout entier à l'obfervance de fa Régle
& à l'efprit de pieté qui doit l'accompagner.

J'oubliois de vous dire que nos derniers
Statuts ne difpenfent perfonne de l'Office
ni d'aucune obfervance pour les études;
car c'eft une chofe inoüie de quitter le
principal pour l'acceffoire au plus, & je
ne crois pas que dans le recueil des Régles
Monaftiques, on y trouve un feul article
qui parle des études; toutes les autorités
que le P. Mabillon cite, fi je ne me trom-
pe, car je n'ai fait que jetter la vûë fur
fon Livre, fur certains faits particuliers,
fans conféquence, & quelques Supérieurs,
qui dans dès occafions ont plus recomman-

E 4

dé la science à cause des inconveniens d'une ignorance grossiere : vous marchez entre ces deux écueils, par la lecture faite fidélement & dans des livres profitables.

N'hésitez donc pas, mon Révérend Pere, de donner votre livre, Dieu en tirera une grande gloire, & la discipline des Monastéres en recevra un nouveau lustre. Je suis, mon très-Révérend Pere, avec toute l'estime & tout le respect que je vous dois, Votre très-humble & très-obéïssant serviteur, Frere Simon Gourdan. *Le 29 Décembre* 1691.

C'en est assez pour faire connoître les sentimens de ce St. Religieux sur les Etudes Monastiques : aussi a-t-il toûjours confirmé sa conduite sur les grandes maximes que les premiers Religieux de son Monastére ont établies ; il n'a cessé d'exhorter l'Abbé de la Trappe à tenir ferme sur ce point, qu'il croyoit de la derniere conséquence pour le maintien de la discipline & de la piété dans les Cloîtres ; il étoit persuadé que les grandes études, telles qu'on les a établies en certaines Congrégations, ne servoient qu'à dissiper les esprits, à faire rentrer les Religieux dans le monde qu'ils avoient quitté, à éteindre l'esprit d'oraison & de pénitence, inspirer des sentimens d'orgüeil & de vanité, & enfin à détruire toute la régularité d'une Maison, par les libertés qu'on se donne, par les difpenfes qu'on fe procure , par la fréquentation des féculiers qui y introduifent infenfiblement l'efprit du monde : quoi de plus oppofé aux vûës & aux intentions des faints Inftituteurs de l'état monaftique ?

Il eft naturel à ceux qui aiment la vertu , de chercher à perpétuer , autant qu'il eft poffible , l'idée & la mémoire d'un faint homme qui a édifie tout un Royaume : plufieurs voulurent avoir le portrait du Pere Gourdan , mais on ne fçavoit comment s'y prendre , & on étoit fûr qu'il n'y confentiroit jamais. Des Peintres étoient venus à l'Eglife , & ils étoient perfuadés que le Saint ne s'appercevroit pas de leur induftrie , parce qu'il avoit toûjours les yeux fermés , & qu'on ne l'avoit jamais vû y jetter un regard fur perfonne ; mais on craignoit le monde , qui auroit bientôt inftruit le St. homme , & il n'en falloit pas davantage pour qu'il ne parût plus en public.

Il y avoit alors à St. Victor un Religieux de mérite & de vertu , nommé le Pere de la Grange , qui aimoit & qui eftimoit le Pere Gourdan ; il fe mêloit de peinture , & il n'y réüffiffoit pas mal ; il entreprit de faire ce que tant d'autres n'avoient pu exécuter ; il fçavoit l'heure que ce St. Religieux fe retiroit dans la Chapelle de la Ste. Vierge ; il prévint cette heure , & il alla fe

E 5

cacher dans une place où il le pouvoit voir facilement fans être vû. Le portrait fut fi reffemblant, que le Prieur voulut en avoir une copie, qu'il expofa dans fa Chambre.

Quelque tems après le Pere Gourdan vint chez le Prieur pour quelque affaire, & par hazard il jetta les yeux fur ce portrait; il en fut frappé, & il demanda ce que c'étoit; on lui dit que c'étoit le portrait d'un grand Serviteur de Dieu : fa curiofité n'alla pas plus loin, & après avoir terminé fon affaire il fe retira. Mais à peine fut-il dans fa cellule, qu'il fit réflexion fur ce qu'il avoit vû; il fe douta alors qu'on avoit eu le deffein de le peindre; & après s'en être affuré par une feconde vifite, il s'abbandonna à la douleur, & il en fût inconfolable. Long-tems il penfa aux moyens d'arrêter ce fcandale qui allarmoit fa confcience; il attendit que le Prieur laiffât fa porte ouverte, & il épia fi bien le moment, qu'il emporta le tableau & qu'il le mit en piéces.

Le Prieur, dès qu'il s'apperçut que fon tableau avoit difparu, jugea que le Pere Gourdan feul avoit fait le coup; il alla fur le champ le lui redemander, mais l'affaire étoit faite & le feu avoit confumé les reftes de ce facrifice : par bonheur on confervoit l'original de ce portrait, & le Pere Gourdan l'ignoroit encore. Pour le mettre à l'abri de fon zéle on le fit graver,

& on en tira des milliers d'eſtampes, qui
furent enlevées en peu de jours ; tout le
monde vouloit l'avoir, & la vûë ſeule de
cette figure inſpiroit de la piété.

Le Pere Gourdan n'avoit que 46. ans
lorſque ſon portrait parut dans le monde ;
il ne fit qu'augmenter l'idée qu'on avoit
de ſa ſainteté. Quinze ans après on en tira
un ſecond, où il eſt habillé d'une autre
maniere ; mais il ne frappe pas l'imagina-
tion comme le premier. Enfin dans les
dernieres années de ſa vie on en tira un
troiſiéme, où l'on voit un homme extenué
& conſumé de pénitence, qui ſemble ne plus
ſoupirer qu'après la récompenſe de ſes travaux.

L'Egliſe de St. Victor étoit alors dépour-
vûë de la dignité de grand Chantre, & le
Conſeil jugea que cette place ne pouvoit
être mieux remplie que par le Pere Gourdan ; ce n'eſt pas qu'il eût beaucoup de
voix : un homme d'une pénitence ſi auſtére ne pouvoit pas l'avoir bien forte ; mais
on ſçavoit quel étoit ſon zéle, & perſonne
n'ignoroit que le ſaint homme rempliroit
cette obligation de la maniere du monde
la plus édifiante.

En effet, l'on peut dire que cette charge n'a jamais été remplie dans ſaint Victor avec plus de dignité ; auſſi venoit-on
exprès pour voir ce ſaint homme s'acquitter de cette importante fonction ; il regnoit

E 6

dans l'Eglife un profond filence , & chacun n'y étoit occupé qu'à adorer la Majefté de Dieu : tout le monde étoit édifié
& faifi d'une fainte frayeur, ainfi qu'Alexandre le Grand , lorfqu'autrefois , dans
le Temple de Jerufalem , il vit le Souverain Pontife exercer fes fonctions ; ce
grand Prince ne put foutenir la Majefté
de ce Pontife fans s'écrier , que le Dieu
des Juifs étoit grand , puifqu'il avoit de
tels Miniftres.

Mais ce qui étoit plus admirable, c'eft
que le Pere Gourdan étoit toûjours le même , ailleurs comme à l'Eglife: c'étoit toûjours la même modeftie , le même recueillement , la même retenuë : toûjours on
voyoit un homme abforbé en Dieu & toûjours occupé de fa préfence ; de toutes
parts on le regardoit comme un prodige
de fainteté ; auffi tout ce qu'il y a de grand
vouloit avoir quelque rélation avec lui : la
plûpart des Prélats ne venoient jamais à
Paris, qu'ils ne vinffent voir le Pere Gourdan & le confulter fur les affaires les plus
importantes. Mais les perfonnes du plus
haut rang , fi elles venoient lorfqu'on étoit
à l'Eglife, étoient obligées d'attendre qu'on
en fût forti : jamais le Pere Gourdan n'eut
quitté l'Office pour le Roi même.

En effet, un jour M. le Duc de Villeroi
lui amena le Roi, qui étoit déja majeur :
on étoit à Vêpres : on dit au Portier d'a-

vertir le Pere Gourdan que le Roi étoit arrivé, & qu'il le demandoit. Le Portier ne se pressa pas davantage, & dit à M. le Duc de Villeroi que cela étoit inutile, & que quand ce seroit le Pape le P. Gourdan ne sortiroit point de l'Eglise que l'Office ne fût fini. Il fallut que le Prieur & deux des plus anciens Religieux quittassent le Chœur pour qu'ils vinssent saluer Sa Majesté, pour le Pere Gourdan.

Le saint homme ne parut que quand tout fut achevé : alors le Roi prit un air plus gai & plus ouvert; il lui fit plusieurs questions, & il s'entretint avec lui pendant un tems assez considérable. Prêt de remonter en carrosse, il se recommanda à ses prieres : le saint homme lui répondit ces paroles si remarquables : *Puisse le Ciel, Sire, faire un jour de Votre Majesté un digne rejetton de saint Louis.* Le Roi en fut très-édifié, & il témoigna être fort aise de l'avoir vû. A son retour on lui dit pourquoi le saint homme l'avoit fait attendre : il a raison, dit le Roi; car il servoit alors un plus grand Roi que moi. Depuis ce tems-là tous les ans le Roi lui envoya, le jour de la Chandeleur, son cierge beni, par son premier Valet de Chambre, en lui faisant demander le secours de ses prieres.

Quelque tems après, le Pere Gourdan reçut le même honneur de l'Infante d'Espagne, qui étoit accompagnée de Madame

de Vantadour. On sçait que le saint homme ne sortoit de sa Cellule que pour aller
au Chœur, & qu'il s'étoit interdit toute
promenade ; il se trouva fort embarrassé
quand Madame l'Infante voulut aller au
jardin, où depuis 30 ans il n'étoit entré;
il mit toute sa confiance en Dieu, qui parut sur le champ l'exaucer. Tout à coup
un vent impétueux succéda à un tems se-
rein , & la promenade fut remise à une
autre fois. Le Saint regarda ce petit événement comme une grace particuliere que
Dieu lui faisoit , & il lui en temoigna sa
reconnoissance. C'est un fait que nous sça-
vons du Pere Gourdan lui-même.

Louis XIV. dans sa derniere maladie lui
avoit aussi envoyé un Gentilhomme de sa
Chambre pour se recommander à ses prieres. Telle étoit l'estime que ce grand Roi
faisoit de ce saint Religieux. Après cela il
ne faut pas s'étonner si toutes les personn-
nes les plus qualifiées qui venoient le voir
étoient devant lui dans un respect extraordinaire : le saint homme les recevoit dans
sa pauvre Cellule , où ils ne trouvoient
que la paillasse de son lit pour s'asseoir ;
là ils écoutoient en silence les paroles de
vie que leur annonçoit le Serviteur de Dieu.
Sans aucune distinction, le Saint recevoit
tout le monde avec une charité admirable;
il parloit avec une douceur & une politesse
qui lui gagnerent tous les cœurs; il ne s'en

tretenoit que de Dieu, & tout à coup son
zéle s'enflammoit & se communiquoit à
ceux qui l'entendoient.

Lorsqu'on le consultoit sur les affaires
du tems, nul respect humain ne l'empêchoit de déclarer ses sentimens sur la soumission à l'Eglise, & sur l'éloignement qu'on
doit avoir de tous ceux qui se revoltoient
contre ses décisions. Il déclaroit hautement
qu'on ne pouvoit avoir aucune communication avec ceux qui étoient refractaires
aux Décrets des Souverains Pontifes.

Ses Ouvrages & ses Lettres sont des
preuves bien convaincantes de sa façon de
penser sur ce sujet. Il recevoit sur-tout les
Catholiques, & il leur parloit avec amitié.
Un jeune Seigneur vint un jour le consulter sur ce qu'il devoit faire pour se sauver:
le Pere, après l'avoir entendu, lui dit,
que du caractére qu'il étoit & avec de telles passions, il n'y avoit point d'autre remede à ses maux que de se retirer à la
Trappe. Puis d'un ton décisif, il lui dit en
homme inspiré, qu'il falloit partir dès le
jour même. Le pénitent obéit, il partit
aussi-tôt, & il est mort saintement à la
Trappe.

Il arriva alors qu'un Chanoine Régulier
de Ste. Généviève, peu content de son état,
prit la fuite, & qu'après avoir erré long-
tems dans Paris, il trouva enfin le moyen
d'obtenir une place dans le Chapitre d'U-

zez, qui étoit compofé de Chanoines Réguliers. Ses Supérieurs y confentirent, & ne furent pas fachés d'être délivrés de cet efprit inquiet, qui leur avoit caufé tant de peines & de chagrins. Bientôt ce jeune homme fe laffa encore de fa place, & revint à Paris déguifé en Abbé; il vint louer un appartement dans la cour de faint Victor fans fe faire trop connoître. D'abord toute la jeuneffe de l'Abbaye s'attacha à lui, & en prit toutes les manieres. En peu de tems on s'en apperçut & on connut le nouvel Abbé.

Alors le zéle du Pere Gourdan ne put fe contenir. Dès le premier Confeil le Serviteur de Dieu parla avec force contre un fcandale auffi criant. D'abord fes remontrances furent traitées de fcrupule; on lui dit qu'on devoit croire par charité que çe Religieux avoit obtenu des difpenfes; que d'ailleurs il étoit recommandé par des perfonnes de diftinction, & qu'on les défobligeroit beaucoup fi on alloit lui donner fon congé.

Le Pere Gourdan ne fe rebuta point; il fentit mieux que perfonne le foible de ces raifonnemens, & il en prévit les fuites fâcheufes. Il revint donc à la charge, & il trouva toûjours les mêmes oppofitions. Alors le faint homme eut recours à l'Archevêque de Paris, premier Supérieur de faint Victor: c'étoit M. de Noailles. Le

Prélat examina l'affaire dès fon origine, & s'en fit inftruire à fonds par des perfonnes défintereffées. Il trouva que le Pere Gourdan n'avoit que trop raifon de demander l'expulfion de cet Abbé prétendu, & auffi-tôt il envoya fes ordres pour congédier ce nouvel hôte. La fuite a fait connoître que l'efprit de Dieu avoit conduit le faint homme dans cette affaire, & que fes craintes n'étoient rien moins que des fcrupules.

Le Pere Gourdan n'avoit pas moins de zéle pour maintenir la décoration de la Maifon de Dieu. Comme l'efprit de nouveauté ne fe contentoit pas de s'infinuer par des écrits, les partifans de la nouvelle Doctrine vouloient, à l'exemple des Iconoclaftes, abolir le culte des Images & des Statuës. Le Curé d'Aniers s'étoit déja diftingué par ce fanatifme ; on l'imitoit dans plufieurs Eglifes, & on voulut auffi fuivre fon exemple à faint Victor : on changea l'ancienne décoration du Chœur, on détruifit quelques Statuës, & on voulut les détruire toutes. Le Pere Gourdan, dès qu'il apprit que les ouvriers étoient dans l'Eglife & qu'ils commençoient à travailler, fortit de fa Cellule accompagné d'un Laïque qui étoit alors avec lui, & vint à l'Eglife animé du zéle de la Maifon de Dieu ; il fit defcendre les ouvriers, & il leur défendit de toucher aucune repréfen-

tation des Saints. Dans la crainte qu'on
ne pourſuivît, malgré toutes ſes remontrances, il alla ſur le champ, écrire une
lettre à M. de Fleuri, qui étoit alors à
Meudon avec le Roi, & il le conjura
d'interpoſer ſon autorité pour empêcher la
deſtruction des Statuës & des Images qui
étoient dans le Chœur de ſaint Victor. La
lettre de cachet vint ſur le champ qui arrêta tous les travaux.

Il s'éleva en ce tems-là une diſpute très-
vive ſur l'Oraiſon mentale & ſur l'amour
de Dieu; elle eut de grandes ſuites & oc-
caſionna une infinité d'écrits, qui diviſe-
rent les plus ſçavans hommes & les plus
ſpirituels. Deux Prélats d'une érudition profonde & d'une pieté reconnuë, furent les
deux arcsboutans de cette diſpute; M. de
Fenelon Archevêque de Cambray, & M.
Boſſuet Evêque de Meaux, compoſerent
divers ouvrages; & comme la choſe étoit
intéreſſante, chacun prit parti pour ou contre ſelon ſes lumieres particulieres; c'étoit à
qui ſe feroit le plus de partiſans, ſur-tout
parmi les perſonnes dont la pieté & l'érudition éclattoient davantage dans le Royaume.

Déja l'Abbé de la Trappe s'étoit décla-
claré en faveur de l'Evêque de Meaux
ſon ancien ami; ſes Lettres, où M. de
Fenelon n'étoit point ménagé, coururent
route la France, & furent envoyées à Ro-

mé : il est certain qu'elles influerent beaucoup dans la sentence qui fut renduë quelque tems après , par la haute estime qu'on
avoit dans cette Cour pour l'Abbé de la
Trappe. On s'addressa aussi au Pere Gourdan , qui étoit un grand homme d'Oraison , & son sentiment eût été d'un grand
poids dans une pareille cause. Les deux
partis employerent toute sortes de moyen
pour l'obtenir ; mais tout fut inutile, &
rien ne put l'obliger à se déclarer. Je n'ai
point de sentiment particulier , disoit-il ,
je m'en tiens à mon catéchisme & à tout
ce que l'Eglise m'a enseigné. On lui expliqua le sentiment de M. de Fenelon sur
l'amour de Dieu , & il ne crut pas qu'on
pût le condamner. En effet on tomba sur
d'autres propositions plus épineuses qui
étoient dans son Livre , & on les condamna sans toucher à celle du pur amour ,
qui est restée dans la même situation , &
qui est fort éloignée des excès où quelques
Quietistes se sont portés.

L'Abbé de la Trappe n'eut que le tems
de complimenter son ami l'Evêque de
Meaux sur la Bulle qui arriva en France
en 1699. & qui fut suivie de la soumission
entiere & éclatante de M. l'Archevêque
de Cambray ; la mort l'enleva de ce monde l'année suivante. Il n'y eut personne
à la Trappe qui ressentît plus vivement
cette perte que le Pere le Nain , qui avoit

été un de ſes plus fidéles coadjuteurs dans l'établiſſement de ſa reforme. Pour ſoulager ſa douleur, le Pere le Nain écrivit à ſon ami le Pere Gourdan, & il lui exprima ſes ſentimens d'une maniere très-vive & très-touchante.

Le Serviteur de Dieu fut très-ſenſible à cette mort; il fit ſur le champ au Pere le Nain une réponſe, qui eſt une magnifique Oraiſon funèbre du ſaint Abbé. L'Ambaſſadrice d'Eſpagne, Epouſe du Duc N. ſi connu dans le monde, l'un des plus illuſtres & des plus prudens Seigneurs que l'Eſpagne ait envoyé en France, eut auſſi recours au Pere Gourdan quand elle perdit ſon fils unique. Depuis long-tems cette Dame le regardoit comme un Prophête envoyé de Dieu : ſes paroles étoient pour elle autant d'oracles. Abîmée de douleur, elle vint pour ſe ſoulager ſe jetter aux pieds du Pere Gourdan : le Saint lui dit tout ce qu'on peut penſer de plus touchant pour la conſoler, mais en même-tems il lui fit ſentir qu'elle ne trouveroit jamais de ſolide & de véritable conſolation qu'en Dieu, & qu'il falloit ſe ſoumettre entierement à ſon adorable volonté.

Cette ame prédeſtinée fut encore frappée de la main de Dieu dans l'endroit le plus ſenſible ; non-ſeulement Madame ſa Mere vit ſa famille éteinte par la mort d'un fils unique, mais pour comble d'affliction Dieu lui enleva son cher Epoux, qui mourut à Paris après une longue maladie. Cette veuve désolée s'attacha plus particulierement au Pere Gourdan , & ne se conduisit plus que par ses conseils ; en peu de tems elle devint une personne toute crucifiée au monde , & elle ne pensa plus qu'à se rendre digne des biens éternels.

Quelque tems après Madame Gourdan tomba malade , & dès le premiers jours on jugea que sa maladie étoit mortelle : alors elle demanda à voir son fils , & elle témoigna qu'elle seroit bien aise de mourir entre ses bras. Lorsque l'on vint annoncer cette triste nouvelle au Serviteur de Dieu , il fut quelque tems sans répondre , & pria ensuite qu'on revint le lendemain , & qu'il diroit ce que Dieu lui auroit inspiré ; car c'étoit sa coûtume , dans les grandes affaires , de ne jamais se déterminer qu'il n'eût auparavant consulté Dieu dans l'Oraison. La malade jugea bien par cette réponse , qu'elle n'auroit pas la consolation de voir son fils , & elle en benit Dieu : en effet le St. homme, après avoir passé toute la nuit en priere , répondit qu'on ne pouvoit douter combien il honoroit sa mere , & quel étoit sa tendresse pour elle ; mais qu'il prioit de ne pas trouver mauvais c' ferât son devoir & ses obligatio gieux, qui le retenoient dans

à la confolation qu'il auroit de la voir
dans fes derniers momens, & de recevoir
fa bénédiction.

Bien des gens trouverent de là dureté
dans cette conduite, & fes Supérieurs
même étoient d'avis que le Pere Gourdan
devoit donner cette confolation à fa mere;
on vouloit même le contraindre par un
ordre de Mgr. l'Archevêque de Paris,
mais le Prélat, plus éclairé qu'eux, répondit qu'il laiffoit toute liberté au Pere
Gourdan de faire là-deffus ce qu'il jugeroit
à propos. Plus cette féparation du monde
eft rare parmi les Religieux dans un fiécle
où tout s'affoiblit, plus ceux que Dieu
remplit de fon efprit doivent-ils s'étudier
à la pratiquer dans la derniere rigueur;
heureux fi par ces exemples d'auftérités on
pouvoit arrêter ce flux & reflux de Moines
que l'on voit fans ceffe dans le monde,
fous des prétextes moins fpécieux que n'eft
celui d'affifter un pere ou une mere à la
mort.

Ce vénérable Religieux demeura donc
ferme dans fa réfolution, & rien ne pût
l'ébranler; mais Dieu fit voir que cette
conduite lui étoit agréable; car il verfa
tant de bénédictions fur les prieres que ce
pieux Solitaire faifoit dans fa retraite pour
fa chere mere, que non-feulement elle
aprés la privation de la préfence de fon
fils & en fit à Dieu le facrifice, mais que

dans le cours de sa maladie, elle eut des dispositions si saintes & des sentimens si chrétiens, qu'il y a tout lieu de croire que Dieu l'a reçûë dans le sein de sa misericorde.

Le saint homme n'aimoit ses proches qu'en Jesus-Christ; la chair & le sang ne l'ont jamais dominé. Il avoit un parent à St. Victor que son exemple & ses prieres y avoient attiré: pendant son Noviciat le jeune homme s'étoit assez bien comporté, mais bientôt il se dégoûta du Cloître, & ses devoirs lui devinrent à charge: souvent les Supérieurs lui donnerent des avis salutaires, mais il n'en tint aucun compte. Le P. Gourdan mit tout en œuvre pour l'engager à remplir ses obligations, qu'il avoit contractées devant Dieu. Le jeune Religieux répondit à des sollicitations si pressantes, qu'étant d'un caractere si facile, il ne pouvoit résister au torrent: pressé par les remords de sa conscience, il demanda à se refugier à la Trappe, & on y consentit. Ce fut alors qu'il éprouva ce que c'étoit qu'un Religieux; il y jouït d'abord d'une parfaite tranquillité d'ame, mais quelques années après le dégoût le saisit; le jeune homme prit la fuite & revint à St. Victor.

Quelle fut la douleur du Serviteur de Dieu lorsqu'il vit ce triste spectacle. On assembla le Conseil; quelques-uns furent d'avis qu'on reçût ce Trapiste déserteur; mais le P. Gourdan animé d'un saint zéle, foutint fortement qu'on ne le pouvoit en confcience , & qu'il falloit renvoyer ce fugitif à la Trappe ; que fon Abbé feul pouvoit l'abfoudre des cenfures , & que jufques là on devoit le regarder comme un excommunié. On fut obligé d'avouer que le St. homme avoit raifon. Le jeune homme s'adreffa à M. le Regent , & lui préfenta fa requête ; le Prince fe mit à rire : J'ai tant de Moines , dit-il , qui me demandent à fortir de leur Couvent , en voici un qui demande à y rentrer , il faut que ce foit un Saint , qu'on lui accorde ce qu'il demande. L'ordre en fut expedié, ainfi on fut obligé de le recevoir à St. Victor ; mais cela n'adoucit point l'amertume du Pere Gourdan , qui fçavoit que les Jugemens de Dieu font bien differens de ceux des hommes. Il a porté cette playe dans fon cœur jufqu'à la mort , & il a pleuré la perte de cette ame , qu'il croyoit ne pouvoir fe fauver qu'en retournant à la Trappe.

La Trappe. Ce Monaftére, autrefois fi faint & fi édifiant ; étoit tout derangé fous la conduite de Dom N. qui en étoit Abbé ; les dettes en étoient confiderables , & les Religieux manquoient du néceffaire ; il falloit qu'ils euffent recours à leurs parens qui étoient à leur aife dans le monde : le Pere le Nain en fechoit de douleur ; il ouvrit fon cœur à fon ancien ami le Pere Gourdan : rien

n'eft

n'eſt plus touchant que ſa lettre que l'on trouve dans la vie de ce ſaint Réligieux.

Le P. Gourdan fut fort embarraſſé quand il fallut lui répondre : le Pere le Nain faiſoit de grandes plaintes de la conduite de ſon Abbé : les approuver c'étoit autoriſer les murmures d'un particulier contre un Supérieur ; d'ailleurs ſa lettre pouvoit tomber entre les mains de l'Abbé, & l'indiſpoſer encore davantage contre ſon Religieux, & même contre le conſolateur : laiſſer la lettre ſans réponſe, c'étoit manquer aux devoirs de l'amitié & de la charité. Que fit le Pere Gourdan ? il ne conſulta que ſa ſageſſe & ſa prudence ordinaire ; ſa réponſe eſt ſi bien concertée que perſonne n'a lieu de ſe plaindre, que la piété & la vérité n'en ſouffrent point, & que ſon ami y trouve toute la conſolation qu'il pouvoit ſouhaiter ; il le conjura de tenir ferme dans ce tems d'orage, & il lui annonça que Dieu diſſiperoit bientôt ces nuages dont il étoit effrayé.

En effet, la démiſſion de N. fut acceptée ; le Roi nomma à l'Abbaye un ſaint Religieux, dont la ſageſſe répara les débris de ce Monaſtére ; M. le Régent ſe chargea d'en payer les dettes ; en moins de deux ans la Trappe reprit ſa premiere ſplendeur, & l'on vit l'accompliſſement de la prophétie du Pere Gourdan, mais le P. le Nain n'eut pas la conſolation de voir

F

le rétablissement de cette Maison , il étoit mort l'année précedente le 14. Décembre 1713.

Cette sainte retraite n'a pas été exempte des erreurs du Jansenisme ; l'esprit des Novateurs avoit trouvé moyen de s'y insinuer à la faveur des mauvais Livres ; & l'on peut dire que ce n'est que dépuis l'élection de Dom Malachie que cette Maison est rentrée dans le premier esprit de son Reformateur : l'on peut dire avec vérité qu'aujourd'hui cette nombreuse Communauté, se soutient & se distingue par sa ferveur & sa soumission à l'Eglise.

Dieu donna aussi au Pere Gourdan le discernement des esprits. & des vocations. Un Marchand épicier de Paris , nommé Etienne Lion , dans la Parroisse de saint Eustache , avoit amassé dans son commerce de grands biens en moins de vingt-ans ; on le croyoit riche de plus de douze cens mille livres ; Dieu, qui vouloit le sauver , lui envoya des afflictions pour le dégoûter du monde ; il commença par le priver de son épouse , qu'il aimoit uniquement ; une maladie de peu de jours la mit au tombeau, son mari en fut inconsolable ; il ne put pendant long-tems prendre aucune nourriture ni aucun repos ; pour éviter ceux qui vouloient le consoler, il projettoit de tout abandonner & de se retirer dans quelque désert pour y gémir le reste de ſes jours. Les perſonnes qu'il conſulta lui dirent que ces déſirs de retraite n'étoient que des tentations, & qu'étant chargé d'enfans, il ne pouvoit en conſcience les abandonner.

Ces déciſions ne purent le ſatisfaire, & ſa conſcience n'en fut que plus troublée: enfin il s'adreſſa au Pere Gourdan, qu'on regardoit dans Paris comme un Prophête, il le pria de lui faire connoître ce que Dieu exigeoit de lui dans les triſtes circonſtances où il ſe trouvoit: le ſaint homme lui demanda du tems pour conſulter Dieu, & le remit à la huitaine. Le ſieur Lion revint au tems marqué, & il s'apperçut que le Pere Gourdan, qui dans ſa premiere entrevûë avoit toûjours eu les yeux baiſſés ſelon ſa coûtume, le regardoit alors fixement, & ne répondoit rien à tout ce qu'il lui diſoit: ils furent quelque tems ſans parler ni l'un ni l'autre; puis comme ſi le ſaint homme fut revenu d'une profonde extaſe: allez, mon frere, lui dit-il, allez hardiment dans la ſolitude où Dieu vous appelle, vous y trouverez votre ſanctification. Il l'envoya donc à la Trappe, mais il ne lui conſeilla pas de ſe faire Religieux, afin d'être toûjours en état de diſpoſer de ſon bien pour la plus grande gloire de Dieu, lorſque ſes enfans ſeroient établis.

Le ſieur Lion arrangea toutes ſes affai-

res ; il mit tous fes enfans en penfion pour
leur donner une fainte éducation , & partit pour la Trappe. L'Abbé voulut bien fe
charger de fa direction ; il lui donna le
nom de frere Theonas , & pour demeure
un petit hermitage , où le fieur Lion demeura le refte de fes jours : il donna tous
fes habits aux pauvres , fe mit en païfan ,
& vêcut comme un autre Antoine dans
le défert. Bientôt il s'éleva à la plus haute
perfection , & l'odeur de fa fainteté fe répandit jufqu'à Paris. Le Roi d'Angleterre
ne venoit jamais à la Trappe qu'il ne vît
le Frere Theonas , & ce Prince en étoit
toûjours extrêmement édifié.

Tant de prodiges rendirent encore le
Pere Gourdan plus célébre ; le St. homme
étoit dans une eftime générale , & la voix
publique le canonifoit dès cette vie. Les
Religieux de Saint Victor ouvrirent enfin
les yeux , & ils confpirerent tous de le
mettre à leur tête , & de lui donner le
titre de Prieur. En effet le jour de l'élection le Pere Gourdan fut élu tout d'une
voix : il ne devoit guéres s'y attendre ;
auffi fa furprife fut extrême : mais ce
grand Serviteur de Dieu , qui avoit déja
réfufé tant de Bénéfices , n'eut garde de
confentir à une élection dont il voyoit toutes les conféquences : après avoir remercié
fes Confreres de l'honneur qu'ils lui vouloient faire , il refufa modeftement cette

place, & il repréſenta toûjours ſon indignité.

Les Electeurs s'y attendoient ; ils connoiſſoient trop les ſentimens du St. homme ;
ils ne voulurent point écouter ſes excuſes ;
ils perſiſterent dans leur premier deſſein,
& ils lui repréſenterent que la volonté de
Dieu étoit qu'il fût leur Supérieur, & qu'il
les gouvernât. Si cela eſt ainſi, répondit le
St. homme, je n'ai garde de m'y oppoſer ;
mais je ſuis obligé de vous déclarer que
je ſuis dans la réſolution de m'aquitter
tellement de ma charge, que je n'aye aucun reproche à me faire, ni devant Dieu
ni devant les hommes, & qu'en conſe-
quence je ferai obſerver nos Conſtitutions
dans toute leur étenduë ; que perſonne ne
ſortira du Cloître ſans en avoir obtenu la
permiſſion ; que l'on n'ira plus en Ville
ſans un compagnon tel que je jugerai à
propos de le donner ; que l'on ne ſortira
plus qu'en habit long, & que l'on revien-
dra pour aſſiſter aux divins Offices. Il en
alloit dire davantage, mais on ne lui en
donna pas le tems ; dans le moment même il fut remercié, & on ne parla plus
de lui dans la ſuite pour le faire Prieur de
St. Victor.

C'etoit tout ce que demandoit le ſaint
homme ; d'ailleurs cette vie contempla-
tive qu'il menoit n'auroit pû s'accorder
avec les exercices d'un gouvernement
d'une ſi grande étenduë ; par une heurcuſe

expérience , il en connoissoit le prix & tous les avantages ; aussi ne peut on exprimer la joye qu'il ressentit quand il se vit exclus pour toujours des embarras de la supériorité.

Ce qui l'occupoit alors c'étoit d'engager ses Freres à se soumettre à la Constitution *Unigenitus* , qui condamne le Livre intitulé , *Réflexions Morales sur le Nouveau Testament* du Pere Quesnel de l'Oratoire. Ce Livre , depuis près de quarante ans , faisoit beaucoup de mal en France ; dès que le Pere Gourdan sçut qu'il avoit été condamné , il se soumit au jugement du Sr. Siege , & il accepta la Bulle dans toute son étenduë ; mais ses sentimens n'avoient point encore éclaté au-dehors , & il ne se déclara , selon sa coûtume , que quand le St. Siége eut décidé. Un Pere de l'Oratoire lui ayant demandé son avis, s'il ne devoit point se joindre aux quatre Evêques appellans , il lui répondit de n'en rien faire , & il l'exhorta de se soumettre à la décision de l'Eglise.

Les appels au futur Concile se multiplierent à l'infini. Mrs. de saint Victor s'assemblerent pour déterminer entr'eux s'ils n'adhereroient point aux quatre Prélats. Alors , dans le Conseil , le Pere Gourdan se déclara hautement ; & voyant que ses Confreres tendoient à l'appel , il s'opposa fortement , & parla long-tems pour leur prouver qu'on devoit obéïr au St. Siege. On remit à un autre jour l'enregiftrement de la déliberation , & le Pere Gourdan tint une Proteftation toute prête pour ce jour là , dont voici l'avertiffement.

AVERTISSEMENT

Sur la premiere Proteftation du R. P. Gourdan , contre l'adhéfion à l'appel des quatre Evêques , par le Chapitre de S. Victor de Paris.

QUatre Evêques de France ayant interjetté un appel au futur Concile général , de la Conftitution de N. S. P. le Pape *Unigenitus* , du 8 Septembre 1713. laquelle condamnoit le Livre des Réflexions Morales du P. Quefnel fur le nouveau Teftament , avec 101. Propofitions extraites , & le R. P. le Tonnellier , Prieur de faint Victor , ayant pris le deffein d'adhérer à cet appel , & affemblé le 9 Mars 1717. la Compagnie pour l'engager à cette même adhéfion , le R. P. Gourdan repréfenta que cette déliberation étoit infoutenable par plufieurs raifons importantes ; que cette entreprife contre la Conftitution du Chef de l'Eglife attaquoit la Religion, & levoit l'étendart contre le Saint Siége ; que cette Conftitution étoit un jugement dogmatique prononcé dans toutes les for-

De Mirepoix , de Senés, de Montpellier, de Boulogne.

F 4

mes; qu'il étoit accompagné de l'acceptation positive de presque tous les Evêques
de France, & de l'acquiescement, au moins
tacite, d'une grande partie de tous ceux de
la Chrétienté; qu'il étoit confirmé par les
Lettres-Patentes du Roi, & par l'enregistrement de tous les Parlemens de France;
que les plus rigides adversaires du Saint
Siége, tomboient d'accord qu'un Décret,
en matiére de foi, émané du Souverain
Pontife, suivi de l'Eglise Romaine, & autorisé par le Corps Episcopal, avoit force
de loi; que la difficulté s'étant muë en
France sur le Livre, le feu Roi, de glo-
rieuse mémoire, & plusieurs Prélats ayant
demandé au Vicaire de Jesus-Christ l'examen & le jugement de ce Livre, Sa Sainteté n'avoit pû faire autre chose que ce
qu'elle avoit fait avec le conseil des Cardinaux & des plus habiles Théologiens,
en donnant une décision qui ruine tous
les restes du Jansenisme, & qui met à
couvert les dogmes de la foi, de la discipline & de la morale.

Que pour nous, il n'y avoit rien de plus
indispensable à faire, que d'obéir & de
nous soumettre à une si judicieuse décision, comme régle de tous les fidéles;
qu'un appel contre le Saint Siége est un
attentat inouï; une porte ouverte à toutes
les désobéissances & les rebellions contre
l'autorité du St. Siége Apostolique; qu'il

y avoit également de l'impoffibilité & de la témérité dans le parti ; qu'il n'y avoit pas à efpérer de voir jamais la convocation de ce Concile ; & que tous fes préliminaires & fa tenuë dépendoient de tant de circonftances, qu'on pouvoit regarder ce projet comme impraticable. Qu'au refte la Maifon de faint Victor faifoit un fi petit objet dans un fi vafte deffein, que c'étoit s'expofer au dernier mépris & à la rifée publique que de vouloir s'entremêler dans une affaire de cette nature ; que le partage de nos prédéceffeurs avoit toûjours été la retraite, le filence, la priere, & l'attachement au Saint Siége ; que dans toutes les affaires civiles & eccléfiaftiques, la Maifon s'étoit toûjours confervée dans une profonde paix ; qu'elle ne s'étoit attirée l'eftime & la confideration des Prélats & des Rois, que par fa folitude & par fa conftante fidélité dans fes obfervances.

L'an 1588. qu'Henri III. en donna à Blois au R. P. Hartaut, Prieur perpétuel de faint Victor, un illuftre témoignage, lorfqu'il fut député de l'Ordre Régulier pour affifter aux Etats Généraux, & que le Prince le félicitoit avec toute fa Communauté, de ce qu'il n'avoit pris aucune part dans les factions du Royaume.

Que c'étoit faire injure à l'autorité Epifcopale de Monfeigneur le Cardinal de Noailles, que d'adhérer à une procedure

F 5.

d'Evêques , dont la Maison ne dépendoit point , & faire préjudice à la dépendance légitime. Que c'étoit une contravention manifeste contre le dernier Mandement de son Eminence , qui défendoit tout acte de Jurisdiction pour ou contre la Constitution ; que cette Communauté , que les Archevêques de Paris avoient toûjours regardée comme leur fille aînée & comblée de leur bienveillance , donneroit un très-mauvais exemple à tout le Diocèse , & susciteroit à une pareille entreprise plusieurs Ecclesiastiques & Communautés Religieuses.

Que la Maison de saint Victor étant regardée comme le berceau de l'Université , les Docteurs de cette Maison ne devoient pas se livrer si facilement à cet appel , ni à toutes les variations de Sorbonne , mais , conformément à l'esprit de ses Ancêtres , déferer avec une soumission parfaite à la Constitution du Saint Pere , & aux anciens Décrets de la Faculté , qui enjoignent étroitement cette déférence ; & qu'ils pouvoient se ressouvenir , selon la remarque d'un Historien , que le vénérable Jean Bordier Abbé de saint Victor , l'an 1514. voyant dans ce fameux Corps de Sorbonne plusieurs broüilleries , & voulant rétablir une parfaite régularité dans la Maison , cessa d'envoyer sur les bancs aucun de la Compagnie.

Qu'il ne convenoit pas qu'une des plus

anciennes familles de Chanoines Réguliers, qui fe glorifioit d'avoir faint Auguftin pour Pere, contribuât à un fchifme,
plus pernicieux que celui des Donatiftes,
contre lequel ce grand Docteur avoit tant
combattu.

Que les libertés de l'Eglife Gallicanne
que l'on prétendoit, fans fondement, at-
taquées par la Conftitution, ce n'étoit pas
les maintenir, mais les hazarder que de les
expofer à l'examen & à la condamnation
d'un Concile général.

Que pour les Propofitions condamnées
elles étoient judicieufement qualifiées par
la Conftitution, puifque celles qui regar-
dent la grace, tendoient à renouveller les
erreurs de Baïus & de Janfénius, & que
celles qui touchent la morale & la difcipline, font en plufieurs chefs contraires à
la Tradition de l'Eglife, & contiennent
plufieurs erreurs.

Qu'au refte cette délibération pour l'appel, accompagnée de plufieurs circonftances extraordinaires, devoit être regardée
comme nulle, puifqu'elle fe faifoit avec
tant de précipitation ; qu'on choififfoit un
Mardi & non le Vendredi, jour ordinaire
de Chapitre ; qu'on n'avoit point affemblé
la Chambre pour examiner la chofe avec
maturité, avant que de la renvoyer au
Chapitre, comme l'ufage de la Maifon le
demande.

La cham-
bre eft
le con-
feil des
Anci-
ens.

F 6

Que le Pere Sous-Prieur, premier Capitulant, & le Notaire même du Chapitre, qui doit recuëillir & inſerer dans le Regiſtre les déliberations, s'étoient exprès abſentés, comme improuvant cette déliberation ; que le Doyen de la Compagnie, homme de conſeil, n'y avoit pas été mandé, parce qu'on le ſçavoit contraire ; qu'une affaire auſſi extraordinaire, qui regardoit tout le Corps, demandoit la convocation de tous les Prieurs comme à un Chapitre Général où tous ſont intéreſſés ; que la ſurpriſe d'un fait dont en France ni ailleurs on n'avoit aucun exemple, exigeoit des réflexions plus mures, & devoit faire ſuſpendre au moins la détermination ; qu'en un mot il falloit regarder ſur cette matiere comme une maxime conſtante, cette parole de ſaint Auguſtin à l'égard des Pélagiens, que les Décrets étant venus de Rome, la cauſe eſt finie, & ne doit plus être aſſujettie à aucune reviſion ; enfin qu'il n'y avoit plus qu'à ſuivre en paix le jugement prononcé par Clement XI. ſur le Livre en queſtion, & dire ſur le ſujet préſent avec feu M. Boſſuet, Evêque de Meaux, cette grande lumiere de l'Egliſe Gallicane, lorſqu'il parla dans l'aſſemblée du Clergé l'an 1682., que l'Egliſe Romaine eſt toûjours Vierge ; que Pierre parlera toûjours dans ſa chaire ; que la foi Romaine eſt toûjours la foi de l'Egliſe ; & que demeurer dans la communion & dans la soumiſſion à ſes ſentimens, c'eſt tenir l'entiere & parfaite ſolidité de la Religion Chrétienne. Qu'il ne faut pas croire que le miniſtere de Pierre ſoit fini avec lui ; que ce qui doit ſervir à une Egliſe éternelle ne peut jamais avoir de fin ; & que Pierre vivra toûjours dans ſes ſucceſſeurs, leſquelles paroles éloignent infiniment toute propoſition d'appel, d'autant plus que ſi le grand Prêtre de l'ancienne Loi, ſelon l'Ecriture, prononçoit ſur les difficultés de la Loi un jugement irréformable dont le mépris étoit puni de mort, à plus forte raiſon celui du Souverain Pontife dans la nouvelle, eſt irrévocable, & doit être accepté & embraſſé, ſur-tout lorſqu'il eſt, comme celui-ci, accueïlli par tout le Corps des Evêques du monde Chrétien.

Le Pere Gourdan voyant que la pluralité des voix tendoit à adhérer à l'appel nonobſtant ſes humbles remontrances & ſes réponſes aux difficultés qu'on lui faiſoit, déclare que ſans vouloir uſer de terme d'oppoſition, il proteſtoit cóntre la déliberation, & requeroit qu'on inſerât dans l'acte à conſerver dans le Regiſtre Capitulaire, & dans celui qu'on porteroit à l'Officialité, qu'il avoit été d'un ſentiment contraire ; mais comme il n'a pas été écouté, il s'eſt vû obligé de dreſſer la Proteſtation ſuivante.

Il faut observer que ce discours prononcé par le R. P. Gourdan à la Chambre ou Assemblée, fut dit sans aucune préparation, ne se doutant point qu'on feroit une telle proposition; & ce qui est de plus surprenant, c'est que l'ayant prononcé avec toute la force & le zéle que peut donner l'Esprit - Saint, le R. P. Gourdan le mit quelques jours après sur le papier, tel qu'il l'avoit prononcé, & qu'il est ici.

I. PROTESTATION

Du Révérend Pere Simon Gourdan, Chanoine Régulier de S. Victor, au sujet de la déliberation prise dans le Chapitre de S. Victor, de se joindre à un appel des quatre Evéques au futur Concile de la Constitution Unigenitus.

JE soussigné, Prêtre, Chanoine Régulier de l'Abbaye de saint Victor, appuyé sur trois régles fondamentales de notre Maître le vénérable Huges de saint Victor. La premiere est, que le Pape est le Pere des Peres, & que son devoir est de publier des Constitutions pour le besoin & l'utilité de l'Eglise : *Papa dicitur quia pater patrum, ejus officium est Canones suo tempore ad utilitatem Ecclesiæ promulgare.* La

de Sacram.
l. I. c.
47. 1. 3.

deuxiéme, que tout l'Ordre Eccléfiaftique lui doit obéir, comme préfident fur toute l'Eglife à la place de faint Pierre, Prince des Apôtres : *Cui vice Petri Principis Apof-* *tolorum præfidenti omni Ecclefiæ ordo obtem* *perare debet :* La troifiéme, qu'il a eu, par la prérogative de fa dignité, les clefs & la puiffance de lier toutes les confcien-ces des fidéles qui ne déféreront pas à fes décifions : *Solus prærogativa dignitatis cla-* *ves habet ligandi omnia & folvendi fuper* *terram.*

Ibid. l. *2. part* *3. pag.* *610.*

Ibid. *p. 417.*

Appuyé, dis-je, fur ces régles & fur la fomme de ces Sentences où eft tout le corps de la Doctrine de ce fçavant Hugues, ef-timé l'Auguftin de fon fiécle, & fur plu-fieurs autres confiderations importantes, je déclare à la face de Dieu & de la fainte Eglife Catholique, Apoftolique, & Ro-maine, ma mere & ma maîtreffe, après avoir invoqué les lumiéres du Saint-Efprit, que j'ai improuvé & improuve, condamné & condamne la réfolution prife Mardi 9. Mars 1717. dans notre Chapitre, de fe joindre aux Seigneurs Evêques de Mire-poix, de Montpellier, de Senés & de Bou-logne, qui ont interjetté appel au futur Concile général, de la Conftitution *Uni-* *genitus* de Notre Saint Pere le Pape, par laquelle Sa Sainteté condamne le Livre des *Réflexions Morales fur le Nouveau Tefta-* *ment,* comme étant, ladite réfolution inutile,

d'exécution presque impossible ; remplie
de défauts & de nullités ; contraire à nos
usages , aux maximes de nos saints Docteurs Hugues & Richard de saint Victor,
& à l'esprit de saint Augustin notre Légis-
lateur ; nuisible à la paix de l'Eglise ; injurieuse à l'honneur du saint Siége & du
Clergé de France ; dérogatoire à la jurisdiction de son Eminence M. l'Archevêque
& à la Police Ecclesiastique & Civile du
Royaume ; tendante (ce que je ne dis
qu'avec douleur) à la sédition , au schisme , & à l'hérésie ; déja frappée de l'excommunication par le Souverain Pontife,
& digne de qualifications plus fortes , &
de censures nouvelles , dont je veux épar-
gner le recit & la confusion aux personnes intéressées.

En vûë de quoi, désirant éviter le terme
d'opposition, qui est odieux à une Communauté , dont j'ai l'honneur d'être un
Membre depuis 55 ans , & que j'honore
singulierement avec le chef qui y préside,
j'ai prié & requis que l'on inserât dans
l'acte de déliberation, soit à porter à l'Officialité, soit à garder dans nos Regîtres,
que j'ai été d'un sentiment contraire. Je
demande derechef & je requiers la même
inscription, & je demande acte de ma requisition : & si le terme d'opposition a
plus grande force & y doit être inseré, je
m'oppose & demande , comme je le fais,

acte de mon opposition à ladite délibération & à son enregistrement, afin que la
postérité sçache que si tous nos Peres ayant *Collò-*
toûjours été très-Catholiques du tems de *que de*
Luther & de Calvin, un seul, je veux di- *Poissy*
re, Antoine Caracciole, favorisa l'héréfie , *mencè*
comme le Cardinal de Tournon lui repro- *le 3*
cha dans le colloque de Poissy, il y a eu un *Sept.*
Prêtre très-Catholique, quoique d'ailleurs *1561.*
très-imparfait, dans notre Compagnie 155
ans après, dans un schisme presque formé,
où plusieurs de la Maison de saint Victor
ont eu le malheur de courir comme beaucoup d'autres ; lequel, par la protection
Divine, a tenu ferme pour la vérité, pour
la bonne cause de l'Eglise & de la Religion,
& pour la tranquillité spirituelle & tempo-
relle du Royaume. *Sic me Deus adjuvet & Exod.*
sancta Dei Evangelia. Si quis est Domini , *12.Hic*
jungatur mihi. Si quis Cathedra Petri jungi *Dama*
tur, meus est. *so.Pap.*

Fait ce neuviéme Mars 1717 pour être
déposé entre les mains de son Eminence
Monseigneur le Cardinal de Noailles, mon
Archevêque & mon Supérieur majeur.

Signé, Fr. Simon Gourdan.

Ce zélé Constitutionaire garda cette Piéce pendant deux mois, sans en rien dire à
personne ; enfin le 9. de Mai, Dimanche
après l'Ascension, sçachant que Monsei-

G

gneur le Cardinal alloit à Conflans, il la lui fit tenir, priant son Eminence de lui en faire sçavoir la reception; mais le Cardinal ne se pressa point, & ce ne fut que le 25 Août suivant, qu'il fut certain que ce Prélat avoit son opposition entre les mains.

Ce jour-là, fête de saint Louis, Monseigneur le Cardinal étant allé à saint Victor assister aux Vêpres, voulut ensuite s'entretenir en particulier avec le Pere Gourdan. La conversation fut d'une demi-heure, & très-vive, à ce qu'a rapporté notre saint Chanoine; lequel voyant que son Eminence ne lui parloit pas de l'affaire qui lui tenoit le plus à cœur, qui étoit la Constitution *Unigenitus*, commença par lui dire: Monseigneur, je ne puis m'empêcher de vous porter mes plaintes contre notre Prieur qui se distingue dans tout ce qui se fait en Sorbonne contre la Constitution *Unigenitus*, de même que dans la Maison, agissant & parlant toûjours en homme prévenu & passionné, signant aveuglement tout ce qui se fait contre cette Constitution.

Il est vrai, répondit alors le Cardinal, qu'il va trop loin; cela ne me plaît pas.

Mais cependant, Monseigneur, reprit le Pere Gourdan, il ne tient qu'à votre Eminence de faire cesser tous les troubles; la paix est entre vos mains.

Vous le croyez, répondit le Cardinal, elle ne dépend pas de moi; je la souhaite,

& je ne demande que cela.

La chose, repartit le Pere Gourdan, seroit aisée, Monseigneur ; vous n'avez qu'à
publier le Mandement d'acceptation que
vous avez fait, & que vous m'avez commu-
niqué avant la mort du Roi Louis XIV ; si
vous l'eussiez fait alors, toute l'Eglise seroit
satisfaite, vous auriez l'entiere confiance
du Prince Régent, & de tout le peuple. Fai-
tes-le, Monseigneur, vous rendrez la paix à
l'Eglise.

Les tems sont changés, dit le Cardinal ;
il n'est plus question de cela ; il y a trop de
monde de mon sentiment.

Pardonnez-moi, Monseigneur, repartit
le Pere Gourdan, il y en a moins que vous
ne pensez. Le nom de tous ceux qui ont appellé, ou adheré à l'appel, est imprimé, &
se peut compter ; ils font des cris & des cla-
meurs pour augmenter leur nombre ; au
contraire les vrais Catholiques font innombrables ; ils souffrent avec patience dans le
silence, ce qui fait une preuve incontestable
de la vérité de leur cause.

Le nombre de ces derniers, répondit le
Cardinal, n'est pas si considérable que vous
le pensez.

Le Pere Gourdan dit ensuite à son Eminence : je suis obligé, Monseigneur, de vous
avertir que M***. (un des Evêques appellans) entretient un commerce étroit de Lettres avec le Pere Quesnel ; je pense que vous

ne devez pas le fouffrir. Son Eminence ne
voulut point répondre, diffimulant fi elle le
fçavoit, ou fi elle l'ignoroit. Mais enfin,
Monfeigneur, continua le Pere Gourdan,
il s'agit que vous receviez une Conftitution,
qui eft reçue bien autentiquement de toute
l'Eglife, qui condamne un Livre que vous
avez condamné vous-même : vous avez dit
dans votre corps de Doctrine, qu'il falloit
recevoir les anciennes Conftitutions; la même raifon a lieu aujourd'hui pour celle-ci.

Il eft vrai, répondit le Cardinal ; mais la
Conftitution *Unigenitus* n'eft pas fi claire; il
y a des propofitions condamnées, dont je
ne puis admettre la condamnation ; le Pape s'eft laiffé furprendre ; elle eft l'ouvrage
des Jéfuites ; ils ont voulu élever la Doctrine de Molina au préjudice de celle de faint
Auguftin.

Les Jéfuites, reprit le Pere Gourdan,
n'ont jamais fait autre chofe que de foutenir & défendre la Religion contre les Ennemis de l'Eglife ; vous avouerez, Monfeigneur, qu'ils font aujourd'hui dans l'op-
preffion, qu'ils la fouffrent avec une véritable patience, & qu'ils font bien humiliés à
caufe de la Religion. Le Cardinal ayant dit:
ils ne font pas fi patiens que vous le croyez ;
ils agiffent toujours. L'entretien finit là.

Monfeigneur le Cardinal de Noailles avoit
toûjours regardé le Pere Gourdan comme
un faint Religieux, habile & fçavant ; il

l'alloit voir fouvent avant les troubles de l'Eglife. Il l'avoit chargé de travailler fur la Conftitution *Unigenitus*: mais l'ouvrage fut furpris & enlevé par un Evêque appellant; M. le Cardinal voulut qu'il travaillât encore fur le même fujet; mais le Pere Gourdan répondit qu'il en feroit de fon fecond travail comme du premier. Il n'y a pas lieu de douter que fi Mgr. le Cardinal de Noailles retira une fois fon acte d'adhéfion à l'appel, ce fut pour avoir reçu la Proteftation du Pére Gourdan, dont nous avons parlé, & la Lettre dont il l'avoit accompagnée.

Cependant les Mrs de faint Victor avoient tenu leur Chapitre le 4 Juin au matin 1717. On y lû l'Acte d'adhéfion que faifoit la Communauté de faint Victor à l'appel des quatre Evêques; on l'approuva, & il fut ordonné qu'il feroit enregiftré, fuivant la délibération du 9 Mars. Ce fut ce qui donna lieu au Pere Gourdan de renouveller fon oppofition à cet enregiftrement, & d'en demander acte, témoignant en reconnoître pour Juge, fon Eminence Monfeigneur l'Archevêque. Ce qui lui donna cette confiance, fut le Bref que Monfeigneur le Cardinal avoit reçu du Pape, en conféquence duquel le Pere Gourdan fe flattoit, que le Prélat alloit faire publier fon Mandement pour la reception de la Bulle *Unigenitus*; ce qui le porta à lui écrire une Lettre preffante fur ce fujet.

G 3

Le même jour, 4 Juin, fur les fix heures du foir, le Pere Gourdan fut trouver le Sous-Prieur de faint Victor, & le Pere de Ris, Notaire du Chapitre, leur lut & fignifia fa premiere Proteftation, pour en certifier dans le befoin, n'étant pas fûr qu'on en eût fait mention fur les Regîtres du Chapitre. Il fit bientôt après, la Proteftation fuivante.

II. PROTESTATION.

Du Pere Gourdan, au fujet de la Conftitution Unigenitus.

CE jourd'hui 18 Juin 1717, après avoir imploré le fecours de Dieu. Je fouffigné Prêtre, Chanoine Regulier de l'Abbaye de S. Victor, déclare à la Compagnie qu'étant affligé de fur.... Et ne pouvant entendre que confufément ce qui fe pouvoit dire dans le Chapitre contre la Conftitution *Unigenitus*, & fur l'appel fait au futur Concile, je m'oppofe à tout ce qui fe dira & fera pour l'enregiftrement des deux déliberations prifes à ce fujet le neuviéme Mars & le quatriéme Juin derniers, & aux autres qui fe pourront faire dans la fuite, & que j'en appelle, & reconnois pour Juge defdites oppofitions fon Eminence Monfeigneur l'Archevêque, auquel j'ai écrit deux fois fur ce fujet, & une troifiéme pour l'engager à venir à faint Victor, afin de lui porter mes plaintes de cette démarche.

Je fupplie dérechef la Compagnie d'a-bandonner une entreprife fi inouïe, fi mal fondée, fi pernicieufe à l'Eglife & à la Mai-fon, & de n'en rien enregiftrer, fi elle n'ai-me mieux en faire une retractation entie-re pour les conféquences fâcheufes. Si la Compagnie fouhaite que je m'explique plus amplement, & que je donne mes moyens d'oppofition, qu'elle ait la bonté de me faire délivrer par le Notaire un Acte de mon op-pofition, comme je l'ai déja demandé. 2°. Le projet de la délibération, lûe au Chapi-tre le 4 Juin. 3°. Toutes les raifons qu'on a alléguées pour l'appel & l'enregiftrement, afin que j'y puiffe répondre. Si après ces pré-cautions, on enregiftre quelque chofe à mon infçû fans faire mention de mon oppofition, ou en alterant ce que j'ai dit, & qu'on tranf-mette à nos fucceffeurs dans un monument public une délibération fi contraire aux fen-timens & à la conduite de nos Ancêtres, qui a été toute pleine de vénération pour les décifions du Saint Siége, la Compagnie trou-vera bon que je rende auffi publique par-tout où bon fera, la Proteftation préfente, & celle que j'ai préfentée à fon Eminence le 9 Mai, & que j'ai lûe & fignifiée aux PP. Souf-prieur & de Ris le 4 Juin, afin de n'être point accufé dans les fiécles futurs de foi fufpecte, ni de révolte contre les Bulles des

Papes , ni de contravention aux maximes de nos Peres. En foi dequoi j'ai figné ainfi,

Signé , Fr. Simon Gourdan.

Signifié & lû le Vendredi 18 Juin 1717. Après le Chapitre, au Pere de Ris, Notaire du Chapitre en fa chambre, afin de le notifier au R. P. Prieur & à la Compagnie, & lui demander fur ce fujet communication des Actes du Chapitre, lequel à onze heures m'a témoigné que le R. P. Prieur lui avoit défendu de me les communiquer.

Depuis ce tems - là l'oppofition du Pere Gourdan fe répandit dans tout Paris, & elle parut imprimée ; elle alla même jufqu'à Rome , & elle fut préfentée au Pape. Sa Sainteté ordonna au Cardinal Paulucci d'écrire à ce fujet à fon Nonce en France, une Lettre où il eft dit , *que la Proteftation du Pere Gourdan , Chanoine Régulier de faint Victor , peut fervir dans ce tems , d'exemple à tout bon Catholique. Notre Saint Pere le Pape en a été bien confolé, & fouhaite que vous faffiez fçavoir au fufdit Pere la joye que Sa Sainteté en a reffentie, & que vous l'exhortiez de ne point ceffer d'employer toute la ferveur de fes prieres, fa fcience & fon zéle pour ramener à fon devoir , celui qui par fa feule obéiffance pourroit , en grande partie , rendre la paix à l'Eglife de France.* Cette Lettre eft dattée de Rome le 23 Novembre 1717.

Le Nonce, pour obéir aux ordres de Sa Sainteté, envoya cette Lettre au Pere Gourdan, & quelques jours après il vint lui-même le voir de la part du Pape, & l'exhorter à faire des efforts auprès du Cardinal, pour l'engager à recevoir la Conftitution.

Animé par les exhortations du Nonce, il réfolut de faire une fainte violence à ceux qui ne feroient pas foumis aux décifions du Saint Siége. Il commença par les Prélats qu'il fçávoit n'être pas favorables à la Conftitution, & il leur écrivit les Lettres les plus preffantes pour les engager à fe foumettre ; enfuite il étendit fon zéle fur toutes fortes de perfonnes, de tout état & de toute condition ; en peu de tems tout le Royaume fut inondé de fes Lettres en faveur de la Conftitution. On en trouvera plufieurs à la fin de fa Vie.

Les raifons que le Pere Gourdan alléguoit dans fes Lettres parurent fi convainquantes, que perfonne n'ofa y répondre ; mais quel fut l'étonnement du faint Homme, lorfqu'il apprit que fon Archevêque, voyant que le Pape ne vouloit lui donner aucun éclairciffement fur les difficultés qui l'arrêtoient, loin de publier fon Mandement pour l'acceptation de la Bulle, comme il s'y attendoit, avoit lui-même formé un appel au futur Concile ; que cet appel étoit im-

G 5

primé, & que par-tout il étoit répandu : le Serviteur de Dieu parut confterné ; d'abord par charité il crut que cette Piéce étoit fuppofée, & que le Cardinal la défavoueroit bientôt.

Pour diffiper fes frayeurs, il écrivit à fon Eminence pour la porter à fupprimer une pareille Piéce, à la défavouer, à en arrêter le débit, & à déclarer par un Acte autentique fa nullité & fa fauffeté.

On peut bien juger que le Cardinal ne fit point de réponfe à la Lettre du Pere Gourdan, quoiqu'il eftima beaucoup fa perfonne, & qu'il refpecta fa piété, fes lumieres, & fa Religion. L'appel de ce Prélat fit des impreffions bien différentes fur l'efprit des Chanoines de faint Victor ; il les confirma de plus en plus dans la penfée qu'un appel au futur Concile étoit abfolument néceffaire. Le Pere Gourdan ayant appris dans le mois de Septembre 1718, que le R. P. Prieur de faint Victor fe difpofoit à faire adhérer la Compagnie à l'appel interjetté par fon Eminence, Monfeigneur le Cardinal, de la Conftitution *Unigenitus* au futur Concile, & craignant que cette délibération ne fe fit à fon infçû contre les forma*Impr.* lités ordinaires, comme beaucoup d'au*dans* tres procedures fe font faites fur ce fujet, *un re-* *cueil* & entre les autres une Lettre adreffée à cette *de let-* Eminence en Janvier 1717, que l'on dit *tres,* *pag. 7.* avoir été propofée & approuvée à la pluralité

des fuffrages dans une affemblée capitulaire, qui ne le fut jamais. Le Pere Gourdan
ayant affifté à toutes celles qui fe font tenues
depuis plufieurs années, ce que les Auteurs
de cette Lettre ayant bien fenti ont laiffé en
blanc le jour du mois, afin que la diffimula-
tion demeura plus cachée. Le Pere Gourdan
craignant, dis-je, une pareille furprife, crut,
conformement à fes Statuts, qui veulent que
tous les premiers Vendredis du mois, chacun puiffe propofer au Chapitre affemblé
ce qui eft du bien de l'Ordre ; il crut, dis-
je, devoir faire lecture de la Proteftation fuivante, ne jugeant rien de plus important
que de fe maintenir avec la Communauté
devant Dieu & devant toute l'Eglife dans
un attachement éternel aux Décrets Apoftoliques, & déclarer que fi dix perfonnes, tels
qu'ils étoient dans le Chapitre, vouloient er-
rer, pour lui il s'attachoit à la foi & à l'unité de la Chaire de S. Pierre, & à tout le Corps
Epifcopal qui y adhéroit, felon ces paroles
des Légats du Saint Siége dans le Concile
de Calcedoine, adreffées aux Députés de
l'Empereur, fur dix Evêques d'Egypte qui re-
fufoient de figner la Lettre de faint Leon.
Si errant, doceantur per veftram magnificen- Tom.
tiam, quia non poffunt decem homines, præ- 4.
judicium facere Synodo & fidei. Conc.
Labb.
p. 515.

G 6

III. PROTESTATION

Du Pere Gourdan, au sujet de l'appel interjetté par Son Eminence Monseigneur le Cardinal de Noailles au futur Concile, de la Constitution Unigenitus.

Mes Révérends Peres, & très-honorez Confreres.

QUelque vénération que j'aye pour Monseigneur l'Eminentiffime Cardinal de Noailles, notre digne Archevêque & Supérieur de cette Maifon, je ne puis adhérer à fon Acte d'appel contre la Conftitution de Notre Saint Pere le Pape, *Unigenitus*, fans bleffer ma confcience & les plus faintes régles de la Religion.

J'adhére volontiers aux Mandemens de cet Eminentiffime Archevêque, lorfqu'il établit, ou quelques points de difcipline, ou quelques condamnations d'erreurs, ou qu'il releve la primauté du Succeffeur de faint Pierre, ou qu'il recommande la foumiffion profonde qui lui eft dûë, ou enfin lorfqu'il ordonne des prieres & des pratiques de pénitence & de piété pour fléchir la colére Divine fur fon peuple & fur cette Capitale du Royaume. J'adhére avec la même ardeur à tous les faints avertiffemens, dont fon

Eminence, également fage & vénérable, nous honore dans nos obſervances réguliéres ; & je me ſens ſi plein de reconnoiſſance & d'eſtime pour ſes bontés & ſes ſoins paternels, que je n'ai pòint de paroles pour exprimer ma gratitude, & correſpondre à tant de faveurs. Ce n'eſt donc qu'avec douleur que je me vois forcé de refuſer l'adhéſion qu'on me demande. Cet illuſtre Prélat eſt ſans doute trop bon & trop indulgent, pour ne pas entrer dans mes peines, & ne ſe pas rendre à mes raiſons.

Je me trouve entre deux puiſſances, celle de ce Révérendiſſime Archevêque, & celle du Souverain Pontife : toutes deux exigent de moi l'obéïſſance ; à laquelle des deux préférablement à l'autre la dois - je donner dans la diviſion préſente ? Ma régle, cette régle divine de ſaint Auguſtin que nous avons tous profeſſée, mes Peres, à la face des Autels, & dont l'obſervation nous eſt commandée ſur peine de damnation éternelle, décide cette queſtion en diſant, *præpoſito tamquam patri obediatur.* Reg. S. Voilà l'obéïſſance dûë à un Supérieur particulier & limité. *Multò Magis Presbytero* cap. *qui omnium veſtrûm curam gerit.* Voilà l'obéïſſance dûë à un Supérieur plus élevé & plus étendu, dont il n'eſt aucun au - deſſus du Pape, qui eſt le Prêtre des Prêtres, l'Evêque des Evêques, le Chef viſible de l'Eglise , & le Vicaire de Jesus - Chrift , chargé du foin de toutes fes brebis. Cette obéiffance, comme l'on voit, étant réfervée à celui , *cui* , felon le grand Hugues *In Reg.* de faint Victor , *major eft authoritas* , elle *S Aug.* doit l'emporter fur la premiere : ainfi , com- *tom. 2.* me la dignité de la perfonne facrée du *pag 24.* me la dignité de la perfonne facrée du *c. 11.* Pape l'emporte fur le Prélat Diocéfain & fur l'Ordre Epifcopal & Eccléfiaftique , il eft manifeftement certain que je dois déferer à la Conftitution préferablement à ce que l'on propofe. Cette vérité fe confirme par les loix divines & humaines, eccléfiaftiques & régulieres , civiles & militaires , par lefquelles le commandement d'une puiffance inférieure céde à celui de la fupérieure , & l'obéiffance renduë à l'autorité fubalterne s'évanouït & fe va perdre dans celle qui eft dûë à l'autorité fuprême, felon cette parole de faint Pierre & des Apô- *Act.* tres , *obedire oportet Deo magis quàm homi-* *S. 29.* *nibus* ; entre les hommes , leur obéïr à pro- *Rom.* portion qu'ils font élevés en dignité les uns *13.* fur les autres : *omnis anima* , dit faint Paul, *poteftatibus fublimioribus fubdita fit.*

Je fuis frappé de cette parole du Sauveur de nos ames, adreffée principalement *Luc.* au Chef de fes Pafteurs : *Qui vos audit,* *10.16.* *me audit, & qui vos fpernit, me fpernit.* Je ciois réfifter à l'ordre de Dieu même, en réfiftant à l'ordonnance de celui qu'il a établi par fa fouveraine puiffance pour gou-

verner tout le monde chrétien : *Qui refif-* Rom.
tit poteftati , Dei ordinationi refiftit. Je 13.2.
crains qu'en murmurant contre la Conftitution , le Pape n'ait fujet de me dire comme Moïfe aux enfans d'Ifraël , *nec contra* Exod.
nos eft murmur veftrum , fed contrà Domi- 16. 8.
num ; & qu'en lui caufant une douleur
mortelle par ma defobéiffance , revêtu comme il eft de l'autorité divine , il ne me reproche l'inflexibilité de mon cœur , comme le Prophête Ifaïe par ces paroles : *Num-* Ifaïe,
quid parùm vobis eft moleftos effe hominibus, 7. 13.
quia molefti eftis & Deo meo. Enfin je regarde comme un péché d'idolâtrie la moindre répugnance à accepter la Bulle , & comme une rebellion dictée par Satan de n'y
vouloir point acquiefcer : *Quafi peccatum*
ariolandi eft repugnare , & quafi fcelus ido-
lolatriæ nolle acquiefcere. M'eft-il permis de
la juger , de la cenfurer , de la condamner cette Bulle émanée du Saint Siége , acceptée par toute l'Eglife , dans la reception de laquelle j'accorde parfaitement la
puiffance du Sacerdoce & de l'Empire , ou
du Royaume , par les Patentes du Roi &
l'enregiftrement de tous les Parlemens de
France. Bulle importante , néceffaire , de-
mandée pour diffiper des erreurs , & rendre aux vérités catholiques leur vrai jour
& leur jufte idée , felon la tradition des
Peres , l'exacte Théologie , & le fentiment
de l'Eglife Catholique. Dois-je la rejetter ?

& fi je fuis bon Catholique comme je dois être, puis-je avoir la témérité de m'y oppofer, & attirer fur moi ce reproche de Dieu même, parlant des Juifs à Samuel. *Non te abjecerunt, fed me.* J'y adhére donc de tout le fentiment de mon cœur, & felon cette parole de faint Bernard : *fidelis obediens nefcit moras, præcipit præcipientem, parat oculos vifui, aures auditui, linguam voci, manus operi :* bien loin de la détruire, je m'efforcerai d'en relever le mérite & l'excellence.

En effet, quoi de plus excellent que les décifions des Souverains Pontifes, autorifées comme celle-ci, par la multitude des Pafteurs? Quoi de plus indifpenfable qu'une foumiffion aveugle qui aille comme audevant de ces jugemens facrés de l'Eglife, qui les life avec refpect fans une difcuffion téméraire, qui les écoute avec fimplicité fans une opiniâtreté préfomptueufe, qui les publie avec révérence fans une critique impie, & qui les mette en œuvre avec une fervente exécution, fans une indifference de pareffe & de mépris: *Nefcit judicare,* dit le grand Saint Gregoire, *quifquis perfectè didicerit obedire.*

Je n'attend point un Concile général pour me la faire recevoir, cette Bulle Apoftolique : jamais Jugement du Saint Siége n'a été prononcé plus autentiquement, ni reçu plus univerfellement. Si le grand faint

I.Reg. 8.7.

Auguftin vivoit de notre tems , il diroit comme autrefois contre les Pélagiens : *De-* *creta Romæ venerunt , caufa finita eft.* Il n'eft plus befoin de Concile , *ut aperta pernicies damnetur.* On a condamné un grand nombre d'héréfies fans convoquer ces faintes Affemblées. *Rariffimæ inveniun-* *tur hærefes propter quas damnandas neceffitas* *talis extiterit.*

Liv. 4. contrà 2. Epiſt. Pelag. 6. ultimo.

Loin donc, mes Peres, d'écouter des pro-pofitions contraires à cette voix fi publique de l'Eglife fur le fujet préfent , je dis avec l'Empereur Charlemagne devant les Peres affemblés à Francfort contre des Hérétiques d'Efpagne : Je m'attache fortement à la foi qui eft appuyée du grand nombre des plus illuftres Prélats de l'Eglife. Je me joints avec confiance à leur fainte multitude , & je m'appuye fur l'autorité la plus inébranlable que Jefus-Chrift le grand Pafteur ait établie en terre , *horum me fanctiffimæ multitudini &* *probatiffimæ authoritati in veræ fidei profeffione* *firmiter affocians , in confentione hujus novæ* *affertionis focium paucitati veftræ me non ad-* *mitto.* Heureux ferois-je , fi avec ce grand Empereur j'ofois prendre la liberté d'ajoûter : Je vous conjure de ne pas abandonner la concorde unanime de tant de grands hom-mes qui ont accepté la Conftitution, & de ne pas croire que vous foyez plus habiles que le fouverain Pontife & que l'Eglife univerfel-le : *Vos iterum atque iterum obteftor ut in pa-*

Epiſt. ad clip t. 7. Concil p. 1050

cificâ unanimitate Catholicæ fidei nobifcum firmiter maneatis, nec vos doctiores exiftimetis univerfali fanctâ Ecclefiâ.

En effet rien n'eft plus conftant que ces excellentes paroles de faint Irenée. Quand nous expofons, dit-il, la tradition que la très-grande, très-ancienne, & très-célébre Eglife Romaine, fondée par les Apôtres, S. Pierre & S. Paul, a reçu des Apôtres, & qu'elle a confervée jufqu'à nous par la fucceffion de fes Evêques, nous confondons tous les Hérétiques, parce que c'eft avec cette Eglife que toutes les Eglifes doivent s'accorder à caufe de fa principale & excellente principauté, & que c'eft en elle que ces mêmes Fidéles répandus par toute la terre ont confervé la tradition qui vient des Apôtres. *Ad hanc Ecclefiam propter potentiorem principalitatem neceffe eft omnem Ecclefiam convenire, hoc eft eos qui funt undique Fideles.* Sur ce fondement puis je en fûreté de confcience faire cet outrage à la Mere de toutes les Eglifes, à cette Chaire fi vénérable, à cet augufte centre de l'unité Catholique, que d'improuver fon jugement, condamner fa définition, & rejetter par un appel vague, fon Décret dogmatique ? M'appartient-il de demander un nouvel examen des propofitions condamnées fi folemnellement par le S. Siége Apoftolique, & comme jugées & cenfurées de nouveau par le Corps

Liv. 3. contra hæres. c. 3.

fi vénérable des Evêques de France & de toute l'Eglife ? Ne me pourroit-on pas dire comme faint Auguftin à Julien, *quid adhuc* Lib.3. *quæris examen quod apud Apoftolicam Sedem* contra *jam factum eft, quod denique jam factum* Julian *eft in Epifcopali judicio*, & avec le même Pere dans fa Lettre à Diofcore : vous cher-chez en vain de vaincre par vos raifons & par vos promeffes de preuves mal fondées, l'autorité inconteftable de la plus fainte & de la plus inébranlable Eglife du monde : *Authoritatem ftabiliffimam fundatiffimæ Ec-clefiæ quafi rationes nomine & pollicitationæ fuperare.* Cette entreprife eft la conduite or-dinaire des Hérétiques, *omnium enim hære-ticorum quafi regularis eft ifta temeritas.*

Il me convient donc, mes Peres, de me renfermer dans les bornes de la plus refpec-tueufe foumiffion, & d'adorer dans le filen-ce de Dieu tout-puiffant, qui felon faint Au-guftin, *in cathedrâ unitatis Doctrinam pofuit* Epift. *veritatis*, de m'attacher à la vérité fans me 105. 5. féparer de l'unité, d'aimer l'Eglife de manie- ad Do-re que je ne bleffe point fon Chef vifible en nat. terre, ni fon Chef invifible dans le Ciel, & dans le très-adorable Sacrement. Car com-ment pourrois-je offrir le Sacrifice rédoutable de nos Autels, après avoir élevé l'étendart d'une divifion mortelle contre le faint Pere ? Comment oferois-je préfenter à Dieu l'Hof-tie fans tâche, fans m'être reconcilié avec le fouverain Pontife & le Pere de tous les fidéles, que j'aurois traité si indignement :

S. B. de præcep. & dispens c. 19. *Nunquam mihi contingat*, dit saint Bernard, *turbatum ad pacis accedere sacrificium, cum irâ & disceptatione contingere Sacramentum, in quo Deus est mundum reconcilians sibi.* Enfin comment demanderois-je avec confiance au Souverain Créateur, qu'il benît, qu'il sanctifiât, qu'il réunît, & qu'il gouvernât son Eglise. *Offerimus pro Ecclesiâ tuâ sanctâ Catholicâ, quam pacificare, custodire, adunare & regere digneris*, si je la troublois moi-même cette sainte Eglise. Le Dieu du Ciel Ps. 51. 4. ne me pourroit-il pas dire, *sicut novacula acuta fecisti dolum* ? Ne me pourroit-il pas faire ces autres reproches, *quare assumis tes-* Ps. 49 6. *tamentum meum per os tuum*, après avoir méprisé le précepte Evangelique de la reconciliation, & foulé aux pieds le commandement que je vous ai fait de respecter mon Vicaire en terre, & d'adhérer à ses Décrets. *Tu verò odisti disciplinam, projecisti sermones meos retrorsum ?* Ce qui m'affermit encore, mes Peres, dans cette dépendance parfaite du saint Siége, & dans l'obéïssance la plus profonde à ses décisions, sur-tout à celle dont il s'agit, est la doctrine de nos Peres & de nos saints Instituteurs. On sçait les sentimens sur ce sujet du saint & sçavant Yves de Chartres, qui souscrivit à la fondation de notre Abbaye, & qui en regla la discipline primitive avec le vénérable Guillaume de Champeaux. Voici ses sentimens sur la prééminen-

ce du Siége Apoftolique dans un traité qu'il
a intitulé *De primatu Romanæ Ecclesia*. Il
affure dans le fixiéme Chapitre, que Notre
Seigneur a donné à faint Pierre la primauté
entre les autres Difciples, afin qu'elle fe ré-
pandît ainfi dans l'Eglife fur fes Succeffeurs.
Petro Dominus inter Difcipulos primatum
contulit, ut ad Ecclefiam diffunderetur. Il dit
dans le neuviéme, que le Siége Romain juge de toute l'Eglife, mais que pour lui il
n'attend de jugement d'aucune Eglife. *Ro-*
manam fedem de totâ Ecclefiâ judicare, ip-
fam verò ad nullius commeare judicium. Il
déclare dans le douziéme, qu'on ne doit
convoquer aucun Concile général fans le
commandement du Pape. *Non effe convo-*
candam generalem Synodum fine præcepto Pa-
pæ. Il dit dans le dix-neuviéme, que le jugement du Siége Apoftolique ne doit être
contredit de qui que ce foit. *Quod Apoftoli-*
ca Sedis judicium à nemine fit retractandum.
Il déclare dans le vingt-troifiéme, que nul
des mortels ne doit préfumer de reprendre
le Pape, quoiqu'il péche griévement. *Nulli*
mortalium præfumendum eft, Romanum Pon-
tificem etiam graviter delinquentem redar-
guere. Il dit dans le vingt-quatriéme, que la
principauté du divin Apoftolat eft préférable
à toutes les autres. *Apoftolatûs principatum*
omnibus præferendum. Il déclare dans le vingt-
cinquiéme, que nul fidéle ne fe doit féparer
de la fociété de S. Pierre, ou de fon Succeffeur.

Decret
part. 5.
p. 136.
Edit.

Nullum se à societate Petri segregare debere.
Il dit dans le vingt-neuviéme, que les sentences des Evêques doivent être confirmées
par l'autorité Apostolique. *Quod Episcopo-*
rum sententiæ Apostolicâ authoritate roborari
debeant. Dans le trentiéme, que les difficultés sur la Religion doivent être portées au Siége Romain. *Quod dubia ad Sedem Roma-*
nam perferenda sint. Dans le trente-un, que
les Décrets du Siége Apostolique doivent
être reçus comme des Canons. *Quod Roma-*
næ Sedis Decreta tanquam regulæ Canonum
admittenda sunt. Dans le trente-quatre, qu'il
n'est point permis de rien ajoûter ni diminuer
des Décrets Apostoliques. *Quod nulli liceat*
addere aliquid, vel demere de Decretis Pon-
tificum. Dans le trente-trois & le trente-cinq,
que quiconque violera ces Decrets des Souverains Pontifes sera anathéme & indigne de
pardon. *Qui Decreta Romanorum Pontificum*
violaverit, anathema sit, veniam sibi dein-
ceps noverit negari. Dans le trente-six, que
c'est un péché d'idolâtrie que de ne pas obéir
au siége Apostolique. *Quod scelus idololatriæ*
incurrit qui Sedi Apostolicæ obedire noluerit.
Dans le trente-sept, que les ordonnances
faites contre les Canons & les Décrets des
Papes sont nulles. *Constitutiones contrà Cano-*
nes & Decreta Pontificum nullius momenti
esse. Dans le trente-neuf, que celui-là soit
séparé des fonctions Divines & Episcopales,
qui ne veut pas obéir aux Constitutions Apos-

toliques. *Quod alienus fit à divinis & Pontifi-calibus officiis , qui praceptis noluerit obedire Apoftolicis.* Dans le quarantiéme , que le Siége de faint Pierre eft le Chef de toutes les Eglifes , & que toutes doivent obéir à fes Conftitutions. *Quod Beati Petri Sedes caput eft omnium Ecclefiarum , & omnes Decretis ejus affentire debent.* Dans le quarante-deux, que le Siége Apoftolique ne s'eft point écarté des vérités Apoftoliques , ni laiffé flétrir par les nouveautés des Hérétiques. *Quod Apoftolica Sedes à via Apoftolica prædica-tionis non deviaverit , nec Hareticorum no-vitatibus deciderit.* Dans le quarante-troi-fiéme , que les Conciles doivent être auto-rifés par les Lettres du Souverain Pontife. *Quod litteris Romani Pontificis Concilia au-torifentur.* Dans le quarante-quatriéme , que l'avantage & le bien de toute l'Eglife fe dif-pofe & fe régle par faint Pierre & fes Suc-cefleurs , comme une porte fe remue & fe foutient fur fes gonds. *Sicut Cardine totum regitur oftium : ita à Petro & Succefforibus ejus totius Ecclefiæ difponitur emolumentum.* Enfin dans le quarante-cinquiéme & qua-rante-fixiéme , que l'Eglife Romaine tient le premier lieu entre toutes les autres. *Romana Ecclefia inter omnes primum locum obtinet :* & que comme il a été accordé à S. Pierre d'avoir la prééminence fur les autres Apôtres , ainfi appartient-elle à fon Siége. *Sicut Petro con-ceffum eft à Domino ut aliis Apoftolis præ-mineret : ita ejus fedi.*

Inſtruit de ces maximes d'Yves de Chartres, ce grand Canoniſte, qui a ſçu parfaitement les régles de l'Egliſe & les uſages
du Royaume ſur nos libertés, & appuyé de
tant d'autres autorités qui nous ont été tranſ-
miſes par lui & par le Vénérable Galon Evêque de Paris, ſon Diſciple, & ſous lui Chanoine Régulier de ſaint Quentin de Beau-
vais, lorſque cette grande lumiere de l'E-
gliſe Gallicane en étoit le Prévôt & le Réformateur ; puis-je, mes Peres, ſans témérité
rejetter la Conſtitution de Clément XI,
ayant de plus devant les yeux tant d'illuſtres monumens de nos anciens Docteurs,
Hugues & Richard de ſaint Victor, ſur
ce zéle ardent, & cet attachement ſincere qu'ils ont eu pour le ſaint Siége &
pour ſes Décrets ? Puis-je oublier une tradition conſtante depuis ſix ſiécles, par laquelle il paroît d'une part, que les Papes
nous ont regardé comme de fidéles Zéla-
teurs de leurs Décrets, & comblé de leurs
bénédictions, & de l'honneur de leur protection ; & de l'autre, que nous nous ſom-
mes efforcés de leur obéir, comme il paroît
par l'acceptation de toutes leurs Bulles, ſur-
tout de celles d'Innocent X, d'Alexandre
VII, & autres que nous avons reçues una-
nimement, en leur déférant le reſpect & le
dévouement le plus profond ? Puis-je enfin
donner à tous les ouvrages de ces hommes,
que nous avons eu pour maîtres, comme un
dementi

dementi par un appel qui ruine la plûpart
de leurs faintes maximes fur l'obéiffance
dûë aux Conftitutions Apoftoliques ? Ma
confcience me reprocheroit ces paroles du
Saint-Efprit : *Ne tranfgrediaris terminos* Prov.
antiquos quos pofuerunt Patres tui. Je dois 22. 28.
plutôt dire avec Tertullien : *Ego fum hæres* Tertul.
Apoftolorum , ficut caverunt teftamento fuo de
Apoftoli , Apoftolica Ecclefia & Petri Apof- Præf-
tolorum principis Succeffores , ita teneo. cript.
c. 12.

Que je ne porte point ma témérité jufqu'à
cet excés, que de me rendre à l'égard du
très-faint Pere ce qu'étoit faint Paul avant
fa converfion. *Blafphemus , perfecutor con-*
tumeliofus , en le taxant d'avancer des erreurs & d'enfeigner des propofitions hérétiques; en me portant pour fon cenfeur , fon
dénonciateur & fon accufateur ; en met-
tant la main fur cet Oint du Seigneur; en
le citant comme jufticiable devant un Concile général pour y rendre raifon de fa foi ,
& en l'expofant à un deshonneur éternel ,
lui & toute l'Eglife à la vue des Hérétiques,
des Juifs & des Payens. Si parmi les cas re-
fervés au Souverain Pontife , & mis à la tête
des Breviaires de Paris , afin que chacun
s'en fouvienne , fe trouve celui d'envahir ,
de piller , d'occuper ou de ruiner les terres
de l'Eglife Romaine , *invafio , deprædatio ,*
occupatio , aut devaftatio , terrarum Roma-
næ Ecclefiæ , & que l'honneur l'emporte fur
les biens , qui me pourroit abfoudre du tort ,

H

& de l'affreuſe ignominie que je lui cauſe-
rois par cet appel ? Quelle étincelle de charité me pourroit-il reſter pour le prochain,
après l'avoir ſi cruellement violée dans le
Chef de l'Egliſe, & avoir dans un ſeul mal,
ſelon la parole du grand ſaint Grégoire,
commis une infinité d'autres maux : *Sémi-*
nantes jurgia in uno malo innumera peragunt
quia ſeminando diſcordiam, charitatem quæ
virtutum omnium mater eſt extingunt.

Paſtor.
part.
3. *ad-*
mon.
24.

Je conclus donc, mes Peres, en déclarant, après avoir invoqué le ſaint nom de
Dieu, & m'être offert à lui en ſacrifice pour
la paix de l'Egliſe de France. 1°. Que je veux
vivre & mourir dans une profeſſion inviolable de la foi Catholique & Romaine. 2°.
Que j'adhére d'un attachement conſtant &
& inébranlable à toutes les Conſtitutions du
ſaint Siége. 3°. Que j'adhére principalement à celle de notre Saint Pere le Pape,
Unigenitus. 4°. Que je n'adhére point à
l'appel que l'on propoſe, ni à tout autre,
& que j'improuve abſolument cette procedure. Mais parce que la poſtérité pourroit
douter de ma foi, & qu'il m'importe de
ne pas porter ce préjudice à la cauſe de
Dieu, à la vérité, à l'Egliſe & à cette illuſtre Compagnie, j'ajoûte, 5°. que je renouvelle les Proteſtations que je fis en ce Chapitre, tant le 9 Mars 1717, contre la délibération pour l'appel, ou l'adhéſion aux
quatre Evêques, que le 4 de Juin de la

même année, contre l'enregiſtrement de ladite délibération, deſquelles je vous deman-
dai & vous demande encore acte. 6°. Je pro-
teſte ici de nouveau contre tout acte d'appel
qu'on auroit fait, ou qu'on pourroit faire à
mon inſçû, & je demande acte de cette
préſente Proteſtation, que je vous ſupplie,
mes Peres, de m'accorder. 7°. Je me re-
ſerve à rendre compte à ſon Eminence,
Monſeigneur le Cardinal de Noailles, de
mes ſentimens ſur ſon acte d'appel, quand
il me l'ordonnera, ou me le permettra,
n'en ayant point parlé, pour ne point bleſſer l'ordonnance du Roi, ni ſon Eminence, qui me ſera à jamais reſpectable, voulant vivre & mourir dans cette vénération
profonde. C'eſt en foi de tous les articles
de cette Proteſtation que je ſigne ce 7 Octobre 1718.

Fr. Simon Gourdan.

Cette Proteſtation fut dans la ſuite inſerée dans les actes du Chapitre, & pré-
ſentée à ſon Eminence Monſeigneur le
Cardinal de Noailles. La lecture de cette
Proteſtation ayant été faite au Chapitre de
ſaint Victor le 7 Octobre 1718, & le lendemain le R. P. le Tonnelier, Prieur, ayant
propoſé d'adhérer à l'appel de ſon Eminence, le Pere Gourdan proteſta contre
cette délibération, & donna par écrit, le 10
Octobre, la Proteſtation ſuivante.

H 2

IV. PROTESTATION

Du Pere Gourdan , au sujet de la délibération prise dans le Chapitre de saint Victor , d'adhérer à l'appel interjetté par son Eminence , Monseigneur le Cardinal de Noailles , au futur Concile , de la Constitution Unigenitus.

DU Lundi 10 Octobre 1718 , contre la délibération du 8 Octobre , & de ce même jour pour l'adhésion à l'appel de Son Eminence Monseigneur le Cardinal de Noailles.

Je soussigné Prêtre , Chanoine Régulier de l'Abbaye de saint Victor , déclare que dans le Chapitre assemblé Samedi 8 Octob. 1718 , le R. P. Prieur ayant proposé à la Compagnie d'adhérer à l'appel interjetté par son Eminence Monseigneur le Cardinal de Noailles , Archevêque de Paris , de la Constitution du Pape *Unigenitus* au futur Concile Œcumenique , j'ai temoigné & témoigne encore ne pouvoir adhérer audit appel , me croyant obligé par ma conscience de déférer plûtôt à N. S. P. le Pape dans cette conjoncture , qu'à son Eminence , pour plusieurs raisons que j'ai déduites à la Compagnie , Vendredi sept Octobre , & que j'aurai l'honneur de déduire à son Emi-

nence quand elle m'ordonnera ou permettra de lui en rendre compte. Ainfi, j'ai pro-
tefté contre ladite délibération, & protefte
encore, & renouvelle les deux Proteftations
que je fis le 9 Mars & le 4 Juin 1717. fur
le même fujet, defquelles, comme de celle-
ci, je demande acte. En foi de quoi je fi-
gne. Signé, Fr. Simon Gourdan. Fait Lundi
ce 10 Octobre 1718, dans le Chapitre ex-
traordinairement affemblé.

Depuis ce moment le zéle du Pere Gourdan pour la Conftitution ne fit qu'augmenter ; il fe donna toute forte de mouvemens
pour obliger fes Confreres à fe foumettre
aux Décrets du faint Siége ; toutes fes démarches ne manquerent pas d'être applau-
dies ; les perfonnes les plus refpectables
lui écrivirent pour l'en féliciter ; mais il
faut avouer auffi que fes Confreres défa-
prouverent fa conduite, & qu'ils n'eurent
plus pour lui les mêmes égards, ni les mêmes ménagemens.

Cependant on fut obligé de convenir
que le Pere Gourdan, dans de fi triftes
conjonctures, n'avoit agi que par lui-même, & qu'il n'avoit fuivi que les lumieres
de la foi, & fes propres inclinations, qui
le portoient naturellement à la paix & à
l'obéiffance. De tout tems ce faint homme
déteftoit les intrigues & les cabales, il avoit
un cœur droit, une confcience timorée,
& dans toutes les occafions, il jugea qu'il

H 3

n'y avoit pas d'autre parti à prendre que de se soumettre à l'Eglise, hors de laquelle il n'y a point de salut.

Plusieurs années avant toutes ces disputes scandaleuses, le Pere Gourdan avoit composé son Livre du Sacrifice perpétuel de foi & d'amour. Dix ans après être entré dans la Confrerie de l'Adoration perpétuelle, établie dans la Parroisse de saint Jean en Gréve, le saint homme s'associa encore aux Réligieuses du saint Sacrement, dont l'Institut les engage aussi à faire une Adoration perpétuelle devant cette auguste Victime de nos Autels. Pour satisfaire à la piété des Confreres qui n'ont pas le don d'oraison, & qui ont peine à s'occuper saintement pendant leur heure d'Adoration, le Pere Gourdan composa ce Livre du Sacrifice perpétuel, qui est un chef-d'œuvre dans son genre; aussi en a-t'on fait une infinité d'Editions, & il fait encore la consolation des vrais Adorateurs du saint Sacrement.

Il falloit un homme aussi expérimenté dans la vie spirituelle pour composer un pareil ouvrage; le plan est d'une fécondité infinie, & l'Auteur y ramasse toutes les qualités & les titres d'honneur que l'Ecriture-Sainte donne à Jesus-Christ, & il en fait des applications admirables à ce Dieu Sauveur dans le Sacrement de l'Autel; il les accompagne d'élévations, d'aspirations,

& de priéres : tout y eft plein d'onction.

Non content d'un champ fi vafte , il prend tous les Myftéres où Jefus-Chrift a eu part : fon Incarnation , fa Naiffance , fa Circoncifion , fa Manifeftation aux Mages , fa Préfentation au Temple , fa Vie cachée , fon Baptême , &c. Il joint à des fujets fi étendus tous les Miracles que Jefus-Chrift a faits pendant fa vie ; toutes les circonf- tances de fa Paffion , fa Mort , fa Sepultu- re , fa Réfurrection , fon Afcenfion , la Miffion du Saint-Efprit , & il en fait pa- reillement une application au faint Sacre- ment ; de forte que les Confreres de l'Ado- ration perpétuelle ont tous les jours de l'an- née une nouvelle matiere , un nouveau fu- jet d'Adoration , un moyen fûr d'exercer leur foi & leur amour envers ce Dieu Sauveur , caché fous les voiles myfterieux de cet adorable Sacrement.

La diftribution en eft fi bien faite , que fans s'éloigner de l'efprit de l'Eglife , on continue fon Adoration , & qu'on fe rem- plit l'efprit des vérités faintes que l'Eglife propofe aux fidéles dans le Myftére ou dans l'Evangile du jour. Un exemple le fera mieux comprendre : Voici comme l'Ado- rateur perpétuel du faint Sacrement parle à Jefus-Chrift le jour de l'Epiphanie.

O Divin Jefus , adoré par les Mages , je vous crois dans le très-augufte Sacrement de l'Autel : dans votre berceau , vous faites luire une étoile qui éclaire les Gentils ; vous les attirez à vos pieds ; vous recevez leurs préfens & leurs hommages. Mais qu'y a-t'il de comparable avec la grace de l'Euchariftie ? Vous naiffez fur les Autels, non une fois, mais tous les jours, & plufieurs fois le jour. Vous êtes reproduit, non dans un feul lieu, mais dans une infinité de lieux. Il ne faut ni paffer les Mers ou les Déferts, ni entreprendre de longs & périlleux voyages pour vous trouver ; vous defcendez vous-même du Ciel pour vous rendre préfent, & nous chercher. Les Mages obéiffent à l'étoile, & vous aux paroles de la Confécration. O excès de charité ! N'eft-il pas jufte, ô Jefus, d'imiter la foi de ces faints Mages, & de vous apporter pour préfent l'Or du plus pur amour, l'Encens d'une fervente adoration, & la Myrrhe d'une mortification perpétuelle ? Donnez-nous donc, ô Jefus, de quoi vous offrir. C'eft vous, comme fageffe, qui donnez l'Or de la charité purifiée par le feu. C'eft vous, comme Grand-Prêtre, qui préfentez l'Encens le plus odoriférant, & comme Victime, la Mirrhe & la Grace du Sacrifice la plus excellente : nous attendons de vous ce préfent célefte.

Puifque nous fommes fur les ouvrages de ce faint Religieux, on ne doit pas oublier d'inftruire le Public que la fidélité & l'exactitude à fes devoirs, ne l'empêcherent

pas de traduire toute l'Ecriture-Sainte en
élévations ; ouvrage qui auroit dû être imprimé : il doit être entre les mains de Mrs
de faint Victor , ou de fa famille , tout
écrit de la main du faint Religieux : nous
en parlons pour l'avoir vû , il n'y a eu
que le Pentateuque & les Pfeaumes d'imprimés. Ce dernier ouvrage eft un Chef-
d'œuvre de piété , & une preuve fuffifante
de fon amour pour l'Eglife. Il y prévoit
les malheurs qui la défolent aujourd'hui.
Il faut dire auffi quelque chofe de la Profe
qu'il compofa en l'honneur de faint Auguftin. Il ne l'avoit faite que pour l'Eglife
de faint Victor , & l'on commença à s'en
fervir dans cette Eglife l'an 1691 , après
que l'Archevêque de Paris en eut accordé
la permiffion. Cette Profe fut trouvée fi
belle & fi pleine d'onction par les Docteurs
qui l'avoient examinée, que quelques années après , le même Prélat voulut qu'on
la chantât dans toutes les Eglifes de fon
Diocèfe. Mr. de Vintimille vient de la faire inferer dans le nouveau Miffel de Paris
qu'il a donné au Public.

Le zéle que le Pere Gourdan avoit eu
pour ramener Mgr. le Cardinal de Noailles à l'obéiffance dûë à la Conftitution *Unigenitus* , ne fut pas fans récompenfe dès
cette vie ; il eut avant que de mourir la
confolation de voir ce Cardinal détrompé
fur la fin de fes jours , fe foumettre aux

H 5

décrets de l'Eglife, condamner & chaffer d'auprès de fa perfonne les Sectaires qui avoient abufé de fon autorité. Ce fut le 11. Octobre 1728. que fon Eminence donna fon Mandement pour l'acceptation & publication de la Conftitution *Unigenitus*.

Peu de tems après, au commencement de l'année 1729. le faint Homme fe trouva extrêmement affoibli ; c'étoit une défaillance de nature : le Pere Gourdan entroit dans la 83e. année de fon âge ; mais il faut avoüer que la vie auftére & pénitente qu'il avoit menée jufqu'alors avoit encore plus contribué a cet affoibliffement que les années même. Un homme ennemi de fon corps, qui lui avoit toûjours refufé les foulagemens les plus légitimes, pour parler le langage des hommes, & qui avoit toûjours déclaré une guerre irréconciliable a fes fens, ne pouvoit ne pas tomber dans cet état de langueur où nous l'avons vû reduit.

La vertu combattit long-tems la foibleffe de la nature, & la ferveur de l'efprit l'emporta quelque tems fur les infirmités du corps. On a vû ce faint Homme fe tranfporter encore a l'Eglife & affifter jour & nuit aux faints Offices ; mais enfin il falut céder a cet épuifement, qui devint univerfel. Hors d'état de fatisfaire a fa pieté, il fe rendit aux inftances que fes Supérieurs lui faifoient depuis fi long-tems, & il fe mit a l'infirmerie. Il ne parut plus au

Chœur, & il se contenta de reciter son Office en particulier ; cependant, à l'aide d'un bâton, il alloit tous les jours entendre la sainte Messe, & il y communioit souvent ; le reste du tems il l'employoit à de longues méditations, & a des lectures spirituelles : aussi se plaisot-il a être seul. Cette solitude lui donnoit les moyens de s'entretenir plus long-tems avec Dieu, & il souffroit lorsqu'on lui rendoit quelques visites, a moins qu'on ne lui parlât de Dieu, & du bonheur de le posseder.

Dans cet état on ne put jamais lui faire rompre cette rigoureuse abstinence qu'il avoit toûjours observée ; il ne fut pas même possible de lui faire prendre quelques boüillons gras, quoique ce fût l'unique nourriture qui lui convînt. Un de ses amis ayant sçû l'état ou il étoit reduit, lui envoya deux bouteilles de vin d'Alicante avec quelques biscuits, pour soutenir le peu de forces qui lui restoient ; il les renvoya avec de très-humbles actions de graces, & il lui fit dire que le secours de ses prieres lui étoit plus nécessaire ; qu'il n'avoit que trop vécu, & qu'il étoit tems de finir cette miserable vie.

Ce fut ainsi qu'il passa deux mois entiers à l'infirmerie ; mais au commencement de Mars ses forces diminuerent considerablement. Il célébrat cependant la Messe le Dimanche avant sa mort, & assista à Ma-

H 6

tines la nuit fuivante ; le lendemain il communia à l'Autel de la fainte Vierge en étole , & affifta encore à Matines la nuit fuivante ; mais il s'y trouva fi mal , qu'on fut obligé de l'amener à l'infirmerie.

Le Pere Dorat, Prieur de l'Abbaye , & le P. de Mouffi , fon Confeffeur ordinaire, lui ayant demandé s'il ne vouloit pas recevoir les derniers Sacremens , le malade répondit qu'il ne fouhaitoit rien autre chofe , qu'il alloit s'y difpofer , & que le lendemain cela fe pourroit faire. En vain le Supérieur lui repréfenta que le tems preffoit ; que l'extrême foibleffe où il étoit ne permettoit pas de differer davantage ; qu'il pouvoit leur échapper à tout moment ; qu'on étoit même furpris qu'il n'eût pas demandé plûtôt les Sacremens ; que la Communauté attendoit de lui cet exemple édifiant ; qu'il le devoit à fes freres : qu'il le devoit à fes amis & à toute l'Eglife : on ne put tirer de lui autre chofe , finon qu'il falloit attendre au lendemain.

Il paffa donc la journée dans un profond recueillement ; il parla peu aux hommes , mais on vit bien qu'il s'entretenoit avec Dieu, confervant toute fa préfence d'efprit. Le lendemain , qui étoit un Mecredi, il fe confeffa trois fois au Pere de Mouffi Souprieur , & voulant faire fon Jubilé, qui étoit alors ouvert pour les malades , il envoya prier le Pere Prieur de le venir voir

A fon arrivée, le faint Homme reprenant toutes fes forces, lui dit avec toute la foumiffion poffible · Je vous ai prié de venir pour vous fupplier de m'accorder la permiffion de recevoir les derniers Sacremens des mains du P. de Mouffi, Souprieur, Docteur de Sorbonne, ancien Prieur de la Maifon ; vous fçavez mon R. P. que vous n'avez pas figné le formulaire, & que vous êtes appellant ; ma confcience ne me permet pas de recevoir le Viatique de votre main ; & pour que cela ne faffe aucun fcandale dans la Maifon, ayez la complaifance de fortir ce matin, & auffi-tôt je demanderai le S. Viatique, le Pere de Mouffi, Souprieur & bon Catholique, me l'adminiftrera.

Le Prieur fentit vivement le refus du Pere Gourdan ; il eût beau l'exhorter, & fe fervir de toute fon éloquence, il parloit a un homme trop Catholique pour en être écouté. Ce faint mourant fouhaitoit ardemment de s'unir à Jefus-Chrift, l'unique objet de fon amour ; mais fon zéle pour la foi le portoit à ne point communiquer avec un homme qui, par fon appel, s'étoit feparé de l'Eglife ; il crût devoir pratiquer alors ce qu'il avoit confeillé tant de fois à ceux qui l'avoient confulté fur ce point : ainfi il refifta conftamment aux inftances du Prieur, qui lui ayant dit qu'il iroit confulter fon Eminénce, fortit pour cela fur le champ;

mais au lieu d'aller trouver Mgr. le Cardinal , il alla tout de fuite chez Mr. l'Abbé de la Croix, Archidiacre & grand Vicaire ; il lui raconta le fait , & comment il avoit refufé vivement au Pere Gourdan la grace qu'il lui demandoit , d'être adminiftré par le Pere Souprieur. Mr. l'Abbé de la Croix, quoique proteéteur du Pere Prieur, ne laiffa pas de le beaucoup blamer d'avoir refufé cette derniere confolation au faint Homme , qui lui avoit propofé un parti fort fage , & qui auroit evité l'éclat ; le Prieur , mortifié de cette décifion , n'ofa plus en parler à fon Eminence.

Cependant le malade fe fentant affoibli, envoya plufieurs fois ce même jour chercher le Pere Prieur, pour fçavoir la réponfe de fon Eminence ; mais le Prieur , au lieu de s'empreffer de revenir , s'amufa en Ville , & ne revint que fort tard a la Maifon , fans voir le Pere Gourdan. Le lendemain il fignifia encore au Pere Gourdan , qu'il vouloit l'adminiftrer ; mais le faint mourant perfiftant dans fon refus, le Prieur lui dit enfin qu'il étoit le maître , & qu'il n'avoit qu'à faire comme il l'entendroit , cependant il ordonna au Souprieur d'aller dire au Pere Gourdan qu'il ne pouvoit pas lui adminiftrer les Sacremens , le Pere Prieur le lui ayant défendu. Le faint Homme ne put que fe plaindre amerement à fes vrais amis de la dureté du Pere Prieur , qui lui

refufoit de recevoir le S. Viatique des mains
du Souprieur, leur déclarant que fa confcience l'empêchoit de le recevoir de la
main de fon Prieur, qui avoit refufé de figner le formulaire, & qui étoit appellant
de la Conftitution *Unigenitus.* Cette réfif-
tance du Pere Prieur avança la mort du
faint Homme, dont l'attrait & la dévotion avoient été toute fa vie au très-faint
Sacrement de l'Autel ; car pénétré de douleur de ne pouvoir recevoir les Sacremens
que de la main d'un ennemi de l'Eglife,
il aima mieux en être privé, ce qui ne
contribua pas peu au tranfport au cerveau
qui lui furvint, & qui dura quelque tems;
mais peu après il reprit fon bon fens. Mr.
du Vernet le pere, Médecin du Roi, l'a-
yant vifité & examiné, il décida qu'il n'a-
voit que deux heures à vivre, & qu'il falloit lui faire recevoir promptement les Sacremens ; mais le tranfport le reprit auffi-
tôt, pendant lequel le Prieur étant le maître, lui adminiftra le Sacrement de l'Extrême-Onction fans connoiffance du malade. A peine cette cérémonie fut-elle ache-
vée, que le Serviteur de Dieu expira le 10.
de Mars 1729. entre une heure & deux.

Ainfi finit le R. P. Gourdan, homme
qu'on ne peut affez admirer dans fa vie
auftére & pénitente, dans fes communi-
cations intimes avec Dieu, dans fon courage & fa fermeté à ne fe relâcher ja-

mais de fes auftérités, dans fon détache-
ment de toutes les créatures, dans fon zéle
pour la gloire de Dieu & de fon Eglife,
dans fa charité pour le prochain, & dans
toutes les vertus d'un parfait Religieux.

Bientôt il fe répandit un bruit dans Paris, & dans toutes les Provinces, que le
Pere Gourdan avoit mieux aimé mourir
fans Sacremens que de les recevoir de la
main d'un Appellant. Dès qu'on fçut
dans la Capitale, la nouvelle de fa mort,
tout le monde en fut affligé : Le Saint eft
mort, fe difoit-on ; nous avons perdu notre Saint. Chacun étoit fi perfuadé qu'il
étoit dans la gloire, qu'on penfoit moins
à le pleurer, qu'à l'invoquer. Si dès le
jour même on eût expofé fon corps en
public, on n'eût pas été maître du peuple ;
la multitude fe feroit emparée de fes précieufes dépouilles ; chacun témoigna un
vif empreffement d'avoir des Reliques du
faint homme, ou du moins quelque chofe qui eût été à fon ufage.

Pour éviter le tumulte, on mit le corps
dans la Chapelle de l'infirmerie à découvert, & on ne le porta à l'Eglife que quand
on fût prêt de l'inhumer. Le 11. de Mars
on le porta au Chœur, dont toutes les
portes furent fermées ; on n'y introduifit
que ceux dont le zéle & la piété n'étoient
point tumultueufes, & des perfonnes d'un
certain rang ; tout le refte étoit dans l'E-

glife ; il auroit fallu plufieurs Eglifes pour
contenir la multitude du peuple qui fe préfenta ; tout Paris étoit accouru à ce fpectacle ; on n'entendoit par-tout que des élo-
ges du faint homme ; le pauvres fur-tout
témoignerent leurs régrets , & ils le pleu-
rerent comme leur pere ; ils eurent encore
recours à lui après fa mort , & ils étoient
perfuadés que fon pouvoir étant alors plus
grand auprès de Dieu , ils y trouveroient
des reffources plus abondantes , & plus
efficaces que celles qu'ils en avoient éprouvées pendant fa vie.

La coûtume à faint Victor eft d'enterrer
les Religieux dans le Cloître , ou dans le
Chapitre ; mais le Confeil jugea à propos de
dépofer le P Gourdan dans la Chapelle fouterraine de la fainte Vierge , où il avoit
paffé la plus grande partie de fa vie ; on
fuppofa que c'étoit fon intention. Ce fut
donc dans ce Sanctuaire que le Saint fut
tranfporté ; & quoique le chemin du Chœur
à cette Chapelle foit fort court , on n'auroit jamais pu y pénétrer à caufe de la foule du peuple , fi on n'eût pris de bonne
heure fes précautions.

Ce fut auprès de l'Autel de cette Eglife
fouterraine que le corps du Serviteur de
Dieu fut inhumé. Les jours fuivans, de toutes parts on vint à fon tombeau implorer
fon interceffion, & pour Reliques on emporta de la terre dont le corps étoit cou-

vert ; on fut obligé de couvrir la place d'u-
ne tombe, fur laquelle Mr. le Marquis de
Château Reynault fit graver le portrait du
Saint & fes loüanges. La Communauté, qui
n'avoit pas rendu au défunt tout ce qu'elle
auroit dû pendant fa vie, ne put s'empêcher
de faire fon éloge après fa mort ; elle lui dé-
féra les fentimens de refpect, d'eftime, &
de vénération que les Religieux de faint
Victor, malgré leur appel, ont toûjours
eu pour la perfonne de leur faint Confrere.

Voici fon Epitaphe, telle quelle eft fur fon
tombeau : nous la traduirons pour la fatif-
faction de ceux qui n'entendent pas le latin.

HIC JACET

Pietatis ardentioris,
Pœnitentiæ feverioris,
Difciplinæ fanctioris,
Orationum, Vigiliarum alacriorum,
Jejunii afperioris,
Solitudinis abditioris ;
Vitæ denique caftigatioris,
Tenaciffimus.
Pater Simon Gourdan Parifinus hujus Ab-
batiæ Sacerdos ;
Canonicus, profeffus jubilæus,
Per annos plufquam quinquaginta,
Vix femel egreffus poftulante moribundo,
Jubente Archipræfule.
Ne domefticum quidem ingreffus hortum,

Vel æger vino abſtinuit, & carnibus,
Unde Convictorinos pariter Civeſque ac Pe-
  regrinos,
    Quandiù vixit,
  Tenuit venerabundos,
    Obiit.
Annorum plenus meritorumque die x. Martii
1729,
    Ætatis 83, canonicæ profeſsionis 67.
    Requieſcat in pace.

ICI GIT

Un homme recommandable par la piété la
  plus ardente,
    Par la pénitence la plus févere,
    Par la diſcipline la plus exacte,
    Par l'oraiſon la plus continuelle,
    Par les veilles les plus étendues,
    Par un jeune le plus rigoureux,
    Par une ſolitude la plus profonde,
    Enfin par une vie la plus auſtére
    Qui ſe ſoit vûe de long-tems.
C'eſt le Révérend Pere Simon Gourdan,
  natif de Paris, Prêtre, Chanoine de
  cette Abbaye.
A peine eſt il ſorti une fois de ſon cloître
  durant l'eſpace de 50 années, encore
  étoit-ce pour aſſiſter à la mort un Malade qui le demandoit, où il n'auroit
  pas même été ſans un commandement
  exprès de ſon Supérieur, l'Archevêque
  de Paris.

Les agréables jardins de cette Abbaye furent pour lui comme s'il n'y en avoit point ; jamais il n'y mit les pieds : dans ſes plus grandes maladies , il continua toûjours l'abſtinence de la chair & du vin , qu'il s'étoit preſcrite. Une vie ſi extraordinaire fit l'admiration de tout Paris , de ſes Confreres les Religieux de ſaint Victor , & des Etrangers qui en furent informés.

Il mourut plein d'années & de mérites le 10. du mois de Mars 1729 , âgé de 83 ans, & de 67 de profeſſion religieuſe. Que ſon Ame répoſe en paix.

Meſſieurs de ſaint Victor ont bien ſenti que cet éloge ne répondoit point à l'attente du Public, ni à l'idée de ſainteté que l'on s'étoit formée de la vertu de ce ſaint Religieux , ils lui ont dreſſé une autre Epitaphe ſur un Marbre ſcellé dans le mur le plus proche de ſon tombeau, & orné d'architecture : le voici en ſix Vers.

Hic jacet ante aram pietas , cui flammea factum
  Promeruit tumulum perpetuoſque dies ,
Hic clero, hic populis vixit , veneratur &
  aula ,
  Non alia pietas fronte placere velit ,
Sanctum , vox populi toto clamavit in orbe
  Si vitam inſpicias , vox populi ipſa Dei.

C'eft-à-dire... le Tombeau que vous voyez devant cet Autel eft celui d'un homme à qui une piété enflammée du divin amour a mérité une éternité bienheureufe. Tant qu'il a vécu, il a été l'objet de la vénération du Clergé, du Peuple, & de la Cour. Si la piété même vouloit fe rendre aimable aux hommes, elle n'emprunteroit pas d'autre portrait que le fien. Le Peuple l'a proclamé Saint par toute la terre de fon vivant même. Si vous confultez attentivement la vie qu'il a menée, vous trouverez que cette voix du Peuple eft la voix de Dieu même.

Cet éloge fait allufion au portrait du faint homme qui eft gravé fur fa tombe, & lui reffemble parfaitement ; tel il étoit fur la fin de fes jours. On y voit un homme abîmé en Dieu, un homme qui eft en ce monde comme s'il n'y étoit pas, & qui goûte par avance les délices du Ciel où fon efprit répofe.

C'eft à nous à entrer dans les defleins que Dieu a eus en donnant au monde un fi rare exemple de vertu & de religion. Qu'il foit béni à jamais.

FIN.

LETTRES

DU REVEREND PERE

GOURDAN,

*Chanoine Régulier de l'Abbaye de S.
Victor, à Monseigneur le Cardinal
de Noailles, au sujet de la Constitution Unigenitus.*

PREMIERE LETTRE.

*Mon Eminentissime Seigneur & Révé-
rendissime Pere en Dieu.*

PENETRE' de douleur & d'affliction sur
l'état déplorable de votre Diocèse, où
l'on voit que les maux sont dans leur excès, je ne puis trouver de consolation qu'auprès de Votre Eminence, en la suppliant
d'en arrêter le progrès, en donnant à vos
Diocèsains ses ordres & ses Instructions
Pastorales pour l'acceptation de la Consti-

tution. V. E. fçait , Monfeigneur , que
dans le tems qu'elle parut , tout ignorant
que je fuis , je compris les vûës judicieu-
fes du Pape , & que je fus de ce fentiment , & pour la foumiffion, je m'y conforme de plus en plus par les fçavans
écrits qui fe font faits fur ce fujet , & par
les réponfes invincibles que l'on a don-
nées à toutes les objections. On fe pare
vainement de l'autorité de S. Auguftin fur
la grace, pour maintenir le fiftême de
Janfénius tant de fois condamné , & de
nouveau profcrit dans les Propofitions extraites du livre des *Réflexions Morales*. Il
faudroit, pour ébranler la Conftitution, que
l'on fit voir que le Pape n'eft pas Catholique ; qu'il veut troubler l'Eglife ; qu'il
eft impoffible de juftifier la condamnation
des Propofitions ; que nul ne l'a fait ni
ne le peut faire ; & enfin que tout le Corps
des Evêques a rejetté cette Conftitution.
En ce cas on pourroit ouvrir les yeux &
fe tenir en garde. Mais loin de ces inconveniens , on voit que prefque toute l'Eglife a reçû cette Bulle , & on ne peut voir
fans douleur que quatre Evêques s'y oppofent par leur appel, avec un petit nombre de perfonnes qui s'y joignent. On remarque dans le faint Pere une vie très-ré-
guliere & une doctrine très-orthodoxe ,
pourquoi donc l'attaque-t-on fi impuné-
ment ? On a fur fa Bulle une parfaite con-
viction

viction de l'application qu'il y a donnée, & des éclaircissemens si solides, qu'il est impossible de ne se pas rendre à la lumiere. Plût à Dieu, pour user des termes de Saint Bernard, que le Livre n'eût jamais paru : *virulenta folia utinam adhuc laterent in scriniis & non in triviis legerentur.* C'est dans la Lettre, Edit. Horstii 189. que cette grande lumiere de France écrivit à Innocent II. sur le sujet d'Abaillard & de son Livre, où l'on remarque que dans ce tems-là on appelloit du Concile au Pape, & non pas, comme maintenant, du Pape au Concile. Car Abaillard, dans le Concile de Sens, où un nombre incroyable, soit de Prélats, soit de sçavans Docteurs, s'étoient trouvés l'an 1140. n'eut pas plûtôt appellé au Souverain Pontife, que le Concile y défera, & chargea S. Bernard, qui y avoit été mandé pour combattre ce Novateur, d'en écrire au Pape Innocent II. Où est donc, Monseigneur, la foi & la religion de nos peres, & leur sainte déference pour les Constitutions des Papes? Feu M. de Meaux dit dans un de ses Sermons au Clergé de France assemblé en 1682. où V. E. étoit, à ce que je crois, présente ; que l'Eglise Romaine est une Eglise vierge, une Eglise éternelle, qui n'a jamais défailli ; que Pierre parle toûjours dans ses Successeurs. V. E. l'a même dit dans plusieurs Mandemens ; il s'agit, Mon-

I

feigneur, de vérifier ces paroles & ces grandes promeſſes de Jeſus - Chriſt faites à S.
Pierre, & ne pas ſouffrir qu'une troupe
d'Eccléſiaſtiques, animés de l'eſprit ſchiſ-
matique, portent dans votre Diocèſe l'étendart de la diviſion & rompent l'unité. Que
d'excommunications déja lancées & renou-
vellées ! Que de nouveaux foudres à craindre ſur le ſujet de l'appel à ce futur Concile ! Et le malheur que j'y vois, eſt qu'on
vous fera la cauſe de cette diviſion cruelle
d'avec le S. Siége. Pendant qu'une multitude de perſonnes de differens états, par
des vûës differentes, triomphent des maux
de l'Egliſe, & ſacrifient leurs ames & le
ſalut des peuples pour ſoutenir des dogmes condamnés, V. E. s'apperçoit - elle
bien des ſuites funeſtes de l'horrible em-
braſement que cette entrepriſe ſuſcite ? Qu'il
ſeroit à ſouhaiter, Monſeigneur, que vous
euſſiez la bonté de conſulter tant de Sts.
Prêtres, tant d'excellens Théologiens, tant
de dignes Solitaires de votre Diocèſe, que
l'on ſçait être fort attachés à l'Egliſe, &
remplis de l'eſprit de Dieu, afin qu'ils vous
ouvriſſent leurs cœurs, & vous rendiſſent
compte de leurs réflexions & de leurs lumieres ſur cette matiere. Si Meſſieurs vos
Eccléſiaſtiques avoient bien ſuivi votre ſecond Mandement ſur la Conſtitution, ils
ſe ſeroient renfermés dans le reſpect & le
ſilence, & n'auroient pas fait tant de bruit

au grand scandale de l'Eglise. Suppofé même, Monfeigneur, que V. E. n'ait point trouvé d'erreur, ni aucune propofition contre la foi ni contre la vérité dans les fentimens des autres, comme vous le témoignez dans votre Mandement, quel inconvenient y auroit-il de vous joindre à eux pour le bien de la paix? Et ne peut-on pas, & ne doit-on pas même quitter un fentiment pour en prendre un autre que l'on croit catholique, & qui eft en effet feul autorifé du Saint Pere & de tout le Corps des Evêques qui l'ont adopté? Je relus ces jours paffés l'Inftruction Paftorale des quarante Prélats: je vous avouë que je n'y ai rien trouvé que d'excellent & de folidement établi. On peut voir dans le Mandement de feu M. de Cambrai, & dans fes trois dialogues fur la grace, que le fiftême de Janfenius ne fut pas celui de S. Auguftin. Jamais homme n'a mieux penfé que ce Prélat pour demêler ce qui jufqu'à préfent a été fort obfcur. Le recueil de cent vingt-neuf Mandemens de France forment une nuée de témoins aufquels on ne peut refifter. Ne levent-ils pas toutes les difficultés? Qu'on ne terniffe point, Monfeigneur, la gloire de tant d'actions que vous avez faites dans votre glorieux miniftére, en vous attribuant la naiffance de tous les troubles. Mais fi vous avez la bonté de donner une Inftruction Paftorale de votre

I 2

façon , je veux dire , remplie de cette fa-
geſſe & de cette onction qui fait le caractére de votre eſprit & de votre pieté , l'affaire ſera conſommée & la paix rétablie ;
la joye renduë à toute l'Egliſe & le ſchif-
me extirpé ; l'héréſie vaincuë ; les conſcien-
ces calmées ; le Saint Pere comblé de conſolation ; la France parfaitement tranquille ; la vérité hors d'atteinte , & le Corps
fameux des Prélats affermi dans ſon unité
avec le Saint Siége par le grand Paſteur de
la Capitale du Royaume. Quel moyen que
votre Clergé oppoſant offre à Dieu l'hoſtie ſans tâche , cette hoſtie de paix , cette
victime d'amour , ce ſacrifice d'unité , pendant qu'il afflige ſi ſenſiblement le cœur
paternel du Souverain Pontife ? Avec quel
front Meſſieurs les Curés ont-ils pû ſe préſenter devant les ſaints Autels pour célébrer
la Pâque les jours de notre rédemption ,
pendant qu'ils fomentent par leurs cruels
appels & leurs lettres ſatyriques contre le
Pape une révolte épouvantable ? Comment
ont-ils pû exhorter les peuples à ſe récon-
cilier avec leurs ennemis , pendant qu'ils
ſe déclarent les adverſaires du Pere commun des fidéles , & qu'ils l'attaquent dans
ce qui lui eſt de plus ſenſible ? Comment
ont-ils pû délier les cenſures , s'ils ſont eux-
mêmes liez , du moins devant Dieu , par
l'excommunication qu'ils ont encouruë en
s'oppoſant à la Conſtitution , quoique cette

excommunication ne foit peut-être pas re-
vêtuë des formalités ordinaires ? Quels en-
chaînemens de maux ? Quels terribles malheurs pendent fur votre Diocèfe, Monfeigneur, fi V. E. n'y apporte un prompt remede. Voilà, Monfeigneur, ce que je
prends la liberté d'expofer aux entrailles fi
tendres de votre charité. Mais ce qui re-
double ma douleur, c'eft de voir que la
Maifon de S. Victor trouve dans fon fein
des enfans, qui faifant profeffion de la régle & des maximes de faint Auguftin, ont
fi peu compris avec quelle déference ce
grand Docteur a reçû les Décrets venus de
Rome, & avec quel zéle il a maintenu la
paix & l'unité de l'Eglife, & taché d'ex-
tirper le fchifme des Donatiftes. En fe li-
vrant eux-mêmes malheureufement à toutes les broüilleries du tems, ils fe font fait
tympanifer dans les gazettes d'Amfterdam
& dans les écrits publics, au lieu de s'attacher à votre dernier Mandement, qui ne
demande que du refpect pour le S. Siége,
des prieres & des gémiffemens, & nul acte
de jurifdiction pour la refufer fans doute
auffi bien que pour l'accepter jufqu'à nouvel
ordre. Comme ils fe font en cela éloignés
de l'efprit de nos Prédeceffeurs & de vos
intentions, afin, Monfeigneur, que je ne
fois point refponfable de cette conduite par
mon filence, ni mêlé à mon infçû dans la
procedure que quelques-uns ont faite, j'ai

I 3

cru devoir mettre par écrit ce que j'ai dit verbalement au jour de la déliberation. J'aurai l'honneur de l'envoyer à V. E. d'autant plus qu'on n'a pas inseré, à ce que je crois, dans l'acte envoyé à votre Officialité, ce que j'avois requis, & que l'on compte même pour rien la requisition ou l'opposition que j'ai faite. Je finis avec ces paroles de saint Bernard dans sa Lettre au Pape, que j'ai citée, & je supplie Votre Eminence, à laquelle je l'applique, d'avoir la bonté d'y faire attention : *Ad consummationem virtutum, ne quid minus fecisse inveniamini à magnis Episcopis antecessoribus vestris ; capite nobis, Pater amantissime, vulpes quæ demoliuntur vineam Domini, ne si quid talium per vos non fuerit exterminatum, à posteris desperetur.* Ce qui ne se peut faire qu'en ordonnant l'acceptation de la Constitution. Je suis & serai toute ma vie, avec l'attachement le plus sincere, le plus tendre, le plus respectueux, & le plus dévoué,

De Votre Eminence,

Le très-humble & très-obéissant Fils & Serviteur,

F. Gourdan, de S. Victor.

Le 20, Avril 1717.

II. LETTRE.

Mon Eminentiſſime Seigneur & Révéren-
diſſime Pere en Dieu.

GRaces au Ciel , j'apprends avec beaucoup de joye que N. S. Pere le Pape
félicite par un Bref Votre Eminence de ce
qu'elle ne s'eſt pas jointe à ce funeſte appel , dont le Saint Siége eſt tant deshon-
noré. Il y a tout lieu d'eſpérer , Monſeigneur , que V. E. à la follicitation du Souverain Pontife , va donner ſes ordres & ſon
Inſtruction Paſtorale pour l'acceptation de
la Conſtitution. Elle ne peut rien faire de
plus glorieux à Dieu & aux mérites de JE-
SUS-CHRIST , à la vérité , à la religion ,
à la paix de l'Egliſe , à la ſainte doctrine ,
à la pureté de la morale , que de condamner un livre que le Pape , dans une Bulle
acceptée de preſque toute l'Egliſe , déclare
ſi préjudiciable au bien de tous les fidéles
par les propoſitions qu'il en a extraites
avec beaucoup d'autres , où Sa Sainteté remarque que le venin du Janſéniſme eſt
très-artificieuſement répandu. C'eſt ainſi ,
Monſeigneur , que Votre Eminence ven-
gera l'honneur de ſaint Auguſtin , de l'autorité duquel on veut couvrir le ſiſtême
tant de fois proſcrit & condamné par vos

I. 4

Mandemens & par les Bulles Apoftoliques.
C'eft ainfi que vous donnerez au Corps
Epifcopal de France & de toute la Chrétienté des marques de votre unité d'efprit
& de fentimens. C'eft ainfi que vous écra-
ferez le monftre de l'erreur, qui a fait de
fi grands ravages dans votre Diocèfe. C'eft
ainfi que vous convierez les peuples à la
foumiffion pour les Décrets du Saint Siége, & que vous rappellerez les Prêtres,
les Docteurs & les Clercs à la dépendance
hierarchique, qui les affujettit aux Evêques & aux Succeffeurs de faint Pierre.
C'eft ainfi, en un mot, que vous rendrez
aux dogmes finceres de la foi & de la tradition, leur fplendeur, fans laiffer couler
dans votre Diocèfe des fources empoifon-
nées, qui font d'autant plus de mal, qu'elles s'infinuent plus adroitement fous l'explication prétenduë de l'Ecriture.

Je dépofe entre vos mains, Monfeigneur, la proteftation par écrit que je fis
verbalement en notre Chapitre, lorfque
quelques-uns y réfolurent d'adhérer à l'appel des quatre Evêques. Vous ferez, Monfeigneur, de cette proteftation ce que
Votre Eminence jugera à propos ; mais
j'ai cru la devoir à Dieu, à l'Eglife, à
ma confcience, & au bien de la Maifon
de S. Victor. Il me refte à fupplier, Mon-
feigner, très-inftamment Votre Eminence de ne plus differer de faire paroître

votre Mandement inftructif en faveur de
la Conftitution , afin que vous donniez à
tous les bons Catholiques la confolation
de voir l'orage calmé , la divifion paci-
fiée , le fchifme prévenu ou extirpé , & au
Corps des Evêques , qui quoique difper-
fez dans le Royaume & hors du Royaume , forment comme un Concile des plus
authentiques , & comme la voix publique
de toute l'Eglife par leurs ordonnances
fur ce fujet : que vous leur donniez , dis-
je , par votre réunion & par celle des autres Prélats que votre exemple ramenera ,
fa derniere perfection , & au Pape l'heureufe confommation de tous fes défirs. En
attendant cette paix fi fouhaitée , qui eft
comme entre vos mains , je ne cefferai ,
Monfeigneur , de demander à Dieu qu'il
prolonge vos jours pour le bien de votre
Diocèfe , & pour le bien de l'Eglife , &
je m'eftimerai heureux d'être toute ma vie
avec autant de refpect & de foumiffion,
que d'amour & d'attachement en notre
Sauveur Jesus-Christ,

*Mon Eminentiffime Seigneur & Révéren-
diffime Pere en Dieu,*

    De Votre Eminence,

        Le très-humble & très-béïffant
          Fils & Serviteur,

      Fr. Gourdan, de S. Victor.

Le 8. Mai 1717.

      I 5

III. LETTRE.

Mon Eminentiſſime Seigneur & Révé-
rendiſſime Pere en Dieu..

JE me ſuis donné l'honneur de vous écrire il y a près de deux mois, pour ſuplier
V. E. d'empêcher qu'une déliberation priſe
dans notre Chapitre le neuviéme Mars pour
ſe joindre à l'appel des quatre Evêques,
ne fût inſerée dans nos Regiſtres Capitu-
laires. Aujourd'hui, Monſeigneur, quatriéme Juin, on en a lû au Chapitre un
projet pour y être inſcrir. J'ai crû en conſcience m'y devoir oppoſer, & je prends la
liberté de m'adreſſer à Votre Eminence, comme au Supérieur majeur, pour empêcher
cette inſcription, ou au moins pour y inſerer
que j'ai été d'un avis contraire, ſoit que
cette déliberation fût portée à l'Officialité,
ſoit qu'elle fût inſerée dans nos Actes. Mes
raiſons, Monſeigneur, pour cette oppoſition, ſont celles que j'ai marquées dans
la proteſtation que je me ſuis donné l'honneur d'envoyer à V. E. le neuviéme Mai.
Au reſte, Monſeigneur, tous ces appels
ne ſont qu'une ſuite du Janſéniſme, &
qu'une révolte manifeſte contre les Décrets
du S. Siege, & l'acceptation qui s'en eſt
faite ſi ſolemnellement par le corps de preſ-

que tous les Evêques de la Chrétienté. J'ai
vû dans le recueil des Mandemens de 129
Evêques de France , & dans celui des autres Prélats hors de France , une nuée de
témoins & une multitude de raisons & d'autorités à laquelle il est impossible de résister pour l'acceptation de la Constitution.
J'aurois voulu au moins qu'on eût suivi
votre penchant pour la paix , & qu'on
eût adheré à votre dernier Mandement sur
ce sujet , où vous recommandez le respect
pour le saint Siége , la priere , le silence ,
la condamnation du livre , & vous défen-
dez tout acte de jurisdiction contraire.
Bien loin de tenir cette sage conduite , il
s'est fait un débordement de paroles , d'appels , d'invectives qui met toute la Réligion en péril : au moins si la Maison de
saint Victor s'étoit tenuë dans les bornes
de l'obéissance qu'elle vous doit ; mais nos
Docteurs ont pris d'autres routes en Sorbonne & ailleurs. Pour moi, Monseigneur ,
entre beaucoup de raisons qui m'ont
porté à ne pas rejetter si indignement la
Constitution , c'est , comme vous sçavez ,
la déférence respectueuse que j'ai toûjours
euë pour le saint Siége , y étant confirmé dès ma jeunesse par la direction & les
sentimens du Pere Amelote. Je dois à ses
instructions tout le désir que Dieu m'a
donné de le servir. Il m'a souvent recommandé la soumission profonde pour les

I 6

Décrets du faiht Siége : il a compofé mêmo
fur ce fujet un excellent livre qui porte
pour titre (Défenfe des Conftitutions d'Innocent X. & d'Alexandre VII. & des Décrets de l'Affemblée générale de France
contre la doctrine de Janfenius :) & en
changeant ce titre en (Défenfe de la Conftitution du Pape Clement XI. contre le nouveau Teftament du Pere Quefnel ,) on
trouvera les plus fortes preuves pour condamner le livre avec les cent & une Propofitions , que l'on puiffe imaginer. Il faudroit copier toutes les pages du livre de
ce faint Prêtre , comme vous le nommez
vous-même dans votre lettre à Monfieur
l'Evêque d'Agen , pour faire voir avec
quelle force , quelle dignité , quelle éloquence il établit la foumiffion dûë au Pape,
& de quel fond d'autorités il auroit écra-
fé les appels des Bulles Apoftoliques au
futur Concile. C'eft fur fon fentiment ,
Monfeigneur , que je ne crois pas que
vous improuviez le mien. Il autorife excellemment le dogme de la grace par les maximes de faint Auguftin & de faint Thomas ; c'eft à quoi je me tiens. Il paroît
auffi que Votre Eminence s'y attache : mais
en vérité , Monfeigneur , (s'il m'eft permis de parler avec une humble confiance)
on ne peut trop s'affurer que Votre Eminence fe fouvienne de tant de conféren-
ces qu'elle a euës avec lui , lorfqu'il tra-

vailloit à former en votre perſonne le Prélat le plus accompli , & qu'il avoit l'honneur de vous entretenir de ſes ſentimens ſur
les déciſions des Souverains Pontifes. Car
les uns veulent que vous ayez appellé &
dépoſé votre appel à l'Officialité ; d'autres ,
que vous en avez retiré votre appel , comme incertain quel parti vous avez à prendre, & que vous paroiſſez pancher tantôt
d'un côté , tantôt de l'autre. Quoiqu'il en
ſoit, attaché comme je le ſuis inébranlable-
ment à la Chaire de S. Pierre, je reſpecterai
toûjours votre conduite , & je ne perdrai
jamais du vûë les rares qualités que Dieu
a miſes en vous. C'eſt dans cet attachement
très - reſpectueux, que je prie notre Sauveur qu'il dirige toutes vos voyes dans cette
ſainteté épiſcopale , dont Votre Eminence
fait profeſſion, étant avec une infinie ſoumiſſion ,

*Mon Eminentiſſime Seigneur & Révé-
rendiſſime Pere en Dieu,*

De Votre Eminence,

Le très-humble & très-obeiſſant
Fils & Serviteur , Fr. Simon
Gourdan , de S. Victor.

Du 4. Juin 1717.

IV. LETTRE.

Mon Eminentiſſime Seigneur & Révéren-diſſime Pere en Dieu.

DAns cette triomphante Aſſomption de la glorieuſe Patrone de votre Egliſe & de tout le Royaume, permettez-moi, proſ-térné aux pieds de Votre Eminence, de lui préſenter mes profonds reſpects & mes in-violables ſoumiſſions, ſous les auſpices de cette auguſte Mere de Dieu, & de vous ſup-plier de vouloir bien me faire la grace d'ê-tre perſuadé de ma vénération & de mon attachement inaltérable à votre perſonne ſa-crée. Comme cette ſainte Vierge eſt en ce jour élevée au-deſſus des Anges & de tou-te créature, je n'ai pû penſer autre choſe ſinon que cette Mere de miſéricorde avoit pour vous & pour nous autres François des bontés infinies, ſur-tout depuis que Louis le Juſte avoit mis le Royaume ſous ſa puiſ-ſante protection par un vœu ſolemnel, & que Louis le Grand, de glorieuſe mémoire, l'avoit ſi magnifiquement exécuté. Cette bonté m'invite à ſoupirer ſouvent à ſes pieds ſur les malheurs de la Jéruſalem que vous gouvernez, & à ſupplier cette Mere de grace & cette Reine de paix, qu'elle fi-

niffe tant de maux , & qu'elle rende à votre Diocèfe , ces jours d'innocence & de
fainteté, où le troupeau joint au Pafteur ne
refpiroit que paix , qu'unité, que foumiffion au S. Siége & à tous fes auguftes Décrets. Ce fera toûjours , Monfeigneur, ma
profeffion que de la refpecter, de lui offrir
votre perfonne , votre Eglife fi vénérable,
votre Diocéfe , & tout le Royaume. Ayant
l'honneur d'être avec le plus refpectueux
dévoüement ,.

Monfeigneur,

De Votre Eminence.

Le très-humble & le très-obéiffant
Fils & Serviteur , Fr. Simon
Gourdan de S. Victor,

Ce 15 Août 1717,

V. LETTRE.

Mon Eminentiſſime Seigneur & Révé-
rendiſſime Pere en Dieu.

JE ne puis vous diſſimuler ma douleur ;
ma crainte, ma conſternation & tous les
mouvemens qui m'agittent, ſur ce que je
viens d'apprendre, qu'il paroiſſoit, ſous
l'auguſte nom de Votre Eminence, un appel au futur Concile. Eſt-ce vous, Monſeigneur, qui le faites paroître ? ou eſt-ce
quelque téméraire qui vous le ſuppoſe ?
Quoiqu'il en ſoit, il eſt de votre gloire,
de votre religion, de votre integrité, de
votre amour pour l'Egliſe, de votre rang,
de votre ſageſſe, & de toutes les excellentes qualités qui ont paru juſqu'ici dans vo-
votre conduite, de le ſupprimer, de le dé-
ſavouer, d'en arrêter le débit, & de déclarer, par un acte autentique, ſa nullité &
ſa fauſſeté. Pardonnez, Monſeigneur, à
mon zéle & à l'attachement que j'ai toûjours eu pour votre perſonne, pour votre
réputation, pour vos intérêts, & pour le
glorieux Siége que vous rempliſſez, auſſi-
bien que pour la pourpre qui vous rend
ſi éclatant aux yeux de toute l'Egliſe.

Ce ſont tous ces motifs, Monſeigner,

qui m'engagent à prendre la liberté de repréfenter à Votre Eminence que cet appel,
que je fuppofe moins de vous que des Ennemis de l'Eglife , va mettre le comble à
tous les maux dans le Royaume , va con-
fommer les triomphes des Jánféniftes , va
révolter tous les Catholiques , va animer
les Prélats de l'Eglife Gallicane à fe féparer abfolument de vous , va combler de
joye les Hérétiques , va enfin donner à Notre Saint Pere le Pape la plus trifte nouvelle ,
la plus cruelle indignation , & la plus indifpenfable obligation d'agir & d'employer les foudres de l'Eglife.

Que Dieu préferve fon héritage de tous
ces maux , & qu'il ne foit point dit , Monfeigneur , qu'un appel qu'on vous attribue , a été la fource de fi grands malheurs.
Vous avez jufqu'à préfent fignalé votre miniftére par une foi pure.... Ne vous attirez point , Monfeigneur , permettez - moi
de vous le dire , ne vous attirez point dans
les fiécles futurs , ni dans toute la Chrétienté , la funefte réputation d'avoir intro-
duit le fchifme & levé l'étendart de la divifion avec le S. Siége.

Etant , Monfeigneur , une des grandes
lumieres du facré Collége , quelle affliction
pour ce vénérable Corps , s'il voit que vous
vous en démembrez , pour porter dans le
fein de l'Eglife Romaine une playe mortelle. Enfin , Monfeigneur , je vous ouvre

mon cœur avec douleur & avec confiance comme à un pere charitable, pour qui je ne dois rien avoir de caché. Ayez la bonté, Monseigneur, de me donner quelque consolation sur l'humble rémontrance que j'ose vous faire. Je n'ai point vû l'appel, & je n'en sçai point les motifs. Mais il y a tant d'excellens écrits pour le réfuter, qu'il seroit inutile de s'y arrêter. J'attends, Monseigneur, de Votre Eminence, quelque favorable réponse; cependant je ne cesserai de gémir devant Dieu pour votre Diocèse, à plus de la moitié duquel je sçai que cet appel donne une grande allarme, & fait répandre bien des pleurs. Ayez compassion de sa douleur & de la mienne, en déclarant hautement, comme vos Prédecesseurs & Votre Eminence a fait elle-même en bien des occasions, que Pierre a vraîment parlé par la bouche de son Successeur dans la derniere Constitution, comme dans toutes les autres, & que les Fidéles n'ont rien de plus important à faire que de s'y soumettre. Honorez-moi de votre bénédiction, & croyez, je vous en supplie, que c'est avec le plus respectueux attachement que j'ai l'honneur d'être en Notre-Seigneur.

Mon Eminentissime Seigneur & Révérendissime Pere en Dieu.

De V. E.   Le très-humble, &c.

Fr. Gourdan de S. Victor.

Le 29 Novembre 1717.

VI. LETTRE.

Mon Eminentiffime Seigneur & Révéren-
diffime Pere en Dieu.

J'Ai reçu avec toute la vénération & la
réconnoiffance poffible votre lettre au Pape ; je l'ai lûë avec foin, auffi-bien que la
Lettre du Pape à Votre Eminence, où j'y
vois une tendre charité & un zéle paternel
pour l'Eglife. J'ai vû auffi, Monfeigneur,
l'acte d'appel qu'on vous attribue : je vous
rendrai compte avec fimplicité des réflexions
que j'ai faites fur ce fujet, vous fuppliant
d'être perfuadé que j'ai les mêmes fentimens fur la foi, fur les matieres de la grace, fur tous les points de morale & de difcipline que vous ; que j'embraffe votre Corps
de Doctrine fans l'avoir vû ; & qu'en un
mot je ne m'écarterai jamais des maximes
orthodoxes que vous tenez.

Je vous dirai donc, Monfeigneur, 1°.
Qu'il eût été à fouhaiter que peu de tems
après la mort du feu Roi, Votre Eminence eût donné fon Mandement & fon Inftruction Paftorale pour l'acceptation de la
Bulle ; elle auroit pris les devans & auroit
prévenu tous les maux que nous voyons,
& qui s'augmentent tous les jours. J'eus-

l'honneur de vous en prier dans ce tems-là.
2°. Il eût été à fouhaiter que tous vos Diocèfains, principalement les Docteurs & les
Curés réfufans la Conftitution, euffent au
moins adhéré fur ce fujet à vos Mandemens, & euffent gardé la modération,
priant & attendant vos ordres, comme les
Acceptans ont fait en donnant, par cette
marque & beaucoup d'autres, un illuftre
témoignage de leur foumiffion & de leur
catholicité. 3°. Vous me permettrez d'obferver qu'il n'y a pas peut-être tant d'Appellans que l'on croit dans votre Diocèfe.
Il y a un nombre affez petit de perfonnes,
qui par leurs lumieres, vraies ou fauffes, agiffent fur ce fujet. Ils entraînent & réduifent
les autres, & plus des trois quarts fe font
ainfi laiffé furprendre fans aucune réflexion.
C'eft ce qui a fait qu'un grand nombre, preffé par les mouvemens de leur confcience,
ont donné des rétractations de leurs appels
à Monfeigneur le Nonce & à Meffeigneurs
les Cardinaux de Rohan & de Biffy. Il auroit été, ce me femble, de votre équité de ne
pas écouter fi favorablement les Appellans,
& de fermer même votre Officialité à leurs
appels, & de convier, plus qu'il ne paroît
que vous avez fait, les Acceptans à vous
dire leurs raifons, & à les appuyer de votre
autorité: faire faire même des Affemblées
où les uns & les autres auroient traité cette
matiere en votre préfence, & fur laquelle

Votre Eminence auroit vû clair dans le cœur de vos Diocèfains , & en auroit découvert les folides lumieres. 4°. Souffrez auffi , Monfeigneur , que je prenne la liberté de vous faire remarquer , que vous vous êtes moins attaché à embraffer les fentimens de Noffeigneurs les Prélats de France , que ceux de quelques Docteurs & Curés de votre Diocèfe. Quoique ces Meffieurs ayent du mérite , cette affaire néanmoins regarde précifément les Evêques , qui font de droit divin les dépofitaires de la vérité , les Epoux de l'Eglife , & les Interprétes des volontés divines à l'égard des peuples. Or tous les Prélats aufquels eft parvenuë la Bulle (hors un petit nombre de la France) l'ont reçuë. Eft-il jufte que quelques Eccléfiaftiques foumis à votre Jurifdiction , dominent fur la foi de tant d'illuftres Evêques & Cardinaux , & que leur autorité prévale dans votre efprit fur celle de tant de Princes de l'Eglife & du Vicaire même de Jefus-Chrift Notre Saint Pere le Pape. 5°. Quand on confidérera le penchant , pour ne rien dire de plus , de l'Auteur des *Réflexions* pour les fentimens condamnés par les Papes Innocent X. & Alexandre V I I. & qu'on aura des yeux affez clair-voyans pour les remarquer , & d'autres encore auffi nuifibles répandus dans fon Livre , joints à fa conduite pour favorifer le parti , on trouvera que le Saint Pere Clément XI. n'a pû

faire rien de plus judicieux ni de plus digne de sa sagesse, que la Bulle *Unigenitus.*
Etant sollicité par le feu Roi & par plusieurs Prélats de France, qui se plaignent
des artificieuses maximes du Livre qui tendent à renouveller celles de Baïus, de Jansénius, & même de Calvin, sous les spé-
cieux titres de celle de saint Augustin, que
peut faire ce digne Pontife que de prier,
de consulter le Ciel & les plus sçavans
Théologiens, & de dresser une Constitution qui marque cent-une propositions où
il lui paroît du venin, de l'ambiguité, des
sens favorables à l'hérésie, des hérésies même, quoiqu'enveloppées de termes beaux,
touchans, spirituels, énergiques? La prudence de ce grand Pape démêle le faux
d'avec le vrai; & chargé du soin de toutes
les Eglises Catholiques, comme il est dans
sa Doctrine, aussi-bien que sa conduite,
le Vicaire de JESUS-CHRIST, aussi-bien
que de sa charité, il décide & prononce
sur des propositions hardies, sans ni déro-
ger aux sentimens de saint Augustin & de S.
Thomas, ni préjudicier aux opinions Catholiques reçues dans les Ecoles, comme
un grand nombre de sçavans ouvrages com-
posés en faveur de la Constitution, le mon-
trent clairement. Qu'y a-t'il dans sa conduite qui ne soit autorisé par les anciens
Papes, par les Conciles, & par toute la
tradition de l'Eglise? Comme les restes du

Janſéniſme ſont entiérement écraſés par cette Bulle , ceux qui favoriſent ce parti s'y
ſont cruellement oppoſés. Jugez , Monſeigneur , par vos grandes lumieres , de ces
foibles réflexions que j'oſe vous propoſer ,
eſpérant tout de la droiture de votre jugement. Ayez , Monſeigneur , la bonté d'ê-
tre plus que jamais perſuadé de l'attachement le plus reſpectueux , le plus ſincere ,
& le plus devoué avec lequel j'ai l'honneur
d'être ,

De V. E.

Mon Eminentiſſime Seigneur & Révé-
rendiſſime Pere en Dieu ,

Le très - humble & le très-obéïſſant
Fils & Serviteur , Fr. Simon
Gourdan de S. Victor.

Le 30 Novembre 1717.

VII. LETTRE.

Mon Eminentiſſime Seigneur & Réveren-
diſſime Pere en Dieu.

Tout ce qui eſt en moi conſpire à ſouhaiter à V. E. une année heureuſe,
pleine de bénédictions, & marquée d'une
aſſiſtance du Ciel toute particulière, ſur
l'état de votre Perſonne & du grand Diocèſe que vous gouvernez. La ſuppliant d'ê-
tre perſuadée que nulle de ſes humbles
Brebis n'eſt avec plus de ſoumiſſion, de
vénération, d'attachement, & de dévoüement, en ce qui ne bleſſe pas la conſcience,
que je ſuis en Notre-Seigneur Jeſus-Chriſt
& ſerai éternellement,

Mon Eminentiſſime Seigneur & Réveren-
diſſime Pere en Dieu,

D. V. E.

Le très-humble & très-obéïſſant
Fils & Serviteur, Fr. Gourdan.

Ce 1 Janvier 1718.

VIII.

VIII. LETTRE.

Mon Eminentissime Seigneur & Révérendissime Pere en Dieu.

J'Avois toûjours esperé avoir l'honneur de voir Votre Eminence au commencement de cette année selon votre coûtume. Je me destinois à lui renouveller mes profondes soumissions, & à lui marquer combien je suis dévoué à sa Personne sacrée, & plein d'ardeur pour tout ce qui regarde ses avantages. Cependant, puisque j'ai été privé de ce bonheur, je ne puis différer plus long-tems à m'acquitter de ce devoir indispensable. Heureusement, Monseigneur, j'ai l'honneur de vous écrire au jour du grand S. Antoine dont vous portez le nom, ce qui me fait souhaiter que comme cet admirable Anachorete & le Patriarche des Cenobites, malgré ses austérités, a vécu 105 ans, ainsi Dieu veuille prolonger votre vie jusqu'à la vieillesse la plus extrême dans la pratique de tant de bonnes œuvres qui vous conduisent au Ciel comme ce grand Saint. Votre Eminence m'a fait espérer un entretien sur la derniere Lettre que j'ai pris la liberté de lui écrire le 29 Novembre, au sujet de la Constitution ; je l'attends, quand ses

K

occupations le lui permettront ; cependant je la supplie d'être persuadée que je suis toûjours dans la disposition de saint Paul, *foris pugnæ, intus timores*. Elle pourra seule les calmer, & apprendre de vive voix avec quelle vénération, quel attachement, quel dévoüement j'ai l'honneur d'être en Notre-Seigneur Jesus-Christ.

Mon Eminentiſſime Seigneur & Réveren-diſſime Pere en Dieu.

Son très-humble & très-obéïſſant Fils, & Serviteur, Fr. Gourdan.

Le 17 Janvier 1718.

IX. LETTRE.

Mon Eminentiſſime Seigneur & Révéren-
diſſime Pere en Dieu.

PRoſterné humblement aux pieds de V.
E. & les arroſant en eſprit d'un torrent
de larmes, j'oſe la ſupplier avec les plus reſ-
pectueuſes ſoumiſſions, d'avoir compaſſion
de l'état déplorable où eſt ſon Diocèſe par
le mépris & le réfus de la Conſtitution.
Le pouvoir que Dieu vous a donné de gou-
verner les peuples, & de les conduire
dans les voyes du ſalut, peut-il être mieux
employé qu'à les réunir à l'obéiſſance du
S. Siége, & à les maintenir dans cette Foi
ancienne & Catholique, qui leur a fait toûjours regarder Jeſus-Chriſt même dans la
perſonne du Souverain Pontife? Ce zéle ardent & enflammé que vous avez toûjours,
Monſeigneur, témoigné pour la Vérité Catholique, peut-il mieux éclater, qu'à porter les Fidéles à ſe ſoumettre à une Déciſion
du Pape, ſi juſte, ſi néceſſaire, ſi ſage, ſi
preſque généralement reçue par le Corps
ſacré des Evêques, & de toute la Chrétienté?

Vous avez excellemment combattu pour
étouffer les monſtres de diverſes Erreurs;

K 2

auriez-vous le malheur de perdre tant de
victoires, en laiſſant perpétuer dans le champ
que Dieu vous a confié les germes & la ſémence d'une diſcorde immortellé avec la
Chaire ſi reſpectable de ſaint Pierre ? Plus
votre nom eſt grand, & votre mérite en vénération à toute l'Egliſe, plus cette charitable & tendre Mere, attend de Votre Eminence des ſecours puiſſans, pour terraſſer
ſes ennemis.

Cependant, ſi vous favoriſez des ſentimens qui tendent à la diviſer, quelle reſſource peut-elle trouver dans ces riches talens,
& dans ces ſaintes lumiéres, que la ſageſſe
Divine vous a communiqués ? Si vous ſouf-
frez qu'on attaque ſon Chef viſible, par des
outrages ſcandaleux, & par des invectives
toutes publiques, ſans vous déclarer en faveur d'un de ſes Décrets les plus ſolemnels,
quel avantage tirera-t'elle de votre éminente piété & attachement à ſes intérêts ? Si ſous
vos yeux l'Egliſe de Paris, autrefois ſi pure
dans ſes Dogmes, & ſi irréprochable dans
ſa Diſcipline, ſe couvre de nuages, & s'en-
vironne de ténébres, par ſa réſiſtance aux
Succeſſeurs du Prince des Apôtres, qui pourra lui ôter cette tache, & lui rendre ſa premiere beauté, que V. E. en ceſſant de demeurer dans le ſilence ?

Parlez, Monſeigneur, ſi je l'oſe dire,
parlez, afin que l'exemple de votre zéle
rallume celui de tant de peuples & d'Ec-

cléfiaftiques foumis à votre autorité, qui par un attentat furprenant, s'élevent contre le Vicaire de Jefus-Chrift, & condamnent fon Jugement.

C'eft moins la perfonne du Pape qu'on attaque, que celui qu'il répréfente. C'eft combattre contre le Fils de Dieu-même, que d'ébranler une Puiffance qu'il a fondée, & affermie contre toutes les portes de l'Enfer. C'eft prêter fon miniftére à la licence, à l'orgueil, & à la défobéiffance, que de fe bander contre fes Décifions.

C'eft, Monfeigneur, ce que je fupplie, avec toutes les inftances imaginables, V. E. de confidérer attentivement, afin d'y pourvoir inceffamment. J'employerai tous mes vœux & toutes mes indignes prieres, pour votre confervation, & pour le fuccès de vos applications à cette importante affaire, étant, Monfeigneur, avec tout le dévoüement, & toute la vénération la plus refpectueufe, & la plus inviolable,

De V. E.

Mon Eminentiffime Seigneur & Révérendiffime Pere en Dieu,

Le très-humble & très-obéiffant Serviteur & Fils, Fr. Simon Gourdan de S. Victor.

Le 10 Mars 1718.

K 3

X. LETTRE.

*Mon Eminentissime Seigneur & Révéren-
dissime Pere en Dieu.*

APrès un silence de plusieurs mois je ne
puis me dispenser de présenter à Votre
Eminence , & mes profonds respects , &
mes afflictions , sur l'état des affaires de l'E-
glise. Vous pourriez , Monseigneur , par un
trait de plume y apporter reméde : & je crains
que par un autre trait de plume bien diffé-
rent, vous ne les rendiez sans reméde. Je
n'ose m'expliquer , Mgr. , car je crain-
drois que mon zéle ne me portât trop loin.
Mais je supplie Votre Eminence de vouloir
bien prendre la peine de faire lecture de
cette lettre d'un vertueux & sçavant Evêque ; sur ce que je l'ai remercié de son ouvrage pour la Constitution qu'il avoit eu
la bonté de m'envoyer. Rien de plus pres-
sant que cette Lettre ; rien de plus fort & de
plus démonstratif que son Avertissement ou
son ordonnance sur cette importante matiére
que je vous prierois aussi volontiers de lire.
J'y joins, pour vous y engager encore plus
fortement , & pour m'acquitter de mon devoir , l'ordre même du Souverain Pontife ,
qui ayant vû la Protestation que j'ai faite
contre quelques-uns de nos Confreres , a

eu la bonté de faire mander à Monseigneur
son Nonce à Paris, par Monseigneur le Cardinal Paulucci, ces paroles en Italien, qui
m'ont été envoyées en original & traduites ainsi par M. le Nonce, avec une lettre
très-obligeante de sa part.

,, La Protestation du Pere Gourdan, Cha-
,, noine Régulier de saint Victor, peut ser-
,, vir dans ce tems-ci d'exemple à tout bon
,, Catholique. Notre Saint Pere le Pape en a
,, été bien consolé, & souhaite que vous fas-
,, siez sçavoir au susdit Pere la joye que Sa
,, Sainteté en a ressentie, & que vous l'exhor-
,, tiez de ne point cesser d'employer toute la
,, ferveur de ses prieres, sa science & son zéle
,, pour ramener à son devoir celui qui par sa
,, seule obéissance pourroit, en grande partie,
,, rendre la paix à l'Eglise de France. ,,
Cette lettre est dattée du 23 Novembre
1717; celle de Monseigneur le Nonce, &
la visite aussi dont il m'honora dans la semaine Sainte derniere 1718, tendent au
même dessein. Que puis-je espérer, Monseigneur? Votre Conseil sera-t'il toûjours inflexible à toutes les raisons qui appuyent l'acceptation de la Constitution? Ne craindrat'il jamais les foudres de l'Eglise & les vengeances du Ciel? S'attribuera-t'il toûjours
une infaillibilité qu'il ôte, je ne dis pas au
Pape seulement, mais à toute l'Eglise dans
les matiéres présentes? Veut-il armer contre lui tous les Prélats & tous les Catholi-

K 4

ques de la Chrétienté ? Encore , Monſeigneur, y auroit-il quelque forme de juſtice,
ſi tant de ſaints Prêtres & Religieux de votre Diocèſe étoient mandés par Votre Eminence pour dire leurs avis & combattre les
ſentimens contraires. Avez - vous pû ſouffrir que tant d'Eccléſiaſtiques , au mépris
de votre autorité , vous ayent óſé donner
des loix , faire des ménaces, écrire des lettres injurieuſes, comme s'ils euſſent prétendu , ou être plus éclairés que Votre Eminence , ou lui rélever le courage contre le
Pape ? Non , non , Monſeigneur, ils doivent apprendre ſelon la parole de M. Nicole (dans ſes lettres * qu'ils ne recuſeront

Let- point) que la premiere Ecole Théologique
tre de & le Conſeil du premier Siége du monde
M. Ni-
cole au Chrétien eſt celui de Rome ou du Souve-
P.Quel- rain Pontife; que tous les Corps de Théo-
nel , p. logie lui doivent céder ; & qu'il les ſurpaſſe
521. &
2.de ſes autant en prééminence, que le Siége Apoſ-
écrits tolique ſurpaſſe celui de toutes les autres Egli-
ſur la ſes. On dit , Monſeigneur, qu'il va paroî-
Grace. tre de la part de V. E. un Mandement contre la Bulle de ſéparation , & que l'excommunication des Appellans eſt affichée à Rome. A ces mots de ſéparation & d'excommunication , qui ne ſera effrayé ? Qui ne
ſera allarmé ? Quoi , Monſeigneur, faut-il
nous voir parmi des Excommuniés , &
peut-être mourir entre leurs bras ? Juſte
Dieu ! Où ſommes-nous réduits ? Quel com-

merce de Jésus-Christ avec Bélial? Si ce
Mandement paroît, ce fera la déclaration
du Schifme, & l'étendart d'une divifion
toute formée. Un Arrêt de Laïques, Juges
incompétens fur les matiéres Eccléfiaftiques,
peut-il donner aux confciences aucune fûreté? Nos libertés font-elles capables d'annuller les cenfures de l'Eglife en matiére de
Religion? Valent-elles des indulgences ac-
cordées par l'Eglife? Peuvent-elles ouvrir
le Ciel & fermer l'Enfer? Ainfi les Jugemens de Dieu & celui du Succeffeur de S.
Pierre feront ftables, & quiconque n'y dé-
férera pas, éprouvera la malection de l'un
& de l'autre.

Il feroit à fouhaiter, Monfeigneur, que
Meffieurs vos Confulteurs fiffent ces réfléxions & compriffent à quoi ils vous engagent; quel tort ils font à votre réputation
& à votre piété; combien ils vous rendent
odieux à toute l'Eglife, & voûs font perdre
la confiance des gens de bien, hors celle des
Janféniftes, qui ne vous la donnent même
que foiblement, & qu'autant que vous les
favorifez & que vous protegez leur enté-
tement. Périffent la paix & l'unité de l'E-
glife, il ne leur importe, pourvû qu'ils faf-
fent paffer leurs opinions & leurs erreurs
pour des dogmes de foi.

Rentrez, Monfeigneur, dans la fainte
Société du Pape & des Evêques, & toutes
chofes feront en paix, fans quoi, Monfei-

K 5

gneur , vous aurez un terrible compte à
rendre à Dieu , *Difficillimam rationem* , comme le Meſſel de Paris nous l'a fait dire dans
l'oraiſon de la Meſſe au jour du Sacre de
l'Archevêque. Je ne fais que prier ſur ce ſujet ; mais je ſens bien que Dieu eſt infiniment offenſé dans votre Dioçèſe par cette
diviſion , auſſi-bien que par les débauches
affreuſes qui s'y commettent , ſur leſquelles je ne ſçai pas ce que vous aurez à répondre à Dieu. Je doute ſi dans des conjonctures ſi facheuſes , pluſieurs ſaints Evêques
de l'antiquité n'auroient pas quitté leurs
Siéges pour faire ceſſer les troubles de l'E-
gliſe ; car , ſelon l'Auteur que j'ai cité , on
Essay ne peut convertir perſonne , n'étant pas lié
de Mo- de Communion avec le Siége de S. Pierre ,
rale , qui eſt l'Egliſe Romaine. J'ai l'honneur d'ê-
tome
p. 306. tre avec une très-reſpectueuſe ſoumiſſion ,

*Mon Eminentiſſime Seigneur & Révéren-
diſſime Pere en Dieu ,*

De Votre Eminence ,

Le très-humble & très - obéiſſant Fils
& Serviteur , Fr. Gourdan de Saint
Victor.

Ce 10 Septembre 1718.

XI. LETTRE.

Mon Eminentissime Seigneur & Révéren-
dissime Pere en Dieu.

APrès avoir fléchi les genoux devant le
Pere adorable de notre Sauveur, pour
lui demander la paix de l'Eglise de France, je les viens fléchir devant Votre Eminence, Monseigneur, pour la supplier de
travailler à cette paix de toutes ses forces.
Le mal, comme vous voyez, est des plus pressans ; la Bulle de séparation nous en fait
craindre un des plus rédoutables. Les Mandemens de Nosseigneurs les Prélats publiés
ou prêts à l'être, nous ménacent, en conséquence de cette séparation, de malheurs infinis, tels que produit un Schisme consommé.

Un Appel au futur Concile est une ressource vaine, inutile, mal fondée, pour ne
pas dire injurieuse au Pape, & scandaleuse
à la Religion dans les circonstances présentes, où l'Eglise universelle a reçu autentiquement la Constitution *Unigenitus*.

Que reste-t'il à faire à Votre Eminence,
Monseigneur, si elle aime véritablement
Jesus-Christ & son Eglise, que de se joindre au Corps de tous les Pasteurs du monde Chrétien, accepter la Bulle, annuller
son appel, & déclarer par un Mandement
solemnel, à tous les peuples qui sont sous
son obéissance, l'attachement qu'elle a, &

K 6

qu'il faut avoir à une Bulle fi fagement dreffée , & fi univerfellement acceptée. Voudriez-vous , Monfeigneur , expofer vos brebis , ces brebis que le grand Pafteur vous a confiées , & dont il vous demande-ra compte , à la fureur des Schifmatiques plus cruels que des loups ? Voudriez-vous abandonner vos enfans à la merci de tou-te forte d'erreurs , en les tenant féparés du Saint Siége , & de l'obéiffance qu'ils doivent au Pere commun des fidéles ? Voudriez-vous , Monfeigneur , porter le trouble dans toutes les confciences que vous devez , com-me un charitable Médecin, pacifier & guérir ?

Il ne convient pas , Monfeigneur , à vo-tre piété d'élever Autel contre Autel , après que dans plufieurs de vos Mandemens vous avez fignalé votre foi & votre amour pour l'unité par de glorieux témoignages. La Bulle de *Clement XI.* a été fi indignement traitée dans votre Diocèfe , & à fon exem-ple dans quelques autres Diocèfes du Ro-yaume , pendant qu'elle a été applaudie par toute la terre , que le Ciel attend de vous que vous la vangiez , fans quoi l'on peut affurer que cet attentat contre le Vicaire de J. C. ne demeurera pas impuni. Tous les fleaux de la juftice de Dieu grondent déja fur nos têtes , témoin ce feu qui a touché de fi près votre Eglife , & le centre de la Ville.

L'in-cendie du pe-tit Pont.

Les Bulles des Papes , & fur-tout celle-ci, tiennent en quelque forte de la fainteté des

divines Ecritures , qu'on ne rejette pas ,
quoiqu'il y ait des obſcurités , mais qu'on
reçoit avec ſoumiſſion , & qu'on explique avec religion. Ainſi quand il y auroit dans la Bulle quelque endroit moins
intelligible , ce que je n'accorde pas , inſ-
truits, comme ſont les fidéles , éclairés comme ſont les Paſteurs , cette prétenduë obſ-
curité n'eſt qu'un faux prétexte pour éluder ſon acceptation , d'autant plus qu'il y
a un grand nombre d'écrits également ſo-
lides & doctes , compoſés pour la mettre
dans ſon jour , & éviter les mauvaiſes con-
ſéquences qu'on en pourroit tirer. Vous ſçavez , Monſeigneur , ce qu'en dit ſaint Grégoire Pape : *Prælati tot tormentis digni ſunt,* Paſto-
quot in ſubditos ſuos perditionis exempla ral.
tranſmittunt. Si vous avez le malheur de Part.
tranſmettre une ſémence de Schiſme & de 3. Ad-
Diviſions éternelles à votre peuple , mon. 14
quelle paix pourrez-vous goûter, quelle aſ-
ſurance à la mort , quelle confiance dans
la bonté du Souverain Juge , ſur-tout ſi le
Pape employe les derniers foudres contre les Appellans inconvertis , & que vous
ſoyez de ce nombre, & même à la tête?
  Je ſupplie Notre-Seigneur d'ôter à Meſſieurs vos Eccléſiaſtiques qui vous conſeil-
lent ſi mal , le bandeau qu'ils ont ſur les
yeux; pour voir la haute ſageſſe de la Bulle & les vérités catholiques qu'elle con-
tient , ſans qu'elle en bleſſe aucune , afin

qu'ils se désistent d'une entreprise qui porte un si grand préjudice à la tranquillité de l'Eglise Gallicane, & qui ne tournera jamais qu'à sa ruine, si par votre prompt désistement, Monseigneur, Votre Eminence ne prévient ce malheur.

Je me jette à vos pieds pour vous en supplier ; j'en appelle à votre prudence, pour juger des suites funestes de la démarche à laquelle on vous a engagé. Votre patience se lasse peut-être de la liberté avec laquelle je vous ouvre mon cœur : Mais, Monseigneur, outre que la bienveillance, dont vous m'honorez depuis long-tems semble me le permettre ; si je n'ai pas de mérite, j'ai au moins quelque ancienneté parmi les Prêtres du Diocèse, commençant aujourd'hui la quarante-neuviéme année de mon Sacerdoce, & étant, si je l'ose dire, le plus dévoüé à votre Personne Sacrée, ce qui m'engage à m'intéresser au bien de Votre Eminence, & de tout le Diocèse. J'y serai fidéle jusqu'au tombeau, étant avec le plus profond respect, & la soumission la plus sincère & la plus inviolable en Notre-Seigneur J. C.

Mon Emenentissime Seigneur & Révérendissime Pere en Dieu,

De V. E.

Le très-humble, &c.

Fr. Gourdan, de S. Victor.

Le 24 Septembre 1718.

AUTRES LETTRES

DU R. PERE GOURDAN,
Chanoine Régulier de l'Abbaye de Saint Victor, sur la Constitution *Unigenitus*, à différentes personnes.

PREMIERE LETTRE

En réponse à la Consultation d'un Pere de l'Oratoire, sur l'appel de la Constitution Unigenitus.

JE vous conseille, mon Révérend Pere, de ne point signer l'acte d'appel, mais d'adhérer à la Constitution de N. S. Pere, faisant une attention particuliere sur un Mandement de SON EMINENCE qui condamne le livre des *Réfléxions morales*, & qui veut qu'on respecte le S. Siége, qu'on prie, & qu'on tienne les Prélats contraires à son sentiment, d'une foi orthodoxe, exempts d'erreurs, sans avoir en rien blessé la foi, & qui défend d'exercer aucun acte de Jurisdiction à l'égard de la Constitution : ce qui se doit entendre aussi-bien pour la refuser que pour l'accepter jusqu'à nouvel ordre de Son Eminence. Ces sentimens ne s'acordent pas avec un appel au futur Concile, ni avec une jonction à des Evêques dont le Diocèse de Paris ne dépend pas. Cette démarche de quelques-uns sent la sédition & le schisme, & s'attire l'excommunication du Pape, qui ne veut pas absolument que l'on soutienne le Livre défendu. Lisez, mon cher Pere le 17e. Chapitre du Deuteronome verset 8, & les suivans, rien n'est plus décisif que le précepte de Dieu-même sur la soumission que doit la Synagogue, à plus forte raison l'Eglise, au jugement du grand Pontife dans des cas obscurs & difficiles. Une Constitution du S. Pere accompagnée du consentement positif de presque tous les Evêques de France & de tous ceux de la Chrétienté par un consentement, soit tacite, soit public, est indubitablement reçûe & a force de loi. La Constitution présente a ce caractère, hors les quatre Evêques. Lisez, s'il vous plaît, la lettre ou l'instruction Pastorale des quarante Evêques, qui est adoptée par tous les autres : rien n'est plus fort pour éclaircir la Constitution.

Les Propositions, quoique spécieuses en piété, ont chacune leur venin ; celles qui sont sur la grace en marquent une nécessitante, & tendent toutes au systême de Jansénius, qui n'est pas constamment celui de S. Augustin. Voyez sur ce sujet le Mandement de Monseigeur de Cambrai, & trois dia-

logues qu'il a faits sur cette matiére : dites
généreusement avec saint Jérôme en écri-
vant au Pape Damase qu'il consulte sur la
Ville d'Antioche divisée par ses sentimens,
*In tres partes scissa Ecclesia ad se rapere
me festinat, Monachorum circa manentium
undique in me surgit autoritas, ego interim
clamito : si quis Cathedræ Petri jungitur,
meus est.* Dites avec le même Docteur dans
une autre lettre adressée au même Souverain Pontife : *Quoniam vetusto oriens (clerus
Parisiensis) inter se populorum furore colli-
sus, indiscimam Domini tunicam & desuper
textam minutatim per frustra discerpit, &
Christi vineam exterminant vulpes : ideò mihi
Cathedram Petri, & fidem Apostolico ore lau-
datam censui consulendam. Ego nullum primum nisi Christum sequens, Beatitudini tuæ,
id est Cathedræ Petri, communione consocior.*
Lisez le reste de la lettre. Le Pape sans doute ne vous conseilleroit pas d'appeller de sa
Constitution, ni toute l'Eglise qui l'a reçûë. En un mot, mon cher Pere, attachons-
nous à la chaire de Pierre, & soyons persuadés que rien n'a échappé à la vigilance, au
zéle, à la sagesse du Pape ; il a prié, il a gé-
mi, il a employé d'habiles Docteurs, Cardinaux, Théologiens, Thomistes ; Dieu
sans doute l'a conduit par sa lumiére : *Ro-
gavi pro te ut non deficiat fides tua.* L'esprit
même de votre Congrégation dès le commencement, a été celui d'un grand attache-

ment au S. Siége ; le Cardinal de Berulle , le P. Condren , le P. Amelot , le P. de S. Pé & beaucoup d'autres, fe font fignalés dans cette haute vénération & foumiffion ; ne les dementez pas, & vous vous acquererez devant Dieu & dans l'Eglife une gloire im- mortelle. Je me fouviens qu'allant voir au- trefois il y a plus de 50 ans , le P. de faint Pé à Notre-Dame des Vertus avec un de nos anciens , & parlant du Janfénifme en nous quittant, & fe tournant vers l'Autel de cette Eglife , il dit en homme infpiré & tranfpor- ,, té d'amour : Oüi, Seigneur, je m'immo- ,, le à vous comme une victime pour faire ,, ceffer tous ces troubles ; heureux fi je puis ,, verfer mon fang pour la paix de l'Eglife. Tâchez , mon cher Pere , d'entrer dans ces mêmes fentimens , ou plûtôt priez Dieu qu'il vous les conferve , car je fuis perfuadé que vous les avez déja gravés dans le cœur. Il faut ajoûter que Son Eminence n'a pas approuvé cette jonction ni cet acte fignifié à l'Officialité , comme il l'a témoigné à quel- qu'un de Meffieurs les Curés : J'ai même appris qu'il y a défenfe à l'Officialité de n'en recevoir plus aucun , & que les quatre Evê- ques ont ordre de nouveau de s'en retour- ner à leur Diocèfe. Vous vous trouvez , mon Pere , entre deux partis ; l'un qui explique favorablement la condamnation faite par le Pape , & traite rigoureufement l'Auteur ; l'autre qui explique favorablement l'Auteur ,

& traite rigoureusement le Pape. Auquel
des deux déférerez-vous ? Ne vaut-il pas
mieux que ce soit au Pape, qui a toute l'E-
glise avec lui, & qui est à la tête de tout le
Corps Episcopal, qu'à l'autre qui n'a que
quelque petit nombre d'Ecclésiastiques, &
à leur tête quatre Evêques, sans doute pré-
venus de mauvais conseils. Il y auroit encore beaucoup de choses à dire, mon R.
Pere, mais je finis en vous suppliant de faire
quelques prieres aux pieds de la grande Dame & de la divine Princesse du Ciel, dont
la dévotion vous est confiée, afin de détour-
ner les fleaux de l'Eglise & de ce Diocèse, à
l'égard de ceux principalement qui vont
chercher dans les espaces imaginaires un
appel au futur Concile, pour se soustraire
à l'autorité légitime, qui a si justement lancé
ses foudres contre les défenseurs du Livre,
& dont je ne vois pas qu'ils puissent se pré-
server, s'ils ne se soumettent. Intéressez-la
aussi pour moi, qui suis avec une sincère estime,

Votre très-humble & très-obéissant
Serviteur, Fr. Gourdan de Saint
Victor.

Ce 15 Mars 1717.

II. LETTRE.

A Monseigneur Bentivoglio Nonce, en lui adreſſant la Proteſtation du 9 Mars 1717. contre l'Appel, pour l'envoyer au Pape, la lui ayant fait demander.

Illuſtriſſimo ac Reverendiſſimo Archi-Præ-ſuli ſedis Apoſtolicæ Nuntio.

HUmillimo obſequio, tuis precibus, imò juſſis, Excellentiſſime Domine, obtemperans, mitto quod poſtulas à me fidei ac venerationis meæ erga ſanctiſſimam Sedem apoſtolicam qualecumque teſtimonium. Precor ut in publicum nullâ ratione prodeat, ſed juxta quod teſtatus es velle ſummum Pontificem illud perlegere, ſic ad ejus ſanctitatem ſecretò mittas, & petas ab ea pro me viliſſimo peccatore Apoſtolicam Benedictionem, quam ego profundiſſimè ad pedes ejus proſtratus in ſpiritu flagito & excipio, nihil antiquiùs in omnibus votis habens, quam ut à diuturno ævo quod ipſi florentiſſimum peropto, ad annos æternos pro ingentibus meritis ac admirabili vigilentia, paſtoralique omnium

Ecclesiarum curâ ac follicitudine, femi-
tas fuas feliciter aliquando pertranfeat.

Dominationi tuæ Rmæ. fum ad omnia paratiffimus ac obfervantiffi-
mus fervus S. Simon Gourdan in-
digniffimus Sacerdos Canonicus
Regularis Eccl. S. Victo. Parif.

Excellentiffime Archi-præful,
die 29 Octob. 1717.

III. LETTRE.

Réponfe de fon Excellence, Monfeigneur le Nonce Bentivoglio, au
R. P. Gourdan.

Admodum Reverende Pater.

QUam ad nos fcripfifti nuper Epiftolam,
unà cum interceffione tuâ ac litteris ad
dominum datis, fummà cum animi volup-
tate accepimus. Exhibent hæc omnia ac fpi-
rant undequaque perfpectam omnibus jam-
dudum eximiam pietatem tuam, atque eru-
ditionem.

Flagrantiffimum Ecclefiafticæ unitatis ftu-
dium, fingularemque erga Apoftolicam fedem obfervantiam, uno verbo, te digna
omnia interceffionem & litteras tuas ad fanc-
titatem fuam direximus, cui non dubites quin
mirum in modum placeant, teque obfe-
quentiffimum filium amantiffimo patri plu-
rimum concilient, nec timendum ut aliis
communicentur. Quam maximâ fieri poteft
curâ cavebitur ne ulli hominum quam quos
ipfe judicafti innotefcant. Unum tamen
finas ut dicamus, non ita aufcultandum
tibi modeftiam tuam fed potius amicorum
verè amantium tui concilio tribuendum,

ut à te ipſo evulgentur , & in publicam prodeant lucem , orthodoxi adeo pectoris tui ſenſus. Neſcis profecto , vir piiſſime , ac religioſiſſime (condonet hæc nobis demiſſius, juſto de te ſentiens animus) neſcis quantum difficillimis ac corruptiſſimis hiſce temporibus in Chriſtianam Rempublicam redundaret emolumenti , quanto exemplo eſſent multis à via veritatis fideique aberrantibus quanto pudore ſuffunderentur ora cordaque confratrum tuorum ſi reſcirent notum exploratumque omnibus , quantum vos inter , ut morum , ita & doctrinæ diſcrimen intercedat , quanta eos inter & præſtantiſſimos anteceſſores ſuos ſententiarum diverſitas , quanta verò tecum illis & præteritis temporibus & etiamnum concordia , atque conſonantia. Vale , vir religioſiſſime & eò commendatior quò te minùs bonum exiſtimas , & nobis precum tuarum , in quibus non parùm confidimus , velis opitulari ſuffragiis.

Veſtræ Paternitatis,

Pariſiis die ſeptima Novembris 1717. addictiſſimus & ad officia paratiſſimus C. B. Archiepiſcopus Carthaginem.

IV. LETTRE.

De son Excellence Monseigneur le
Nonce Bentivoglio, du 7. Février 1718. au Pere Gourdan.

Mon très-Révérend & honoré Pere,

VOus verrez par l'Extrait que je vous
envoye de la Lettre de Son Eminence Monseigneut le Cardinal Paulucci, l'estime que N. S. Pere fait de votre merite,
& le plaisir qu'il a eu en recevant la protestation que vous avez faite à votre Chapitre, au sujet des affaires présentes ; je
ne doute point qu'ayant témoigné autant
de zéle que vous avez fait jusqu'à présent,
pour les interêts de l'Eglise, vous ne continuez vos prieres, afin que le Seigneur
appaise la tempête qui l'agite, & lui rende son calme : je me recommande aussi à
vos prieres, & suis,

Votre très-affectionné
Serviteur ,

C. B. Archevêque de Carthage.

Y

V. LETTRE

A son Excellence Monseigneur le Nonce Bentivoglio , sur son départ de France pour retourner à Rome , où il reçut le Chapeau de Cardinal.

MONSEIGNEUR,

Votre Excellence m'a honoré de tant de marques de bonté , que je ne puis la laisser partir sans prendre la liberté de lui présenter mes reconnoissances les plus soumises & les plus profondes. Si nous avons, Monseigneur , à nous consoler de votre départ, c'est qu'après que Votre Excellence a accompli glorieusement son auguste Nonciature , autant que les tems fâcheux le pouvoient permettre , Sa Sainteté , également judicieuse & bienfaisante , va récompenser, comme on l'assure , vos grands & longs travaux de la pourpre sacrée , sous l'éclat de laquelle Votre Excellence, ou plûtôt Votre Eminence , dont j'anticipe en ce jour le titre , répandra ses lumieres & sa charité sur toute l'Eglise : peutêtre même que si nos vœux sont exaucez,

L

après une longue fuite d'années que nous fouhaitons à N. S. P. le Pape, nos neveux changeront, à l'égard de votre vénérable perfonne, l'Eminence en Sainteté, & que du Thrône de S. Pierre vous regarderez favorablement ce Royaume que vous avez honoré fi long-tems de votre réfidence. Quoiqu'il en foit, Monfeigneur, que Votre Eminence me permette de lui démander fa fainte Bénédiction, & de la fupplier de m'obtenir celle du très S. Pere, que j'honore & refpecte dans un fouverain degré, voulant vivre & mourir dans la plus parfaite obéiffance pour tous fes faints Décrets, & particulierement pour le dernier, que je regarderai toûjours comme la régle de ma conduite & de ma foi. C'eft dans ce fentiment, Monfeigneur, que j'ai l'honneur d'être avec le plus profond refpect & le plus inviolable devouement en Notre-Seigneur Jefus-Chrift,

MONSEIGNEUR,

De Votre Excellence,

Le très-humble & très-obéiffant & foumis Serviteur, Fr. Simon Gourdan.

Ce 7. Octob. 1719.

VI. LETTRE

A Monseigneur l'Evêque de Soiffons.

Monseigneur,

J'ai mille actions de graces à vous rendre de ce qu'il a plû à Votre Grandeur m'honorer d'un de fes fçavans & importans Ecrits, que j'ai lû avec toute la fatisfaction imaginable. Dieu vous recompenfera, Monfeigneur, de ce fervice mémorable que vous rendez à l'Eglife. Si S. Bernard autrefois a parcouru tant de pays pour pacifier cette chere Epoufe de J. C. & diffiper les nuages qui défiguroient fa beauté, que ne faites-vous point, Monfeigneur, pour maintenir l'obéiffance dûë à fon Chef vifible, & rendre au Corps de la Chrétienté fon luftre & fa gloire par votre fçavante plume & vos excellentes réflexions. Qu'il plaife à la bonté divine y répandre la bénédiction, ou plûtôt remercions-là de ce que ce monument illuftre de votre zéle & de vos lumieres, a reçû une approbation fi générale. Je ne puis cependant m'empecher de gémir de ce que malgré tant de preuves convainquantes & inconteftables, le mal perfifte, & que

L 2

peut-être il surmontera de si forts remedes. Quoiqu'il en soit , Monseigneur , vous avez fait votre devoir ; vous avez parlé & écrit en Evêque & en dépositaire de la vé- *Eccli.* rité , & Dieu semble déja vous dire , *qui* 24.31. *elucidant me vitam æternam habebunt.* J'ose vous supplier , Monseigneur , de m'assister de vos ferventes prieres , afin que j'acheve heureusement ma course dans l'esprit de pénitence & de sacrifice , & que je trouve grace devant Dieu , conjurant Votre Grandeur d'être persuadée qu'on ne peut être avec plus de vénération , de respect , & d'attachement que je le suis ,

MONSEIGNEUR ,

De Votre Grandeur ,

Le très-humble & le très-
obéissant Serviteur ,

F. Gourdan de S. Victor.

A Paris , le 14. Septembre 1718.

VII. LETTRE
A Monseigneur l'Evêque de Soissons.

MONSEIGNEUR,

Je viens de recevoir avec un extrême plaisir, & une singuliere reconnoissance votre deuxiéme Avertissement ; j'en rends à Votre Grandeur mille actions de graces en mon nom, & en celui de toute l'Eglise, qui, je m'assure, ne me désavoüeroit pas si elle parloit en plein Concile. Continuez, Monseigneur, à la servir si utilement, si doctement, si charitablement ; le grand Pasteur vous en récompensera dans le Ciel, & toute la Catholicité en terre s'en sentira infiniment obligée à votre zéle. J'ai l'honneur d'être avec les plus profond & le plus respectueux attachement dans l'amour de Notre Sauveur,

MONSEIGNEUR,

De Votre Grandeur,

Le très-humble & très-obéissant Serviteur,
S. Gourdan de S. Victor.

Le 28. Octobre 1718.

L 3

VIII. LETTRE

A Monseigneur l'Evêque de Soissons.

MONSEIGNEUR,

C'est avec une plénitude de joye & de consolation, que j'ai reçû le très-excellent ouvrage que Votre Grandeur m'a fait l'honneur de m'envoyer. Je n'ai fait encore qu'en parcourir quelques pages ; mais j'y trouve tant de solidité, tant d'érudition, tant de discernement, tant de sel Evangelique, dicté par votre amour pour l'Eglise & par la haute estime que Dieu vous a donnée pour la vérité & pour l'honneur du Saint Siege, que je ne doute point que sa bonté divine ne vous ait suscité dans ces tems fâcheux pour éclairer, défendre, & soutenir cette Epouse sainte du Sauveur de nos ames. Je pourrois, Monseigneur, vous dire ce qu'un vénérable Archevêque de notre France, Hildebert de Tours, mandoit à S. Bernard : *sanè de celeberrimâ opinione tuâ spes in sinu Ecclesiæ reposita est, eam minimè casuram : Quoniam fundata creditur supra firmam petram.* En effet, vos écrits, Monseigneur,

Ep. 122. inter pf. S. Bernardi. edit.

se sont acquis une si haute réputation,
que l'Eglise se peut bien vanter de trouver
en vous un inviolable appui de ses sentimens, de son unité, & de son immo-
bilité catholique, malgré les tempêtes
qu'elle essuye. J'ajouterai, Monseigneur,
avec le même Prélat que je viens de citer,
ces paroles remarquables adressées au même Saint pour rendre gloire à Dieu de
votre mérite & de la sainteté de votre
conduite & de vos intentions: *nobis ex opi-* *Ibid.*
nione tuâ innotuit, quam sis ad sanctimo-
niam compositus & integer ad doctrinam.
Car outre la pureté de votre doctrine,
l'éminence de votre sçavoir, l'éloquence
de votre plume, & l'heureuse facilité de
vos expressions, j'apprens par la voix publique avec quelle vigilance & quelle application Votre Grandeur gouverne son
Diocèse, également attentive au bien général de toute l'Eglise par ses importans
ouvrages, & au soin particulier de son troupeau par les visites & les exhortations
fréquentes dont elle le console ; ce qui
me fait espérer, Monseigneur, que Dieu
vous regardera dans sa misericorde, &
que se servant de vous comme d'un bou-
clier pour parer tous les traits qui se lan-
cent contre le Vicaire de Jesus - Christ &
contre toute l'Eglise, il nous accordera cette
paix que nous désirons avec tant d'ardeur.
C'est dans cette espérance, Monseigneur,

& dans les sentimens de la plus vive reconnoissance & du plus profond respect,
que j'ai l'honneur d'être en Notre-Seigneur
Jesus-Christ,

MONSEIGNEUR,

De Votre Grandeur,

Le très-humble & très-
obéissant Serviteur,

F. Gourdan, de S. Victor.

Je supplie Votre Grandeur de vouloir
bien avoir la bonté d'agréer ce petit Livre
qu'on a exigé de moi que je donne au Public, trop heureux, si elle veut bien y jetter la vûë & prier pour ma conversion par
le grand mystére dont j'y parle, quoique
bien indignement.

IX. LETTRE.

A Monseigneur l'Archevêque de Rheims, du 30. Octobre 1718.

MONSEIGNEUR,

J'ai reçû & lû avec une joye sensible votre dernier Mandement, dont il a plû à Votre Eminence m'honorer du présent. Elle s'y est comme surpassée ; tout y brille du feu de votre zéle ; tout s'y soutient avec majesté, autorité, lumiere, force, attachement à l'unité & à la sainte Tradition de l'Eglise. Je suis surpris, Monseigneur, que plusieurs de votre Clergé déférent si peu à tant de témoignages incontestables. Il vous sera éternellement glorieux d'avoir parlé en Archevêque de Rheims & en digne successeur du grand S. Remi, l'Apôtre de la Nation de France, auquel il appartient de sacrer nos Rois, & d'appuyer la foi & les dogmes de la Religion, & de maintenir la correspondance avec les Papes & le Saint Siége, dont vous avez la gloire d'être le Légat né, par un titre que vous remplissez si magnifiquement. Je souhaite, Monseigneur, à Votre Eminence toutes sortes de faveurs célestes, pour les persécu-

L 5

tions dont votre vertu est attaquée. Dieu éprouve ceux qui sont à lui ; il n'oubliera pas leurs travaux , & ne permettra jamais que l'Eglise , ni ses fidéles Papes , succombent sous la malice des hommes. J'ai l'honneur d'être avec la vénération la plus profonde , & l'attachement le plus inviolable dans l'amour de Notre - Seigneur Jesus-Christ ,

MONSEIGNEUR,

De Votre Eminence ,

Le très-humble & très-obéïssant Serviteur,

S. Gourdan, de S. Victor.

X. LETTRE.

A Monseigneur le Cardinal de Mailli.

Mon Eminentissime Seigneur.

ENfin mes vœux sont accomplis : N. S. P. le Pape a regardé votre mérite ; le Ciel a favorisé mes désirs ; l'Eglise s'applaudit de votre nouvelle dignité. Le titre d'Eminence ne convient pas moins à vos excellentes vertus , que la pourpre sacrée dont vous venez d'être revêtu ; & tout conspire en votre auguste personne pour répandre parmi les brebis de J. C. une abondance de joye & de paix qui efface ses larmes & ses inquiétudes. Il est difficile, Monseigneur , que le jugement si favorable du Saint Siége sur la conduite de V. E. ne calme bien des esprits & ne ramene bien des volontés écartées , & qu'on ne s'accuse soi-même d'avoir porté trop loin contre vous les traits de son indignation. Fasse le Ciel, Monseigneur , qu'étant élevé sur un des Trônes les plus considerables de l'Eglise, Votre Eminence lui continuë toûjours ses importans services ; que votre zéle aille de pair avec votre dignité ; que Dieu, en multipliant vos jours, vous multiplie ses graces & vous dispose à l'auguste cérémonie

L 6

du facre de notre incomparable Roi , en
répandant fur fa perfonne royale , & fur
tout le Royaume , par votre faint miniftére , une ample bénédiction qui s'étende fur
tous fes fujets. J'efpére , Monfeigneur , que
parmi tant d'élegans approbateurs de votre promotion , fi j'en fuis le moindre , Votre Eminence ne m'en eftimera pas le moins
zélé ni le moins dévoüé. Je ferai toute ma
vie dans ces fentimens de refpect & de vénération pour Votre Eminence , & je con-
ferverai pour elle un cœur fincerement tendre & plein de l'affection la plus inviolable. J'ofe l'affurer de l'attachement & de
la foumiffion la plus parfaite avec laquelle
j'ai l'honneur d'être ,

MONSEIGNEUR,

De Votre Eminence ,

Le très-humble & très-
obéiffant Serviteur,
Fr. S. Gourdan , de S. Victor.

Le 11 Décembre 1719.

XI. LETTRE.

Au P. * * *. Chanoine Régulier de S. Victor , fur la lecture d'un Ecrit contre la Conftitution *Unigenitus* , qu'il a commencé en fa femaine de Lecteur au refectoire , le 16 Avril 1719.

J'Ai été furpris , je vous l'avouë , mon très-cher Pere , lorfque Dimanche matin au refectoire vous avez commencé une lecture à laquelle vous avez donné le nom d'Inf-truction Paftorale de Son Eminence , Mon-feigneur le Cardinal de Noailles ; car foit qu'elle yienne de lui , ou que vous ayez revêtu quelque Traité particulier contre la Conftitution de fon illuftre nom , il ne pa-roît pas que cette lecture convienne à la table. Dans celle que fon Eminence , à ce qu'on dit , car je ne l'ai ni vûë ; ni lûë , a donné depuis peu au Public , Son Emi-nence n'a point ordonné qu'elle fût lûë en Communauté , pourquoi donc la lire ? Et fuppofé qu'elle eût donné fur ce fujet quel-ques ordres , c'eft toûjours au Chapitre que fes Mandemens & fes Inftructions fe lifent , & jamais au refectoire. Il n'eft pas jufte d'introduire une coûtume nouvelle , ni d'ou-tre paffer fes commandemens dans les or-

donnances qui partent de lui ; il a eu fans
doute fes raifons pour ne point engager les
Communautés à cette lecture publique. Il
a laiffé à chacun la liberté , & n'a voulu for-
cer perfonne à adhérer à fes fentimens. Il
l'a déclaré plufieurs fois ; & comme il eft
d'une grande prudence , il a compris que
les jugemens fur ce fujet étant partagés , il
ne falloit point expofer les Corps eccléfiaftiques & réguliers à des conteftations fur
cette matiére , lorfque la lecture en feroit
faite publiquement. Pourquoi ne pas déférer à fes vûës , & laiffer comme lui , la liberté de lire ou de ne pas lire en particulier
fon Inftruction , fans profiter du filence & de
la retenue d'une Communauté affemblée ,
pour allarmer par ces fortes de lectures les
efprits , troubler les confciences , & exercer
la patience de ceux qui ne font pas de ce
fentiment.

La Régle de faint Auguftin notre Légifla-
teur a bien prévu les mauvais effets des lectures du refectoire qui feroient fur des matiéres contentieufes , puifqu'il dit abfolument :
Cum acceditis ad menfam , donec inde fur-
gatis quod vobis fecundum confuetudinem le-
gitur fine tumultu & contentione , audite.
Suppofons que notre Compagnie foit nom-
breufe & qu'il y ait plufieurs , foit acceptans , foit refufans la Bulle , qui affiftent à
notre lecture, que peuvent-ils penfer, que
peuvent-ils dire ? Il eft impoffible qu'ils ne

s'entrechoquent durant ou après la table. Il
se formera un tumulte & des contestations
infinies ; la charité sera blessée ; & vous com-
mettrez très - imprudemment l'ouvrage &
l'autorité de Son Eminence. Les lectures du
refectoire sont établies pour nourrir l'ame
& pour l'édifier, & non pas pour l'embar-
rasser par des ouvrages polémiques : *Ne
solæ fauces sumant cibum, sed & aures esu-
riant Dei verbum.* Je ne vois pas pourquoi
quitter l'explication de l'Ecriture-Ste. pour y
substituer cette piéce. Quelque modération
& quelque ménagement que Son Eminence
employe dans les matiéres qu'elle traite,
on ne peut pas défavoüer que la Constitution du Pape n'y soit blâmée, & absolument condamnée, & que tous les Evêques
presque de la Chrétienté acceptans, n'y
soient aussi rejettés & condamnés dans leurs
Mandemens, leurs Instructions, leurs Lettres & leurs Témoignages. Cette seule con-
sidération ne doit-elle pas suffire, pour ne
pas proposer à une Compagnie un Ecrit qui
ne peut former dans l'esprit des Auditeurs,
que des idées défavantageuses du Chef de
l'Eglise, & du Corps presque universel des
Evêques ? Peut-on entendre froidement dis-
séquer la Constitution, & par conséquent
la réputation & l'honneur de Sa Sainteté,
sans être touché, ou d'indignation, ou de
gémissement contre l'Auteur de l'Instruction ? A quelles différentes pensées ne porte

point cette lecture? Les plus ignorans se de-
manderont en l'entendant : à quelle Eglise
donc nous adresserons - nous maintenant ?
Les décisions du Pape sont supprimées ;
Monseigneur notre Archevêque les a cou-
lées à fond ; qui faut-il donc maintenant
reconnoître pour Chef de l'Eglise & Vicaire de Jesus-Christ ?

Le Concile général dont on parle ne se
verra jamais ; que faire, que devenir pour
assurer sa foi , & marcher sûrement dans la
voye du salut? Si dans un écrit public, mon
très-cher Pere , on taxoit feu Mr. votre pere
d'avoir eu de faux poids & de fausses ba-
lances, & d'avoir debité des marchandises
de contrebande , & lorsqu'il fut Consul ,
d'avoir donné des Sentences très-iniques ,
entendriez - vous ces accusations de sang
froid ? Les médisances & les calomnies ,
en matiére de Religion , sont incompara-
blement plus touchantes &- plus intéressan-
tes. Rien de plus grief que de parler contre
les personnes sacrées des Pontifes, & même
d'entendre ce qu'on prononce contre eux.
Quelqu'adoucissement qu'on donne à la
repréhension qu'on fait , c'est une fléche
presque incurable que l'on porte contre
Dieu-même. Que les Evêques qui se croyent
Juges de la doctrine & Dépositaires des vérités avec le S. Pere , pensent ce qu'ils vou-
dront, il n'appartient pas aux particuliers
d'une Communauté d'entrer dans leurs dif-

férends , ni de prêter l'oreille à leurs difputes. La médifance (dit faint Jacques)
eft un monde d'iniquité , & une fource
de vices ; on ne remporte de ces lectures,
le plus fouvent, que de l'animofité , du mépris & de l'irreligion ; & bien loin qu'au
refectoire , où l'on doit s'occuper de faintes
penfées par le fecours des Livres édifians ,
on y trouve cette pâture fpirituelle , on n'en
rapporte dans l'efprit & dans le cœur que
des incertitudes dans fa créance , & des peines mortelles qui ruinent toute la piété.
Depuis plus de cinquante - fept ans que je
fuis à Saint Victor , je n'y ai jamais vû lire
au refectoire de ces fortes d'ouvrages. Dans
les tems où les Ecrits du Janfénifme étoient
en grande vogue , & qu'il en paroiffoit de
tems en tems des piéces belles , fçavantes ,
& même touchantes au gré de quelques-
uns de nos Confreres, quoique tous très-atta-
chés au S. Pontife , nul ne s'eft jamais avifé
d'en faire la lecture au refectoire. C'eft do-
miner fur la foi & fur les fentimens de fa
Compagnie , que de faire lecture publique
des matiéres conteftées ; c'eft vouloir à quelque prix que ce foit, établir fon opinion fur
les débris de celle des autres ; c'eft s'ériger
en Docteur irréfragable , & prendre un air
infaillible , qui ne convient point à la modeftie d'un Lecteur. Il y a quelques années
qu'on fit au refectoire la lecture d'un ouvrage de M. de la Trappe contre les Etudes

Monaftiques. Comme cet ouvrage étoit une efpéce de Difſertation & de Réponfe au Pere Mabillon qui foutenoit les Etudes, le Prieur de ce tems fit lire après, l'ouvrage de cet illuſtre Bénédictin, afin que l'on vît le pour & le contre, & qu'un chacun pensât ce qu'il jugeroit à propos des deux ouvrages.

Pour agir donc avec équité, il falloit premierement lire les deux Bulles du Pape *Unigenitus & Paſtoralis Officii*, la Lettre Paſtorale des 40 Evêques, & en un mot, toutes les piéces qui ont précedé cette Inſtruction Paſtorale de Son Eminence, & ce qui fe fera dans la fuite, afin que chacun pût voir d'un coup d'œil les fentimens différens, d'autant plus que Monfeigneur le Cardinal n'a ni condamné, ni défendu de lire les Ecrits contraires aux fiens, & qu'il a déclaré que les Evêques acceptans n'ont point erré dans la foi, & ne fe font point écartés de la vérité. Mais parce qu'il eſt dangereux de donner aux jeunes Réligieux les connoiſſances qui leur apprennent infenfiblement à difputer, à défobéir, & à ne pas refpecter notre S. Pere le Pape, ni les Puiſſances légitimes, il vaut mieux s'abſtenir publiquement de ces ouvrages. Nos Statuts, après la lecture de la Sainte Ecriture, fe bornent à des Livres fpirituels, & à des Hiſtoires faintes, & ne fouffrent point des lectures où le raifonnement ait

trop de part , & où la piété foit en fouf-
france , & les lectures françoifes font principalement pour les jeunes & les Convers,
qui n'étant pas verfés dans l'intelligence des
lectures , ni des ouvrages fublimes de la
Théologie , doivent être formés dans les
pratiques de la vertu par des lectures convenables.

Nous avons dans la vie de faint Auguf- *Chap.*
tin , par Poffide , un beau modéle de la 22.
conduite que nous avons à tenir fur ce qui
bleffe la charité , lorfque l'on prend fes repas ; car , outre qu'il eft dit de lui qu'il
affaifonnoit toûjours fon repas d'une fainte
lecture : *Obtrectatione penitus exclufa* , il
eft rapporté qu'il fit mettre au-deffus de la
table , *Quifquis amat dictis abfentum rodere,*
difons , *Dicta vel Scripta , vitam. Hanc
menfam vetitam noverit effe fibi.*

Et qu'il obfervoit à la lettre , ou de faire
taire ceux qui blâmoient le prochain , ou
de fortir de table ; & Poffide obferve qu'il
l'avoit fouvent vû , non feulement fe fâcher
fortement contre des Evêques même qui fe
licentioient trop à parler contre les autres ,
mais quitter la table & s'en rétourner à fa
chambre pour leur impofer filence: c'eft à
quoi , mon très-cher Pere , je vous fupplie
de faire attention , & de réprendre l'explication de l'Ecriture-Sainte , perfuadé que
rien n'eft plus odieux que de bleffer la paix,
& d'altérer la charité: *Nil pretiofius Deo*

virtute dilectionis, nil delectabilius Diabolo extinctione charitatis , dit un Auteur. Je vous en prie d'autant plus, que nul Livre, quelque respectable qu'il pût être, n'est préférable aux Livres sacrés & canoniques , dictés par le Saint-Esprit pour faire connoître J. C. *Scrutamini Scripturas ,* (dit-il lui-même) *illæ sunt quæ testimonium perhibent de me.*

Je suis, mon très-cher Pere,

Votre très-humble & très-obéissant Serviteur,

Fr. S. Gourdan , de S. Victor.

XII. LETTRE.

Au R. P. Dom Alexis, Chartreux, au fujet de la Conftitution *Unigenitus*, le 3 Mars 1722.

Mon Reverend Pere,

Touché de la fainteté du tems de Carême, où les plus innocens commerces de Lettres doivent ceffer, felon S. Bernard, pour fe nourrir dans la folitude & le filence des faints mouvemens de componction fur les miféres de nos ames & les maux lamentables de l'Eglife, je ne puis fatisfaire à la longue Lettre dont il a plû à Votre Révérence m'honorer. La plûpart de vos difficultés ont été déja formées, & on y a répondu par de très-doctes écrits, qu'il vous fera également inutile & à moi, de copier. Vous pouvez les voir amplement dans les imprimés ; mais je vous confeille de demanà Dieu, comme vous témoignez avoir de la docilité, de lui demander, dis-je, l'intelligence de vos doutes & la captivité de votre efprit, pour embraffer avec une parfaite foumiffion, ce qui a été fi autentiquement décidé par le Vicaire de Jefus-Chrift,

& accepté par le Corps prefque général des premiers Pafteurs de l'Eglife. J'ai jetté fur le papier quelques Vers qui me font venus fur ce fujet. Rien ne convient mieux, mon R. P., à la pénitence perpétuelle que vous faites que d'adhérer aux Décrets des fouverains Pontifes : vous fçavez combien le faint Etat Monaftique a toûjours fait gloire de s'y attacher ; avec quelle incomparable ardeur, Saint Bruno quitta fa chere folitude pour obéir au Pape qui le mandoit à Rôme, ce que fouffrit fon Succeffeur le B. Laudoin pour s'attacher au légitime Pontife Pafchal II. fans embraffer, comme vous paroiffez faire, la neutralité. Enfin, mon R. P., qu'on examine toute la Tradition de votre Ordre, on n'y verra que des foumiffions profondes & aveugles aux faintes Conftitutions des Chefs de l'Eglife. J'ajoûterai que la régle du Patriarche des Moines de l'Occident, le grand faint Benoît, prêche dans toutes les pages l'obéiffance la plus foumife & la plus inviolable aux ordres de l'Abbé, jufqu'à fe mettre en devoir de pratiquer des chofes impoffibles. Doit-on moins d'obéiffance au Pape, ou plûtôt n'en doit-on pas infiniment plus ? Quoi, mon cher Pere, le commandement de l'Abbé réglera les moindres minuties, quoique tout foit grand dans le fervice de Dieu, fans qu'il foit permis à un Religieux d'examiner s'il a raifon, *obedientia fit fine mora* ; & quand

le Pape adreſſera des Bulles importantes
pour l'affermiſſement de la Foi & de la morale , le Religieux s'armera de raiſonne-
mens pour les combattre & ne les pas accepter ? Jugez , mon R. P. , s'il y a dans cette conduite de la juſtice & de la religion :
celui , dont l'occupation ne doit être que
de gémir & de prier , *lugere non docere* ,
doit-il ſe jetter dans l'embarras & l'examen
d'une infinité de queſtions plus propres à
deſſécher ſon cœur qu'à fortifier ſa piété? La
voye la plus courte & la plus abregée eſt de
ſe ſoumettre , & de s'en tenir aux déciſions
du Saint Siége. Je ne mérite point , mon R.
P. , les marques de bonté & de confiance
que vous me témoignez ; je demande à Dieu
ma converſion ; je vous ſupplie de vous y
intéreſſer par vos larmes & par vos prieres ,
& d'être perſuadé du profond reſpect , avec
lequel je ſuis en Notre-Seigneur J. C. & en
ſa très-ſainte Mere.

Mon Révérend Pere ,

Votre très-humble & très-obéiſſant
Serviteur , Fr. Gourdan.

Amicus ad Cartusianum in debitam Pontificis Decretis obedientiam.

TU qui Cartusiæ celebrem pius hospes
    eremum
Incolis, attendas jussa suprema Dei.
Detrectare nefas Romanæ oracula sedis;
    Quos ligat Antistes, Christus ab axe ligat.
Auscultare Patri si * legifer imperat omni,
    Quis Patri patrum non tribuendus honos?
Clementis nunc voce Petrus, Petrus ipse
    locutus,
Præcipit expunctis subdere corda dolis.
Frustra mille tubis properarem explodere li-
    tem,
    Responsa & dubiis reddere mille tuis.
Cum gregibus, procerum, toto spectabilis
    orbe
    Præstans obsequium, paruit ordo sacer.
Sic tu redde parem submisso pectore cul-
    tum,
    Ne tua mente cadat sub titubante fides.
        Faxit Deus.

* *Regula S. Benedictus cap. 5. & omnibus fere capitibus commendat discipulis sub gravibus pœnis, obedientiam omnimodam Patri & Abbati, quantò magis summo Pontifici qui Majorum est maximus; & Pater Patrum, ut eum vocat Hugo Victorinus. Imo ut ait S. Bernardus non solum ovium, sed omnium Pastorum est Pastor. Lib. 2. consid. cap. 8.*

AUTRES

AUTRES LETTRES
DE PIETÉ,
DU R. P. GOURDAN.

PREMIERE LETTRE

Ecrite le 7. Novembre 1717. à M. Correve,
Prêtre de l'Hôpital de la Pitié à Paris,
qui s'eft trouvée attachée au col de ce bon
Prêtre après fa mort le 17. Novemb. 1717.

JE compatis, mon cher Monfieur, à vos
peines; mais j'adore Dieu qui vous les envoye pour vous purifier, & former en vous
une image de fon adorable Fils crucifié; il
veut par cette conformité vous rendre digne de la gloire éternelle, & vous affocier au
nombre de fes enfans les plus cheris; continuez donc à l'adorer & l'aimer dans cette
vifite fainte dont il vous favorife: quelques
violentes que foient vos fouffrances, elles
n'excedent pas celles de Notre Sauveur fur
la Croix; ce Dieu d'amour les fouffre en
vous, & porte avec vous cette Croix falu-
taire de la juftice & de la bonté de Dieu;
il vous aime, il vous regarde, & prend fes

M

complaisances en vous ; armez-vous donc
de sa patience & de son zéle contre le péché ; benissez sa sainteté & sa justice de ce
qu'elles veulent vous châtier en ce monde,
pour vous couronner en l'autre : si vous
êtes l'image de ce Dieu souffrant , vous se-
rez participant de son repos éternel : si le
péché est en ce monde expié par des souffrances passageres , il ne vous restera rien à
expier en l'autre, & vous passerez de ce purgatoire d'amour à la béatitude infinie que
Dieu vous prépare : pour un moment de
douleur , une éternité de joye & de consolation éternelle : ayez donc une grande &
invincible patience ; vous touchez au Ciel ;
vous êtes à la porte de l'Eternité bien-
heureuse ; il s'agit de redoubler plus que jamais votre foi , vos ardeurs , vos gémissemens , vos soûpirs pour ces inéfables biens
que le Ciel vous destine : liez-vous de cœur
à la chere Mere de Dieu pour les obtenir,
& à tous les Saints dont nous célébrons l'oc-
tave : plus vos souffrances sont aiguës , plus
vous avez droit d'espérer la couronne des
Martyrs : réduisez-vous cependant au rang
des Pénitens les plus anéantis , & priez que
leurs larmes & leurs austérités vous soient
appliquées. Enfin , mon cher Monsieur, mettez tout en œuvre pour vous disposer à cette
récompense inestimable que Dieu prépare
à ses amis, qui ont soutenu pour son amour
toutes les adversités de la vie présente ; cela

n'empêche pas, mon très-Cher, que nous ne demandions votre rétabliſſement & conſervation, s'il eſt plus utile à la gloire de Dieu & à votre ſalut ; je puis, mon cher Monſieur, vous aſſurer que j'y prends une part ſinguliere. Je ſuis en Notre-Seigneur Jeſus-Chriſt parfaitement à vous : je vous demande le ſecours de vos ſaintes prieres ; & ſuis de tout mon cœur, mon cher Monſieur,

Votre très-humble & très-obéiſſant
Serviteur,

Fr. Gourdan, de S. Victor.

II. LETTRE.

A Monsieur l'Abbé G***.

MON CHER MONSIEUR,

Je suis comblé de joye d'apprendre par votre Lettre les soins que vous prenez d'établir le régne de J. C. par les instructions que vous faites ; continuez, mon Cher, à honorer votre ministére, à glorifier un Dieu pour lequel nous devons consacrer nos cœurs, nos langues, nos vies, & employer tout ce que nous sommes pour le faire connoître & aimer. J'ai reçu une Lettre de Monsieur G***. que je vous envoye, dans laquelle vous verrez que Monseigneur D***. compte sur votre zéle & votre présence pour la retraite qu'il doit donner : Je crois, mon très-cher Abbé, que vous ne pourrez mieux faire, que de lui prêter la main dans un dessein si important ; signalez-y votre amour pour Dieu, pour l'Eglise, pour la saine Doctrine ; & comme le Verbe sort en ce tems du sein de son Pere, pour annoncer son divin Evangile & se former un Peuple parfait, sortez aussi de votre retraite, pour contribuer au salut de tant d'ames qui soûpirent après la parole de Dieu ; armez-vous du zéle des Prophétes, pour former des Chrétiens ; du zéle des saints Apôtres, pour faire connoître les grands Myſtéres de notre Religion ; anéantiſſez par votre langue de feu tout l'Enfer ; égorgez dans les cœurs la cupidité & l'amour - propre qui y régnent ; faites de triſtes, d'affreuſes peintures de l'état du Pécheur ; faites ſentir les horreurs de la mort à ceux qui n'y penſent pas ; la ſéverité du Jugement de Dieu, les tourmens épouvantables de l'Enfer, les joyes inéfables du Paradis, afin que les cœurs ébranlés, touchés, pénétrés, convertis, ſe rendent enfin à J. C. & profitent du Myſtére de ſa Naiſſance : c'eſt un enfant qui les invite à ſon amour, pour les ames tendres & pieuſes ; mais c'eſt un Juge qui viendra, la foudre à la main, pour punir les criminels. Je finis, preſſé par la cloche ; Mr. notre cher Préſident vous en dira davantage ; n'oubliez pas de leur faire remarquer les paroles de ſaint Ignace Martyr : *Adhereant episcopo mente indivulſâ*, & leur recommandez la ſoumiſſion qu'ils lui doivent, auſſi bien qu'à l'Egliſe & au S. Siége, dont ils ſoutiennent la gloire ſi excellemment. Je ſuis tout à vous, mon très-Cher, & vous embraſſe en J. C. & ſuis,

  Votre très-humble & très-obéiſſant
   Serviteur, Fr. Gourdan de Saint
   Victor.

Ce 10 Décembre 1719.

M 3

III. LETTRE.

A Monſieur * * *.

MON CHER MONSIEUR,

Sans vous voir ſouvent, je penſe à vous avec une joye toûjours nouvelle, voyant les ſaints ſentimens que Dieu vous met dans le cœur. Perſiſtez à l'aimer & à le ſervir dans l'intégrité de la juſtice, qui eſt un de ſes plus glorieux appanages, & il vous en récompenſera : moins vous êtes à vous, plus vous êtes à lui & travaillez pour lui. Sa bonté eſt ſi grande, que votre travail eſt une oraiſon, & vos occupations un hommage que vous rendez à ſa ſuprême volonté, qui vous a mis dans ce poſte important. Priez-le pour moi, comme je fais pour vous. Démandez demain ma converſion, à l'exemple de ſaint Paul, & me croyez en Jeſus & Marie, avec le plus vif attachement d'amitié,

MONSIEUR,

Votre très-humble, &c.
Fr. Gourdan, de S. Victor.

A Paris, 24. Janvier 1721.

IV. LETTRE.

A Monſieur ***. qui étoit à l'Abbaye Du ***.

MONSIEUR,

Je ſuis comblé de joye d'apprendre de vos cheres nouvelles , & de la ſatisfaction que vous trouvez dans la ſolitude. O chere ſolitude qui forme les Saints, ſanctifie les Pénitens , ouvre le Ciel aux Victimes d'amour ! O heureux celui qui ſçait la goûter & vivre d'oraiſons , de larmes & de gémiſſemens ! Qui peut comprendre juſqu'à quel excès Dieu vous aime, puiſqu'il vous donne un tems ſi favorable pour goûter les délices céleſtes de la vie intérieure ? Beniſſez donc cette bonté ſuprême , de ce qu'elle vous a conduit dans un port de ſalut, où tant de ſaints Religieux ſe ſont autrefois immolés au pur amour. Je ne puis vous diſſimuler que je gémis , de ce qu'un lieu habité par tant d'illuſtres Pénitens & de ſaints Moines , & viſité par les Anges dans les ſaintes auſtérités qu'ils ont pratiquées , eſt maintenant abandonné & ſéculariſé. Où ſont ces jeûnes , ces veilles , ces retraites pro-

M 4

fondes, ce silence exact, ces infatigables psal-
modies, ces contemplations divines qui les
ont rendus si agréables à Dieu & si utiles à
l'Eglise? Que sont devenus ces hommes divins, qui méprisant la terre, se sont élevés
au Ciel par l'aide de leurs vœux & l'excès
de leurs mortifications? Le malheur a voulu que le rélâchement s'y étant mis, ces
saintes observances sont tombées en décadence. Tâchez, mon très-Cher, d'en gémir
avec moi, & de réparer l'honneur de Jesus-
Christ, qui a été, par cette chûte de l'esprit
monastique en cette Abbaye, infiniment
deshonoré; soyez le réparateur de cette
injure par un devoir assidu.

Soyez un saint Benoît, & Madame votre Epouse, une sainte Scolastique. Faites
revivre par vos prieres ces monumens anciens de la miséricorde de Dieu, & faites
connoître que, dans l'état même séculier,
il y a des hommes de bénédiction, qui
surpassent en piété les Religieux les plus
excellens. Vivez-là, comme un saint Pau-
lin avec sa chere Therasie, & ne doutez
pas que ces jours heureux que vous y passez en silence, en prieres & en attention
fervente à la présence de Dieu, ne soient
écrits dans le Livre de vie. Je suis obligé
de finir pour Complies; mais je ne vous
perdrai point de vûë: je vous porte trop
dans mon cœur pour vous oublier; notre
Sauveur nous a lié par des liens trop étroits

pour les rompre : aidez-moi de vos prieres pour y parvenir ; je l'attens de votre amitié. Je falue Madame votre très-chere Compagne ; je fuis ravi d'apprendre fa fanté ; je lui fouhaite un comble de graces. Je fuis, mon très-cher Monfieur, avec une plénitude d'affection & d'eftime en Notre-Seigneur J. C. & en fa chere Mere,

Votre très-humble & très-obéiffant
Serviteur, Fr. Gourdan de Saint
Victor.

A Paris, 7 Août 1721.

Mandez-moi à votre loifir quelques particularités édifiantes de cette Abbaye, Epitaphes, Infcriptions, Chartres anciennes, Fondations, faints Religieux qui y ont fleuri, &c.

V. LETTRE.

A Monſieur ✳✳✳.

MONSIEUR,

Pendant que vous goûtez les fruits dé-
licieux de la Solitude par le ſaint commerce que vous avez avec Dieu , cette bonté
ſuprême , qui veut votre ſanctification ,
vous préſente certains fruits amers à la nature , qui ſont très-doux & très-ſalutaires
à la grace , afin que du mêlange de ces
divines careſſes & de ces épreuves affli-
geantes il reſulte en votre ame une ſainteté parfaite & une conſommation de graces qui vous conduiſe au Ciel. C'eſt ainſi ,
mon cher Monſieur , que Dieu conduit
ſes Elûs comme vous ſçavez. C'eſt ainſi
que JESUS , notre adorable Chef , a paſſé
du Thabor ſur le Calvaire. C'eſt ainſi que
la divine Vierge a été conduite du pied
de la Croix au comble de la gloire céleſte , & que tous les Saints ont eu des peines a ſupporter , des calices de douleur
à boire , des ſéparations à ſouffrir , des
perſonnes cheres a immoler , & des enfans
même dans leur bas âge à donner à Dieu.
Ces vérités vous ont ſouvent occupé; vous

vous êtes souvent offert à Jesus-Chriſt pour
faire ſa volonté ; vous vous êtes préparé
même à recevoir de ſa main charitable les
châtimens qu'il vous envoyeroit. Voici
mon très-Cher, le moment arrivé où ſon
infinie miſericorde, accompagnée de ſa juſtice, exige de vous ce ſacrifice & l'exécution de tant de ſaintes réſolutions. Ne crai-
gnez point ce que je dois vous annoncer ;
quelque ſenſible que ſoit la nouvelle, puiſ-
que Dieu l'ordonne, je m'aſſure que ſi
elle vous tire des larmes, la grace les eſ-
ſuyera, la volonté de Dieu les tarira, la
vûë d'un Abraham qui immole ſon fils,
les changera en joye & en cris d'allegreſ-
ſe, & l'eſpérance d'un bonheur éternel
leur fera ſucceder les louanges & les actions de graces. Enfin, mon cher Monſieur,
quoique ce ſoit avec peine & triſteſſe, il
faut que je m'acquitte de la commiſſion
qu'on m'a donnée, qui eſt de vous déclarer que Dieu a retiré de ce monde votre
fils, ce jeune enfant ſi aimable & ſi cher
à votre cœur ; il ſeroit inutile de vous le dé-
guiſer ; on ſçait votre foi & votre conſtance,
affermi comme vous êtes dans la piété, la
mort, cette cruelle & impitoyable maîtreſſe,
fera ſur vous moins d'impreſſion dans la
playe qu'elle vous fait, que la Providence
divine qui a voulu pourvoir au ſalut de
votre cher fils dans un âge d'innocence,
où n'ayant point été capable de l'offenſer,

M 6

nous fçavons que l'efficace de fon Baptême l'a conduit au Ciel. Dieu vous l'a enlevé pour le placer devant fon Trône. Il
l'a feparé des hommes pour le mêler parmi les Anges. Il l'a préfervé de la corruption du monde , pour le fanctifier dans fa
gloire ; & en un mot , il l'a exempté des
miferes innombrables de la vie préfente ,
pour le faire jouir d'une béatitude éternelle. Ah quel bonheur , quel avantage , quelle bénédiction , quelle confolation pour
vous ! Il triomphe fans combat , & nous
qui combattons , fommes toûjours incer-
tains de la victoire. Que ces motifs , mon
très-Cher , & plufieurs autres que vous mé-
diterez à loifir , adouciffent votre peine ,
& vous confolent dans la tendreffe pater-
nelle que vous aviez pour lui. Tâchez par
la fermeté de votre ame , & la douceur
de votre charité, d'infinuer cette trifte nouvelle & ces mêmes fentimens à Madame
votre Epoufe , & faites lui comprendre qu'é-
tant chrétienne & vertueufe comme elle eft,
elle ne la mis au monde que pour le donner à fon Créateur. Vous & elle l'aviez
voüié à la fainte Vierge ; cette Mere de
Grace l'a pris à elle pour le transferer dans
une meilleure vie à la folemnité même de
fa glorieufe Affomption. Pouvoit-il efpérer dans ce monde une meilleure fortune
& un plus haut rang que d'etre Prince du
Ciel & compagnon des Bienheureux ? Qui

n'enviera fon fort ? Que votre éducation
& vos foins fon richement récompenfés.
Heureux Pere & heureufe Mere, qui en-
voyez au Ciel de fi bonne heure le fruit de
votre alliance ! Qu'il aura maintenant lieu
de vous remercier tous les deux, de lui
avoir donné avec tant d'amour les premieres femences d'une fainte éducation ; qu'il
en a bien profité en peu de tems, puifqu'il
fe voit au comble de toutes fortes de biens.
Que le Sang de Jefus eft puiffant & d'un
prix infini, puifque d'un enfant d'Adam
il en a fait un fils de Dieu, héritier d'un
Royaume éternel, & qu'il l'en met en
jouiffance fans l'avoir merité par fes bonnes œuvres ! O jour heureux qui lui a mis
la couronne de gloire fur la tête, & la
revêtu d'immortalité ! Gémiffons, mon très-
cher Monfieur, non de ce qu'il n'eft plus,
puifqu'il régne avec Jefus-Chrift, mais
de ce que nous fommes encore où nous
fommes, je veux dire captifs & en prifon,
éloignez de notre patrie. Quoique ce ne
foit pas l'ufage de l'Eglife d'invoquer publiquement les enfans baptifez, morts
avant l'ufage formé de la raifon, on le
peut fecrettement, & les prieres de l'Eglife
tendent à demander à Dieu que nous leur
foyons un jour affociez. Ainfi la privation
de ce cher enfant n'eft qu'une abfence
paffagere. Vous le reverrez bien-tôt ; votre
fidélité dans les bonnes œuvres vous ren-

dra sa compagnie , & conjointement avec lui vous glorifierez Dieu des voyes qu'il a tenues sur vous & sur lui. Je salue Madame votre chere Epouse , & vous prie tous deux de m'obtenir de notre Sauveur une bonne mort , & la grace de me préparer à cet important passage , & d'être persuadés de l'estime , de l'attachement , & de la tendre compassion avec laquelle j'ai l'honneur d'être ,

MON CHER MONSIEUR ,

Votre très-humble & très-obéissant Serviteur ,

Fr. Gourdan de S. Victor.

À Paris ce 21 Août 1721.

VI. LETTRE.

A Monſieur * * *.

JE ſuis merveilleuſement conſolé, mon cher Monſieur, de vos beaux ſentimens touchant la perte que vous avez faite, ſi l'on peut appeller une perte ce que vous enviſagez comme un coup favorable de la miſericorde de Dieu. Ce ne peut être que cette bonté inéfable qui vous inſinuë des ſentimens ſi chrétiens & ſi ſoumis à ſes ordre. J'eſpére que vous éprouverez dans la miſericorde de Dieu, qu'il n'y a rien de perdu pour vous, puiſqu'il prendra la place de ce qu'il vous enleve, & qu'occupant votre cœur tout entier, il ſuffira à ſes déſirs, & s'attachera votre amour & toutes vos affections plus que jamais. Après tout, il faudra un jour nous dépoüiller de ce que nous avons de plus cher ſur la terre. Dieu, qui eſt un charitable ſacrificateur, a prévenu en vous ce ſacrifice pour éprouver votre foi, & vous priver de ce qui pouvoit faire vos délices en ce monde; il s'eſt approprié votre premier né, qui, ſelon la loi de Moïſe, appartenoit à Dieu, & lui auroit dû être ſacrifié ſi l'on n'y avoit ſubſtitué une victime. Vous êtes devenu vous-même & le Prêtre & la Victime en l'immo-

lant à Dieu si généreusement , & autant
d'actes de renoncement & d'abnégation
que vous faites de ce cher enfant, ce sont
autant d'oblations que vous présentez à la
souveraine Majesté : vous immolez vos propres entrailles & ce qu'il y a de plus vif
dans les sentimens d'un pere aussi tendre
que vous l'êtes, pour un enfant que l'éducation auroit rendu conforme à vos sentimens & favorisé des bénédictions du Ciel. Il
ne nous reste qu'à désirer d'imiter son innocence & de nous revêtir de l'enfance
chrétienne, sans laquelle on n'entre point
au Ciel, & de lui envier en quelque sorte
le bonheur où il est entré. Qu'il connoît
maintenant des mystéres en Dieu ! Qu'il
voit bien que sa prédestination étoit attachée à cette prompte mort ! Qu'il est heureux de n'avoir point vêcu de la vie d'A-
dam, & de se voir transporté, d'un rude &
pénible lieu, dans une terre de lait & de
miel, où Dieu est son partage , la vérité
sa nourriture, la charité son exercice, la
loüange de Dieu son occupation pendant
l'éternité ! Je souhaite, mon cher Monsieur,
que de plus en plus Dieu vous soutienne,
& vous fasse goûter le prix de cette privation qui vous est si salutaire & qui vous
fera attacher à Dieu. Je m'assure que la
Ste. Mere de Dieu, que vous servez avec
tant d'amour , ne vous abandonnera pas
dans le besoin que vous avez de ses divi-

nes confolations , non plus que Madame votre chere Epoufe. Pour moi, mon très-Cher, je fuis vivement touché de tous les fentimens de pieté que vous me marquez, & de ceux de Mr. votre Pere & de Mr. votre Frere, qui ont pris tant de part à votre perte. C'eft une belle leçon pour les perfonnes avancées en âge , afin que nul ne s'attache à la vie, qui paffe comme une vapeur, & fe brife comme un rofeau. On ne trouve de folide confiftance que dans l'efpérance d'un bonheur éternel. Je vous embraffe en notre Sauveur Jefus - Chrift: je vous fouhaite la confommation de fon amour, & l'accompliffement de tous fes deffeins fur la perfiftance de votre ame.

Je fuis, mon cher Monfieur, de toute l'eftime & la tendreffe de mon cœur, dans les Cœurs de Jefus & Marie,

Votre très-humble & très-
obéiffant Serviteur,

Fr. S. Gourdan, de S. Victor.

A Paris, ce 29. Août 1721.

VII. LETTRE.

A Monsieur ***.

MONSIEUR,

Je vous souhaite la paix & la consolation de JESUS-CHRIST, ainsi que saint Denis, l'Apôtre de la France, dont nous célébrons la sainte Fête, la souhaitoit aux premiers Fidéles du Diocèse de Paris, dont nous avons le bonheur d'être les descendans, en participant à la divine foi qu'il nous a prêchée & scellée de son sang.

Je suis ravi, mon cher Monsieur, de voir vos sentimens très-chrétiens, étant conformes a la doctrine de ce grand Patriarche de notre foi. Vos gémissemens sur les tentations & les peines de votre vie sont ceux de tous les Saints. On ne peut regarder qu'avec douleur, confusion, crainte & tremblement à quoi nous sommes exposez dans cette vallée de larmes. Il n'y a que la Priere, la rétraite, au moins intérieure, la vigilance sur soi-même, les fréquentes aspirations vers Dieu, qui puissent nous défendre de tant d'obstacles à notre salut. Mais Dieu qui nous a donné

fon Fils , & qui nous regarde favorablement par lui , ne peut rejetter une ame
qui met en lui fa confiance , & qui ne
voulant aimer que lui , travaille à fe foutenir contre les traits envenimés de l'ennemi. Le très-Saint Sacrement , comme on
vous le dit , eft d'un fecours infini contre
ces attaques. Notre Sauveur nous a pourvû
de cette viande divine , afin de nous tour-
ner en amertume tous les plaifirs des fens.
Il s'y tient dans des anéantiffement infinis ,
afin de nous prêcher l'amour des humiliations. Il s'y conferve dans une pauvreté
inconcevable , afin de nous y annoncer le
mépris qu'il faut faire des richeffes. Enfin
il y eft dans une folitude incomparable ,
afin de nous faire comprendre le prix de
la vie intérieure & l'excellence du déga-
gement des foins temporels. Que des leçons fa préfence nous y donne ! A quoi
nous y porte fon obéiffance , fon tendre
& inexplicable amour pour nous ! Que ne
dit-il point pour attirer le nôtre, & nous
févrer des vaines confolation de la terre !
Vous avez pris , mon Cher, par votre pieté
le bon parti. Notre-Seigneur fçaura bien
un jour vous en récompenfer ; s'il vous
éprouve , il vous confole & vous confo-
lera de plus en plus. La fainte Vierge ,
cette Dame Mere de grace , veillera fur
vous & fur cette chere Epoufe , avec des
complaifances & des affections admira-

bles: oubliez-vous à préfent à la vie & à la mort ; priez-la pour moi qui foupire après votre retour pour pouvoir vous embraffer *in ofculo fancto* ; & me croyez en Jefus & la Dame Marie, avec une cordialité & une eftime parfaite,

MON CHER MONSIEUR,

Votre très-humble & très-obéiffant Serviteur,

Fr. Simon Gourdan.

A Paris ce 16. Octobre 1721,

VIII. LETTRE

A Monſieur * * *.

JE ſuis, mon cher Monſieur, très-touché de votre incommodité : j'eſpére que la fiévre ſe diſſipera, & que les ardeurs du Saint-Eſprit amortiront ce feu étranger & cette flamme maligne, qui affligeant votre corps, ſervent à fortifier votre ame dans la vertu. Toute notre vie, comme vous ſçavez, *repletur multis miſeriis* ; que cette caducité & cette foule de maux nous ſervent à ſoupirer après l'éternité, à déſirer la mort & à porter vers le Saint-Eſprit nos vives aſpirations, afin qu'il nous ſoutienne de ſa force pour arriver à notre but & à la céleſte Patrie ; je le ſouhaite pour vous comme pour moi. J'écris au cher Abbé Goujet ; vous pouvez ouvrir la lettre ſi vous voulez, je n'ai rien de caché pour vous. Je ſuis en Jeſus-Chriſt & ſa ſainte Mere, Mon cher Monſieur,

Votre très-humble & très-
obéiſſant ſerviteur,

Fr. S. Gourdan, de S. Victor.

Ce 23. Mai 1722.

IX. LETTRE.

A Monsieur ***.

VOus sçavez, mon cher Monsieur, qu'il faut en toutes choses adorer la souveraine volonté de Dieu, & se soumettre à ses ordres dans ce qui nous regarde, aussi-bien que dans les personnes ausquelles nous nous intéressons. Ainsi je ne puis que loüer votre attention & votre résignation sur Madame votre Infirme; je prie notre Sauveur de tout mon cœur qu'il la rétablisse & la sanctifie par les voyes qu'il sçait lui convenir. J'approuve fort votre dessein de mettre votre chere fille sous l'éducation de la Visitation de S. Denis. Ce sont d'excellentes Religieuses, & bien Catholiques. J'ai eu autrefois une sœur qui fut élevée dans cette même Maison, & depuis une niéce. Je souhaite que ce soit pour la sanctification de votre fille ; vous ne pouvez mieux faire que de lui procurer de bonne heure les instructions convenables au nom de Marie qu'elle porte, avec celui de Jeanne ; le premier l'engage à être favorisée de la sainte Mere de Dieu, & le second d'être la fidéle Disciple de J. C. ce qu'elle apprendra là excellemment. Je vous embrasse, mon très-cher Monſieur, dans le divin amour, avec le cher petit François Regis, auquel je ſouhaite, comme à vous, les très-amples bédictions de ſon ſaint Patron; & ſuis inviolablement, avec toute la cordialité & l'eſtime imaginable,

Votre très-humble & très-obéïſſant Serviteur,

Fr. S. Gourdan, de S. Victor.

Ce 10. Juillet 1722.

X. LETTRE.

A Monſieur ✱✱✱.

LA triſte & affligeante nouvelle que vous me donnez, mon cher Monſieur, me pénétre doublement, & par la peine que j'en reſſens à cauſe de vous, & par les embarras où elle vous jette; mais Dieu qui ordonne tout avec une ſageſſe infinie, vous donne cette conſolation que le cher défunt avoit ſatisfait aux devoirs de Religion & ſe diſpoſoit à recevoir ſon Sauveur & à lui donner à jamais ſon cœur. Il a été prévenu, & peut-être un peu ſurpris, mais il eſt à croire qu'outre ſa probité & ſa bonne conduite, jointes à une intégrité & droiture de cœur qui l'ont rendu reſpectable, il a profité du tems de ſon infirmité pour ſe préparer à ce grand paſſage. Eſpérez donc de la bonté de Dieu, que par le ſecours de vos prieres, il le regardera dans ſa miſéricorde. Je l'en ſupplie de tout mon cœur & j'offrirai pour lui le ſaint Sacrifice, afin qu'il lui donne un prompt ſoulagement. Je ſouhaite auſſi que vos affaires temporelles s'arrangent de façon que vous jouiſſiez d'une profonde paix, & que Dieu ſoit toûjours l'objet de votre amour, préférablement à tous les événemens

nemens de la vie. Je falue Madame votre digne mere, & je lui fouhaite Jefus feul pour Epoux & pour confolateur dans l'extrême affliction qu'elle reffent, par la trifte féparation de celui qu'elle aimoit fi chrétiennement; Dieu lui fuffira d'autant plus qu'elle a toûjours mis en lui fa confiance. Pour vous, mon cher Monfieur, je ne doute pas que vous ne lui faffiez, d'un fi cher Pere, un facrifice volontaire & plein de réfignation; foyez, je vous en conjure, perfuadé de la part que j'y prends par les liens d'une étroite amitié, & de l'attachement le plus fincere, avec lequel je fuis en Jesus-Christ & en fa très-fainte Mere,

Mon cher Monsieur,

Votre très-humble & très-
obéiffant Serviteur,

Fr. Simon Gourdan.

Le 15. Août 1723

XI. LETTRE.

A Monsieur ***.

MONSIEUR,

Comme je m'intéresse singuliérement en
notre Seigneur, à tout ce qui vous regarde,
il me semble que pour entrer en votre charge, vous ne devez pas douter que la bonté
infinie de Dieu ne vous y soûtienne, & ne
vous éclaire. Sa Providence adorable, qui
gouverne toutes choses, pourroit-elle abandonner celui qui met en elle tout son appui,
& encore sa confiance ? Ne préside-t'elle
pas en tous ceux, qui, chargés d'un gouvernement & d'un office de Judicature, font
obligés de prononcer en son nom, & de
représenter son Tribunal, juste & saint,
modéle de toute justice. Ainsi espérez en sa
miséricorde & en son secours tout-puissant.
Je ne vous oublie point en sa présence, ni
l'Infirme, afin que Dieu la rétablisse parfaite-
tement. Le Libraire m'est venu voir ; je
vous remercie de l'y avoir engagé ; je crois
que vous aurez pris la peine de porter le
manuscrit chez Mr. Robuste ; je vous prie,
à votre commodité, de le revoir & de l'assû-

rer que je déférerai toûjours à son jugement;
que le Libraire presse, & que je le supplie
de finir promptement. Ayez la bonté de me
remettre le manuscrit quand vous l'aurez
retiré, & non au Libraire, afin que je prenne de justes mesures, avant de le lui donner moi-même. J'ai l'honneur d'être, mon
cher Monsieur, avec toute l'estime & la
tendresse imaginable en Jesus-Christ & en
sa très-sainte Mere,

Votre très-humble & très-obéissant Serviteur, Fr. Simon
Gourdan. de S. Victor.

Ce .... 1723.

XII. LETTRE.

A Monſieur ***.

MONSIEUR,

Je reçois agréablement de vos nouvelles & de celles de votre famille ; plaiſe à notre Sauveur vous côntinuer ſes faveurs, & animer vos emplois de ſon eſprit, afin de les remplir dans ſa ſageſſe, ſon équité & ſa charité. Préſent ou abſent, mon cher Monſieur, vous ſerez toûjours dans mon cœur, pour vous offrir a Dieu ſelon vos intentions, comme je ſuis perſuadé que je ſuis dans le vôtre, quoique j'en ſois bien indigne ; ſi vous voyez Mr. de Frejus, préſentez-lui, je vous en ſupplie, mes ſoumiſſions ; & agréez que je ſois inviolablement & avec toute l'eſtime la plus ſincère & la plus cordiale en Jeſus-Chriſt, & en ſa très-ſainte Mere,

MONSIEUR,

Votre très-humble & très-obéiſſant Serviteur, Fr. Gourdan de Saint Victor.

Ce 5. Octobre 1723.

XIII. LETTRE.

A Monfieur ✳✳✳.

MON CHER MONSIEUR,

Je vous fupplie de recevoir & d'écouter favorablement, Madame ✳✳✳. perfonne
de condition & de mérite, qui fe donne
l'honneur de vous préfenter cette Lettre,
& de l'aider de vos confeils & de votre protection en ce qu'elle vous expofera. Comme
elle a de la piété, & de la confiance en
Dieu, & de l'attachement à l'Eglife, j'efpére qu'elle tirera une grande confolation
de vous avoir ouvert fon cœur fur une peine où la gloire de Dieu eft intéreffée. Je
vous aurai, mon cher Monfieur, beaucoup
d'obligations, fi vous voulez bien lui rendre fervice, & me croire en Notre-Seigneur
& en fa très-fainte Mere,

Votre très-humble & très-obéiffant
Serviteur, Fr. Gourdan de Saint
Victor.

Ce 14. Novembre 1724.

N 3

XIV. LETTRE.

A Madame la Duchesse de Vanta-dour.

Madame,

Permettez, je vous en supplie, à celui qui a l'honneur de vous préfenter, de ma part, cette Lettre avec mes plus profonds devoirs ; permettez-lui (dis-je) de vous expofer une affaire qui le concerne, & daignez l'honorer de votre attention & de votre protection en ce que vous pourrez. C'eſt Monſieur ✳✳✳. bon ferviteur du Roi, favorifé des bonnes graces de Monſeigneur le Cardinal de Fleuri, & le fincère ami de tous les gens de bien ; je le confidére finguliérement, & je fais un cas particulier de ſa piété, de ſon mérite & de ſa probité. Je ne vous félicite point, Madame, du nouveau rang que vous tenez auprès de nos auguſtes Princeſſes nouvellement nées ; car à quelle Dame pouvoit-on mieux les confier qu'à vous, qui vous êtes déja tant fignalée par l'éducation de Sa Majeſté, & de la Perſonne Royale qu'on lui deſtinoit ? Je continuerai, Madame, mes vœux pour

votre confervation , & pour celle de vos
cheres & précieufes Eleves , & ferai toute
ma vie avec le plus profond refpect ,

MADAME,

Votre très-humble & très-obéiffant Serviteur , Fr. Simon
Gourdan de S. Victor.

Ce 28. Septembre 1727.

ibid. l. 23. les dogmes de la foi , de la discipline , & de la morale , *lisez*, les dogmes de la foi & de la morale . & les régles de la discipline.

p. 129 *l.* 27. le félicitoit , *lisez*, le félicita.

p. 133. *l.* 24. déclare , *lisez*, déclara.

p. 134. *l.* 23. la premiere est que le Pape , *lisez*, la premiere , que le Pape.

p. 135. *l.* 5. *præsideret omni Ecclesia verus ordo ,* li-sez , *præsidenti omnis Ecclesiasticus ordo.*

p. 151. *l.* 23. j'accorde, *lisez*, s'accorde.

p. 200. *l. dern.* Monseigner , *lisez*, Monseigneur.

p. 225. *l.* 14. *per frustra* , lisez, *per frusta.*

p. 228. *l. der.* vigilentia, *lisez*, vigilantia.

p. 231. *l. dern.* Carthaginem , *lisez*, Carthaginen.

p. 232. *l.* 16. continuez , *lisez*, continuyez.

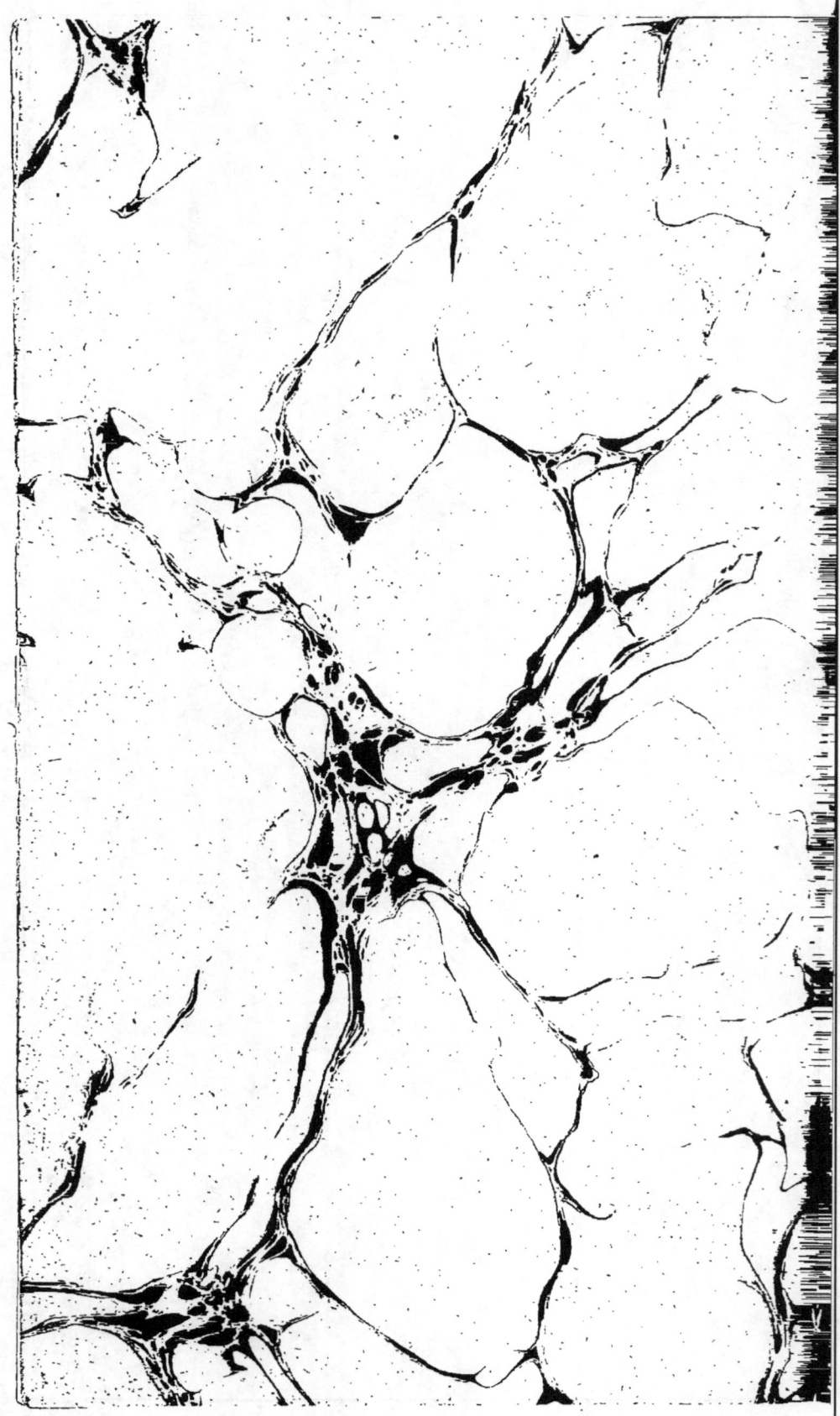

www.ingramcontent.com/pod-product-compliance
Lightning Source LLC
Chambersburg PA
CBHW071854020726
47502CB00003B/743